Felix Timmermans, geboren am 5. Juli 1886 in Lier, ist am 24. Januar 1947 dort gestorben. Felix Timmermans' Roman vom Tagemelker Pallieter aus dem Netheland erschien erstmals 1921 im Insel Verlag. Es war dies sein zweiter Roman, mit dem er den großen Erfolg seines Erstlings *Das Jesuskind in Flandern* bei weitem »überflügeln« sollte: Mit dem Erscheinen dieser Taschenbuchausgabe werden es über 300000 Exemplare sein, die von diesem Werk gedruckt wurden.
Schon Hermann Hesse war begeistert von Timmermans' *Pallieter*. Er nannte es ein »ganz prachtvolles Buch, voll von Sonne, Lachen und innigem Lebensbehagen, flämisch gesund wie die klassische Malerei dieses reichen Landes«. Für ihn war »dieser flämische *Pallieter* das schönste, liebenswerteste Gedicht naiv fröhlicher Lebensbejahung«. »Acker und Wiese, Sonne und Mond, Regen und Hitze, Korn und Bier, Lebkuchen und Wein, Saat und Ernte, alle Freuden, Gedanken und Genüsse eines reichen Bauern, der das Seine weise und kinderfroh in primitiver Lust genießt, wird hier in bunten, satten Bilderfolgen besungen.«

insel taschenbuch 1430

Felix Timmermans

Pallieter

Timmermans
Pallieter

Roman

Aus dem Flämischen von

Anna Valeton-Hoos

Mit Zeichnungen des Autors

Insel Verlag

insel taschenbuch 1430
Erste Auflage 1992
Insel Verlag Frankfurt am Main und Leipzig

Hinweise zu dieser Ausgabe am Schluß des Bandes
Vertrieb durch den Suhrkamp Taschenbuch Verlag
Umschlag nach Entwürfen von Willy Fleckhaus
Druck: Nomos Verlagsgesellschaft, Baden-Baden
Printed in Germany
ISBN 3-458-33130-1

2 3 4 5 6 7 - 08 07 06 05 04 03

Inhalt

Marieke Janssens,
meiner Frau

Ein schöner Maienmorgen

In den ersten Tagen im Monat Unserer Lieben Frau war der Frühling krank. Die Sonne blieb weg und kleckste nur von Zeit zu Zeit durch ein Wolkenloch ein Bündel Licht auf die gelben Butterblumen. Das frische Grün, das sie von allen Seiten gewaltig aus der Erde, aus den Bäumen und dem Wasser herausgesogen hatte, lauerte ungeduldig auf sie.

Pallieter zog den Mund schief und sagte bitter: »Das Wetter soll der Teufel holen!«

Aber am Abend dieses Tages war der Vollmond, rot wie ein reifer Apfel, durch die Wolken gebrochen, und ein dünner Nebel legte sich wie ein Schleier über die Nethe und die Wiesen. Als Pallieter das sah, machte er den Zeigefinger mit Speichel naß, hielt ihn in die Höhe, und als er fühlte, daß der Finger an der Südseite kühl wurde, brach er in ein helles Gelächter aus, rollte zappelnd ins Gras und sang in den stillen Abend hinaus, daß es bis über die Nethe schallte:

»Die mich weckt mit lautem Schall,
Das wird sein die Nachtigall,
Die Nachtigall so süße,
Dann will ich gehn in jenes Tal,
Daß ich die Blumen grüße.«

Morgen ist wieder Sonnenschein!

Er konnte kaum schlafen und lag fast die ganze Nacht wach bei weit offenem Fenster. Er starrte in den Himmel, an dem die Wolken zerbrachen und der nach langem Warten klar geworden war und zartblau blieb, betropft mit bleichen Sternen und erfüllt von hellem Mondschein.

Und in der stillen, neuen Herrlichkeit, in der der Tau milde herniedersank, stieg das perlende Lied einer jungen Nachtigall empor. Pallieter erschauerte. Und er dachte an die

Sonne, die nun noch fern hinter der Welt steckte, dort irgendwo bei den Mohren und Chinesen. Morgen würde sie wieder das süße Land der Nethe bescheinen, und die Bäume und die Pflanzen würden reden und schwatzen vor gewaltiger Lust, die Blumen würden aufbrechen vom Duft, die Wälder erbrausen von Vogelsang, und er selbst, Pallieter, er würde einen Fuß größer werden. Und er warf vor übergroßer Freude die Beine in die Luft, daß die Laken vom Bett flogen. Er deckte sich wieder zu und schlief ein mit lachendem Munde.

Als im Osten sich ein heller Schein regte und ein Hahn gekräht hatte, sprang Pallieter aus dem Bett, zog sein Hemd aus und lief pudelnackt an die Nethe. Über der Erde und zwischen den hohen Bäumen hing grauer Nebel. Es war ganz still, das Gras bog sich schwer unter dem kühlen Tau, und von den Bäumen fielen große Tropfen. Pallieter sprang ohne Umstände in das tiefe Wasser, tauchte unter und kam, glänzend von Wasser und Glück, Atem schöpfend, in der Mitte wieder herauf. Die Wasserkühle machte das Blut in seinem Leib aufwallen: das tat ihm wohl, und er lachte.
Er schwamm gegen den Strom, ließ sich auf dem Rücken zurücktreiben, tauchte, schwamm wie ein Hund, drehte sich und zappelte und stampfte mit Armen und Beinen, daß das Wasser klatschte und platschte und die Schwertlilien und das junge Schilf sich bogen und wiegten.
Ganz langsam mit dem Wachsen des Lichtes waren die Nebel dichter und weißer geworden und hatten unversehens

das ganze Land eingewickelt. Leises Vogelgezwitscher regnete aus den unsichtbaren Bäumen hernieder, und die neuen Blumendüfte zogen in leichten Wolken durch die Nebel. Und dort hinten über der Nethe war die tomatenrote Sonne, wie eine frohe Überraschung, aus all dem Weißen aufgeblüht.

Pallieter war davon betroffen und rief: »Das wird ein Fest, das wird ein Fest!«

Und er spritzte tausend Tropfen in die Höh.

Dann tauchte er noch einmal unter, gleichsam um die Seele des Wassers mitzunehmen, und lief dann glänzend und rosenrot durch den weißen Nebel nach dem ›Reinaert‹, seinem Hof, und sang:

»Ein Oske durch meine Troske,
Süßer, süßer Jadam –
Adam hatte sieben Söhne,
Sieben Söhn' hat Adam ...«

Er war kaum ein paar Minuten in seiner Kammer, als die helle Beginenhofglocke durch das weiße Land schallte und er Charlot eilig die Treppe hinuntergehn hörte. Charlot blieb auf ihrer Kammer, bis sie Pallieter in der seinen hörte, denn einmal war sie ihm begegnet in dem Kleid, in dem er geboren worden, und war mit einem Schrei und hochgeworfenen Armen ins Haus zurückgelaufen. Das durfte nie mehr vorkommen, lieber noch zu spät zur Messe kommen oder sie gar nicht hören, als auf dem Weg zu Gott einen Menschen sehen zu müssen, wie er aus Gottes Händen gekommen ist!

Als Pallieter angezogen war, ging er hinunter, machte das Feuer im Herd an, setzte den Messingkessel auf und mahlte Kaffee. Als das Wasser anfing zu singen, zu brummen und zu wallen, goß er es durch. Oh, der angenehme Kaffeeduft, der des Menschen Herz so wohltut! Er füllte die helle Früh-

jahrsstube ganz aus, und Pallieter stand da und schnüffelte ihn auf wie ein Hund.
Draußen hellte es sich auf. Ein Sonnenstrahl fiel schräg durch das offene Fenster und glitzerte prächtig auf dem Messinggeschirr und auf dem goldbrokatenen Papageienmuster am Mantel eines wächsernen Marienfigürchens. Pallieter steckte schnell seinen Finger in den Lichtflecken und sagte: »Honig ist Dreck dagegen . . .« Er schnitt Brot, schmierte einen halben Finger hoch süße Butter darauf und holte aus dem Keller eine Schüssel voll frischen weißen Quarkkäses.

Und im Garten, der noch naß war von Tau und mit Sonnenflecken gesprenkelt, zupfte er Radieschen. Lubas und seine vier Jungen kamen aus einem Faß geschossen und sprangen ihm bellend um die Beine. Er gab jedem ein Stück Zucker, und dann liefen sie wie toll über die nasse Bleiche. Während er Radieschen wusch, kam Petrus, der Storch, mit einem silbernen Fisch in dem roten Schnabel auf sein Nest geflogen, wo seine Frau auf Eiern saß.

Als alles fürs Essen bereit war, stellte er sich in die Hintertür und sah über das Land, das in der Sonne sichtbar wurde. War das nicht ein angenehmes Augen- und Nasen- und Ohrenfest, diese hellgrüne, duftende Ferne von dem glitzernden Wasser der Nethe durchzogen und mit Kuckuck-, Hahn- und Vogelstimmen darin?
Pallieter machte auch die Vordertür auf, so daß sofort ein frischer Wind durch den Gang strömte und er die neu erleuchtete Welt auf zwei Seiten sah. Hier die Fernsicht auf

Wiesen und Felder mit blauen Wäldern und Windmühlen am Horizont, und durch die Vordertür den prächtigen Wall, den Beginenhof und hinter blühenden Gärtchen und hökkerigen Dächern den gelben Sankt-Gommarus-Turm, der gerade in kleinen schnellen Schlägen ein Viertel hämmerte. Die hellen Glockenklänge waren wie der frohe Mund des Landes.

»Es dauert nich lang genug«, sagte Pallieter, und er faßte das Glockenseil im Gang und fing an so heftig daran zu ziehen, daß die Glocke im Türmchen fast keine Zeit hatte, hin und her zu fliegen; und der mächtige Klang tönte summend über das weite, morgendliche Land. Er zog, ohne aufzuhören, zog, als ob man es bis ans Ende der Welt hören sollte, und lachend blickte er abwechselnd auf den Beginenhof und die Wiesen.

Danach hißte er zur Ehre des guten Wetters im Vorgarten eine breite, weiße Fahne, in der der Wind flatterte und die Sonne spielte.

Es war überwältigend, dem Überfluß von mächtigem Vogelgepfeife und Gezwitscher in den breiten Alleebäumen zu lauschen.

Und dort kam Charlot mit dem Frieden Gottes auf dem Gesicht aus der Messe zurück, mit drei Gebetbüchern unter dem Arm. Als Pallieter sie sah, sang er ihr zu:

»Sag, Kwisselchen, willste tanzen gehn . . .«

»Es gibt schön Wetter, Vetter.«

»Heilig Wetter, wo die Kwissels nich hineinpassen!«

»Ich bin kein Kwissel!«

»Da biste zu dick dazu! Warum ißte nich ein bißchen weniger?«

»Darum!« sagte sie böse. Sie ging in die Küche, um ihr Kleid auszuziehen, und kam zurück in die Frühjahrsstube in einem blauen Barchentrock und einer roten Nachtjacke,

aus der ihre dicken Arme prall und fettglänzend herausquollen.
Und sie tranken Kaffee, schmierten den Quarkkäse zwei Finger dick auf die langen Butterbrote, tunkten die rettichduftenden Radieschen in den Käse und ins Salz und schleckten und schmatzten wie zwei saugende Kinder. Unterm Essen blickte Pallieter unaufhörlich nach dem riesigen Felderbauch, über dem die Sonne aufging.
Die roten Flügel der Mühlen drehten sich in dem frischen Wind, der den Nebel weggefegt hatte und runde, weiße Ballonwolken durch das Blau des Himmels jagte; und der Duft der weißen und lila Nägelchen vor dem Fenster zog über den Tisch.
Pallieter spülte das letzte Essen in den Magen und rief, die Arme schwenkend, während Charlot mit niedergeschlagenen Augen ein Vaterunser betete: »O Herr, meine Schenkel werden leicht wie Stroh und wollen springen wie Heuschrecken. Es ist, o Herr, als ob du mir eine Orgel in den Bauch gesetzt hättest!«
Er ging hinaus, öffnete Tauben- und Hühnerställe und streute Hände voll Hanfsamen, spanischen Weizen, Reis, Hafer und Korn aus. Und auf einmal war da ein Durcheinander, Gezänke und Gegacker und Flügelschlagen. Da waren Tümmler und Möwentauben, Hähne, Hennen, Gänse, Truthühner und ein wunderschöner Pfau.
Sie grapschten mit ihren schnellen Schnäbeln gierig nach dem Futter, drückten sich aneinander, liefen hin und her und pickten nach den Spatzen, die in großen Klecksen in den wimmelnden Haufen hineinfielen.
Wie war das schön, die glänzenden Hälse, auf denen braunes, grünes, blaues und rotes Gold schillerte in der silbernen Sonne, die weiße, rosa und graue Tüpfelung der starken Flügel, die roten und gelben Schnäbel und Beine, die

blutroten Kämme und die starken geschmeidigen Schwänze voller buntwimmelnder Farben, wie die Muscheln der See!

Pallieter betrachtete es mit halb offenen Augen und sagte: »Rubens, laß die Hände davon!«

Als die letzten Körnchen aufgepickt waren, ging jedes der Tiere seines Weges, auf den Misthaufen, in den Stall oder auf die Bleiche. Die Tauben flogen in klappernden Flecken in die schönen Morgenfelder, und der Pfau wanderte mit vorsichtigen Schritten stolz durch die Wege des duftenden Gartens und schlug seinen breiten Schwanz auseinander, wie einen ungeahnten Traum von Farbenpracht.

Pallieter sah ergriffen, wie er dastand in dem durchsichtigen Grün, unter weißen Kirsch- und Birnblüten und dem rosa Pflaumenbaum, und wie die Sonne das so reich und kostbar machte, als ob es ein schön ausgedachtes Märchen sei.

Und da flog er auf einmal auf und setzte sich in die höchste Spitze des blühenden Apfelbaums. Es fiel sein Schwanz wie eine grüne Flamme über die rosigen, weißen Blütenkelche, und er zerriß dreimal mit seinem häßlichen, rauhen Schrei die stille Luft.

Pallieter drehte den Wasserhahn auf, und sofort sprang aus dem blauen Teich, in dem sich rote Goldfische wiegten, ein sprudelnder Springbrunnen in die Höh. Dann stopfte er sich eine Pfeife und holte den gewaltigen Geißbock aus dem Stall. Dieser war pechschwarz von Farbe mit einem blauen Glanz darüber, trug gelbe Hörner und hatte zwei große, hellgraue Augen. Sein Name war Luzifer.

Als das Tier herauskam, schnob es in die frische Morgenluft und wollte dann mit Seitensprüngen davonhüpfen, aber Pallieter packte es bei den Hörnern, setzte sich rittlings auf den hohen Rücken, steckte seine Pfeife an und ritt alsbald, behaglich auf Luzifer sitzend, der den Kopf ungestüm nach vorne streckte, durch den Garten. Pallieter klatschte in die Hände, und da kamen die fünf Hunde angebellt und liefen mit gestreckten Beinen wild voraus. Luzifer trug Pallieter durch das Hintertürchen, das nach der Nethe führte, und folgte dann dem gewundenen Nethedeich.

Von allen Seiten öffnete sich nun in neuer Herrlichkeit das weite, sonnige, maiengrüne Land, das ganz in der Ferne in silbernen Nebeln blaute; das erhob die Seele. Überall waren bunte, abwechselnde Töne von Braun und Grün, und dazwischen schmetterte hier und da das starke Gelb von Rapsblütenfeldern. Die Wiesen wiegten ihr Gras in einem milden Wind, und die Nethe schob glänzend ihr rasches, kühles Wasser hindurch.

Die Luft, von allen Seiten erfüllt von Vogelgezwitscher, war voll angenehmer Düfte, und die Bäume auf dem Nethedeich standen da so hell und lustig rauschend, als ob sie eben erst aus der Erde gestiegen wären. Auf den breiten Schmerwurzelblättern am Deich lagen noch dicke Tautropfen, die prahlten und glänzten wie echte Diamanten. Pallieter pflückte im Reiten so ein Blatt, brachte es an die Lippen und ließ die kühlen Tropfen in den Mund rollen.

»Es ist gut und schmeckt nach dem Himmel«, sagte er.

Auf allen Seiten lag die willige Erde bereit, ihre reichen Schätze herzugeben, Blumen, Pflanzen, Erbsen, Bohnen und allerhand Früchte; und allerhand Getier, das aus der Puppe kroch, während andere sich paarten, und die Luft roch nach Honig, und ein spritzendes Jauchefaß durchtränkte den Grund. So ist das Leben: immer nur geben und sich paaren und das eine ist noch nicht einen Tag alt, so entsteht schon ein Neues. So geht es immer weiter und immer im Kreise, das eine macht Platz für das andere, und stehst du auch da mit den Zehn Geboten in den Haaren, oder

lutschst du am Finger, das ›Warum‹ kriegst du doch nicht zu wissen.
»Aber das tut nix«, sagte Pallieter, »es ist schön, und wir wollen den Rahm davon ablecken . . .«, und mit dem Geschmack von Mirabellen und Kirschen im Mund sah er nach den weiß und rosa blühenden Bäumen, die die Gehöfte verdeckten. Das Blut lief ihm zum Herzen vor Glück.
Manchmal erschallte das Lied eines jungen Bauern und das Wiehern eines weißen oder braunen Pferdes. Eine Pflugschar blitzte, und an der Nethe zog ein Fischer sein Netz auf, in dem silberne Fische zappelten. Eine Schwalbe schoß von dem einen Deich zum andern, die Hunde jagten durch die Wiesen, sprangen über Gräben und rollten übereinander in dem sammetweichen Gras, von dem sie im Laufen die Spitzen abbissen. Ihr Gebell erfüllte die Luft, Hähne krähten, Bienen summten, und an dem blauen Himmel hing eine weiche Feder aus kleinen weißen Wölkchen.
Und Pallieter sagte: »Nun ist das Leben toll wie ein hitziges Mädchen.« Und er war ergriffen von diesem starken, neuemporstrebenden Leben und holte eine Ebenholzflöte aus der Tasche und begann ein fröhliches Liedchen darauf zu spielen, das hell über die Felder tänzelte. Es war, als ob der Frühling selber sänge.
Pallieter war so froh, er grapschte im Reiten eine Handvoll Sauerampfer, den er aussaugte, spielte wieder ein Liedchen, und so kam er an den Park von Ringen. Es war ein altes flämisches Schlößchen, aus roten Ziegelsteinen und mit weißen Streifen, mit einem steilen Schieferdach, extra gemacht, um dem Regen eine schöne, singende Fließlinie zu geben. Ein breiter, grüner Weiher lag drumherum mit Seerosen und dichtem Schilf, und dahinter lag ein Garten mit hohen Bäumen, in denen viele Vögel lebten. Es stand da wie mit der Erde verwachsen, wie eine Blume, geboren aus all den

Schönheiten und den wilden Kräften und Elementen der flämischen Natur. Pallieter stieg hier von dem Bock, der mit tollen Sprüngen durch die Wiesen hüpfte. Er suchte das zarteste Grün und löschte seinen Durst an den klaren Quellen. Pallieter legte sich auf den Deich, um die übermütige Wolllust des Maien zu betrachten. Etwas später ging er hin und pflückte Maßliebchen und Butterblumen, um Charlot eine Freude zu machen. Als er die Arme voll hatte, rief er den Hunden und Luzifer und fing an zu laufen, so schnell er konnte. Das war ein Spiel! Lubas schoß ein Stück voraus, der Bock hoppelte neben Pallieter, und die jungen Hunde kamen hinterher. Sie sprangen über Gräben und Bäche, und manchmal plumpste eins der Jungen überrumpelt mitten hinein. So liefen und taumelten und rollten sie, bis sie an den ›Reinaert‹ kamen.

Und rücklings auf Luzifer sitzend, ritt Pallieter, die Arme voll Blumen, mit lachendem Antlitz in den duftenden Garten.

»Ha«, rief Charlot, als er ihr die Blumen gab, »die will ich vor der Mutter Gottes duften lassen, gleich werd ich sie in Vasen stecken.« Einstweilen steckte sie den riesigen Busch in eine messingene Milchkanne, und es war zum Malen schön.

»Aber hör mal«, sagte sie mit froher Stimme, »der Herr Pastor is hier gewesen und hat gesagt, du sollst für Sonntag zwei Eierbrote mehr backen, denn ihn wollen drei Barfüßerbrüder von Dendermonde besuchen, und da würden zwei Brote nich genug sein.«

»Ja«, sagte Pallieter, »die Fastenzeit is wieder herum; bis sie wieder anfängt, sind sie so fett wie die Schnecken, daß sie kaum noch können. O Sankt Franziskus, du hast geschielt vor Hunger.«

Charlot brummte etwas in sich hinein, und Pallieter ging in

seine kleine Mühle, um zu mahlen. Sie stand am Ende des Gartens auf einem Hügelchen, so daß der Wind von allen Seiten daraufstieß. Tybaert, der Kater, strich mit erhobenem Schwanz um seine Beine herum, um mitgehen zu dürfen, und mit einem Satz saß er irgendwo im Gebälk der weißbestaubten Mahlkammer und lauerte auf Mäuse.
Der Sack Weizen war beinahe leer, aber was darin war, schüttete er in den Kasten, später wollte er anderen holen. Er drehte die Mühle gegen den Wind, ließ die Flügel los, die sich lustig zu drehen anfingen; die Steine wälzten sich, und die Körner wurden zermahlen. Er steckte den Kopf durch das Guckloch und blickte aus der Höhe über das Land. Er zündete seine Pfeife an, und der blaue Rauch flatterte wie eine Straußenfeder durch die gesunde Luft: und die kleine Mühle ticktackte und krachte im Wind. Wie gewaltig sah man mit eigenen Augen alles wachsen in der neuen Sommersonne! Es war, als hätte das Laub Eile, um die verlorene Zeit wieder einzuholen.
Und als Pallieter sah, wie alles das Gelöbnis von viel Frucht und tausendfältiger Süßigkeit trug, da sagte er: »Wer möchte da wohl sterben« ... Und er sang:

»Der Winter ist vergangen,
Ich seh des Maien Schein,
Ich seh die Blümlein prangen,
Des ist mein Herz erfreut.
Da unten in jenem Tale,
Da ist gar lustig sein,
Da singt Frau Nachtigalle
Für mein lieb's Schätzelein.«

Als er die zweite Strophe anfangen wollte, rief Charlot erfreut: »Vetter, der Herr Pastor wartet auf dich, und er sagt, er hat keine Zeit, sagt er.«
»Sag ihm, er soll auf meine Mühle kommen.«

»Was, meinst du denn, der Herr Pastor mit seiner guten Soutane soll extra in deine Mühle kommen, um sich schmierig zu machen?«

»Charlot, besser ein Sack Mehl auf einer schwarzen Soutane als ein Fliegenschiß auf deiner Seele!«

Aber siehe, da kam der Pastor vom Beginenhof. Es war ein kleiner, alter Mann mit gütigen Gesichtszügen und einem eirunden Kopf, von weißen Haaren umrahmt. Er bot ihm eine Prise an.

»Was meint Ihr von der Sonne, Pallieter?«

»Daß sie der Rahm des Lebens is!«

»Sie reibt mir die Kehle trocken.«

»Und so findet der Mensch doch immer wieder einen Grund, um sich selber wohlzutun. Kommt, wir wollen was trinken.«

Sie gingen in die Frühjahrsstube, wo Pallieter einen Krug Bier und eine beschimmelte Flasche Wein auftischte. Der Pastor trank den roten Wein und Pallieter das braune Bier. Die Sonne spielte in dem Bier und in dem Wein und legte warme, helle Lichter hinein.

»Apropos, Pallieter«, sagte der Pastor, »Charlot hat dir wahrscheinlich schon von den zwei Eierbroten gesagt?«

»Und wenn sie hätt sterben müssen, so wär sie wieder lebendig geworden, um es sagen zu können; Ihr versteht doch die Kunst, die Weiber um die Finger zu wickeln. Ich wollt, ich könnts auch ...«

»Nun, nichts leichter als das: werd auch Pastor! ...«

Pallieter blinzelte, schenkte sich ein frisches Glas ein, das er einen Augenblick vor die Sonne hielt und dann schnalzend durch die Kehle kollern ließ, so daß ihm der Atem ausging, und er sagte:

»Hierin lebt die Seele der Erde, möge sie in meinen Leib kommen.« Und er trank noch einen Schoppen.

»Seht, seht, das Land!« ... rief Pallieter, und er zeigte nach dem Felderbauch, »ich könnt Euch küssen vor Freude; kommt, wir wollen tanzen!..« Und er packte den Pastor bei den Händen, drehte ihn mit herum und sang:

»Heut ist Margaretenfest,
Laßt uns feiern, laßt uns feiern,
Heut ist Margaretenfest,
Und wir feiern allerbest!«

»Ei, ei, ei«, sagte der Pastor lachend, »ich habe keine Zeit, ich muß noch Brevier beten.«

Und Pallieter ließ ihn gehen und rief noch:

»Ich laß Euch gleich ein paar reife Erdbeeren bringen!...«

»Gut«, rief der Pastor zurück, »ich hab heut nacht grad davon geträumt!«

Und weg ging der greise Pastor, langsam über den Beginenwall wandelnd. Er öffnete sein Gebetbuch und fing an darin zu lesen. Sonnenflecken schoben sich launisch durch die hohen Bäume auf seine schwarze Soutane und auf seinen glänzenden Dreispitz und ließen manchmal den goldenen Schnitt seines Breviers aufglitzern.

Als Pallieter das sah, bekam er Lust, das gute Wetter mit Psalmen zu besingen. Er legte die alte Bilderbibel offen auf seine Arme, setzte sich ans Fenster und las laut:

»Wohl dem, den Du erwählest und zu Dir lässest, daß er wohne in Deinen Höfen; der hat reichen Trost von Deinem Hause, Deinem heiligen Tempel ... Du suchest das Land heim und wässerst es und machst es sehr reich. Gottes Brünnlein hat Wasser die Fülle. Du lässest ihr Getreide wohlgeraten; denn also bauest Du das Land. Du tränkest seine Furchen und feuchtest sein Gepflügtes; mit Regen machst du es weich und segnest sein Gewächs. Du krönest das Jahr mit Deinem Gut, und Deine Fußstapfen triefen von Fett. Die Weiden in der Wüste sind auch fett, daß sie triefen, und die Hügel sind umher lustig. Die Anger sind voll Schafe, und die Auen stehen dick mit Korn, daß man jauchzet und singet ... Licht ist Dein Kleid, das Du anhast; Du breitest aus den Himmel wie einen Teppich; Du wölbest es oben mit Wasser; Du fährest auf den Wolken wie auf einem Wagen und gehst auf den Fittichen des Windes ... Du lässest Brunnen quellen in den Gründen, daß die Wasser zwischen den Bergen hinfließen, daß alle Tiere auf dem Felde trinken und das Wild seinen Durst lösche. An denselben sitzen die Vögel des Himmels und singen unter den Zweigen. Du feuchtest die Berge von oben her, Du machest das Land voll Früchte, die Du schaffest; Du lässest Gras wachsen für das Vieh und Saat zu Nutz den Menschen, daß Du Brot aus der Erde bringest und daß der Wein erfreue des Menschen Herz, und seine Gestalt schön werde vom Öl; und das Brot des Menschen Herz stärke; daß die Bäume des Herrn voll Safts stehen, die Zedern Libanons, die er gepflanzet hat. Daselbst nisten die Vögel, und die Reiher wohnen auf den Tannen. Die hohen Berge sind der Gemsen Zuflucht und die Steinklüfte der Kaninchen. Lobe den Herrn, meine Seele!«

Pallieter schlug das Buch zu.

Er hatte beim Lesen Lust nach Honig bekommen, und er aß ihn auf einem dunkelbraunen Zwieback.

Was war es doch für schönes Wetter! Zwei Kinder, eins in Rot und eins in Weiß, pflückten Blumen auf der Pferdewiese; zwei Beginen gingen nebeneinander auf dem Nethedeich spazieren und beteten mit lauter Stimme abwechselnd ihren Rosenkranz herunter, und die drei alten, blinden Burschen, die im Armenhaus auf dem Beginenhof wohnten, saßen nebeneinander im Gras und lachten.

Tauben kreisten in der Luft und eine Bachstelze und Pallieter fühlte sein Herz vor Rührung zerschmelzen zu einem süßen Balsam, und er sagte, wie die Mutter Gottes:

»Meine Seele ist fröhlich in dem Herrn! . . .«

Und er zündete vor ihrem Wachsbildchen eine Kerze an und sagte:

»Wenn das schöne Wetter deine Schuld ist, dann hast du's verdient.«

Er mahlte weiter, bis Charlot zum Essen rief.

Sie tischte erst Kerbelsuppe auf mit Spargeln. Davon aß jeder zwei Teller. Danach kam ein Schweinebraten mit Spinat und mehligen Kartoffeln, die hatten einen Geschmack und einen Nachgeschmack. Viel Senf war dabei, um gut Durst zu machen. Dann schleckte jeder ein halbes Dutzend Pfannkuchen, die nach Eiern und Zimt rochen, und sie schmierten noch Butter und Sirup und Zucker darauf. Und um einen anderen Geschmack in den Mund zu kriegen, aßen sie eine Schüssel voll schöner Erdbeeren aus, so daß ihnen der rote Saft vom Kinn tropfte.

Der Schweiß stand ihnen auf der Stirn, und Pallieter sagte:

»O Gott, das Vergnügen is schon wieder vorbei, schenk uns neues!«

Das Duell

Nach dem Essen rauchte Pallieter eine Pfeife, ging ein bißchen im Garten herum, um zu verdauen, und fütterte die Goldfische mit Würmern.

Und dann fuhr er mit dem Hundewägelchen zum Müller jenseits der Nethe, um einen Sack Korn und einen halben Sack Weizen zu holen.

Der Müller war der Vater von Franzoo, dem Landschaftsmaler, Pallieters bestem Freund.

Lubas bellte vor Freude und lief mit kurzen, raschen Schritten. Sie rollten über den tempelartigen Beginenwall und ein Stückchen durch das saubere Städtchen, das zu dieser Stunde voll Sonnenschein und Stille lag, mit dem Gehämmer zweier Steinklopfer.

Als sie auf die blanke Landstraße kamen, die sich in runden Buchten durch die schönen Felder wand, da streckte Lubas die Vorderbeine und lief so schnell, daß das Wägelchen hin und her geschleudert wurde und auf den Steinen hämmerte und klopfte.

Pallieter, der darauf hockte, hatte mächtigen Spaß daran und knallte mit der Peitsche, daß es hell weit hinaus klang über die ruhigen Mittagsfelder.

Tauben flogen, und überall wuchsen Maßliebchen im Gras an den Bächen. Es roch nach Butter...

Als die Säcke bezahlt und aufgeladen waren, rief Pallieter nach Franzoo, der oben in der hölzernen Mühle sein Atelier hatte. Aus dem runden Fensterchen kam sofort ein dikker, roter Kopf, der lachend rief: »Ich komm!«

Sie gingen zusammen ins ›Plakleerken‹, um ein Glas Bier zu trinken.

Franzoo war in Hemdsärmeln, die bis über die Ellbogen hinaufgerollt waren, und seine dicken, bloßen Arme waren voller Farbenkleckse, sogar auf seiner Nase saß ein blauer Fleck.

Das ›Plakleerken‹ war eine alte Ausspannung am Fuß des Mühlenhügels. Zwölf breite Linden beschatteten nebeneinander den langen, weißen Giebel. Unter den kühlen Bäumen saß der junge Graf von Dendersteen mit einem alten Herrn und trank einen Schoppen.

Der junge Graf war eine hagere Gestalt mit hochmütigen Augen. Er war im Reitanzug und spielte mit einer Reitpeitsche.

Pallieter setzte sich mit Franzoo daneben und bestellte zwei Schoppen Doppelbier bei der würdigen, alten Wirtin, die noch stämmig war wie ein Baum. Sie trug ein Spitzenhäubchen, eine Brille und lange, goldene Ohrringe. Sie brachte das Bier auf einem zinnernen Schenkbrett und hatte sich kaum umgedreht, da waren die Gläser auch schon leer, und Franzoo bestellte zwei mit Faro.

Lubas bekam einen Eimer Wasser und legte sich keuchend auf die Erde. Einen schönen Blick hatte man hier wahrhaftig. Die Felder und Weiden senkten sich langsam nach der Nethe zu, und auf der andern Seite lagen hell in der Sonne Pallieters ›Reinaert‹, der Beginenhof und die großen Felder.

Franzoo erzählte von seines Vaters Pferden und Kühen, die dort hinten wie weiße und braune Pilze auf der Wiese grasten. Danach horchten sie auf den protzigen Grafen, der sehr laut sprach, damit sie es hören sollten, und auf seinen großen, umliegenden Grundbesitz pochte.

»Wollen Sie noch Grund dazu kaufen?« fragte Franzoo.

Und der junge Graf schnauzte ihm ins Gesicht: »Da ist nichts davon gekauft; da haben meine Ahnen darum gekämpft!«

»Wenns weiter nix is!« rief Pallieter, »wollen wir dann auch mal drum kämpfen?«

Der Graf stand auf, betrachtete ihn zornig vom Kopf bis zu den Füßen und fragte herausfordernd: »Spotten Sie über meine Ahnen?«

»Und über Euch!« sagte Pallieter.

»Bei meiner Ehre«, kreischte der junge Edelmann, »ich muß Genugtuung haben! Ich fordere Sie!« Und indem er Pallieter einen seiner Glacéhandschuhe ins lachende Gesicht klatschte, zischte er: »Welche Waffen wählen Sie?«

»Die Kanone«, sagte Pallieter ernsthaft.

»Wie? ... was? .. wie meinen Sie? ...« fragte der Graf verblüfft.

»So!« rief Pallieter, und gewandt wie eine Katze, packte er den Grafen und drückte ihn gebückt gegen das Haus, und ehe der sich wieder aufgerichtet hatte, hob Pallieter das rechte Bein, rief »Bums!« und ließ einen großen Wind fahren.

Tische fielen, Gläser brachen, und Franzoo fiel vor Lachen auf die Erde.

Der Graf sprang schreiend auf, wie wirklich getroffen, wollte mit der Reitpeitsche auf Pallieter los, aber der ›Vetter‹ flog rasch wie eine Biene in sein Hundewägelchen, rief »Hüh!«, und weit weg rollte er schon über die Pflastersteine und mußte sich den Bauch mit den Händen halten, um nicht vor Lachen zu platzen.

Ein Maiabend

Als Pallieter Kaffee getrunken hatte mit Butterbrot und Rhabarbergelee, ging er hinaus und düngte ein Stück seines Gartens, um nachher Schwarzwurzeln, Portulak und Blumenkohl darauf zu pflanzen. Er schöpfte den Dreck aus der Grube in ein Jauchefaß, das er mit einem Wägelchen auf das umgegrabene Land brachte. Da schwenkte er ihn in breiten Strömen über das Land, daß sofort die ganze Luft danach roch.

Charlot machte die Tür zu.

»Die hat sich mit Weihrauch und Kerzenduft die Nase verdorben ...« rief Pallieter ihr noch zu.

Als die Erde gut durchtränkt war, rieb er sich vergnügt die Hände und sagte:

»So bin ich doch für etwas da: was die Natur mir gibt, geb ich ihr wieder. Was für was und nix für nix.« Er wusch sich die Hände und setzte sich mit seiner Pfeife vor die Tür und sah dem Spiel der vielen Kinder zu. Ein paar Buben kamen und baten:

»Herr Nachbar, erzählt uns doch was ...«

Und Pallieter erzählte von den ›sieben Klabautermännerchen‹ und von der ›Höhle mit der gefangenen Prinzessin‹. Sie lauschten sich die Ohren vom Kopf, und immer mehr Kinder kamen dazu und drängten sich, um vorne zu stehen. Als er aber an das Schweinchen mit seinem langen Rüssel kam und sie also merkten, daß die Geschichte zu Ende ging, baten sie alle zugleich:

»Erzählt noch eine ...«, und sie zählten durcheinander auf: von dem ›Dummen von Rom‹, vom ›silbernen Kreuzchen‹, vom ›Turmhähnchen‹ und einen ganzen Haufen von Geschichten, wie man sie in der Dämmerstunde erzählt.

»Nein, Kinder«, sagte Pallieter, »ein andermal.«

Er wollte aufstehen, aber sie schlangen die Ärmchen um seine Beine und zogen an seinem Rock.
»Na, dann los«, sagte er und warf ein paar Kupfermünzen ins Gewimmel. Wie der Blitz lagen die Kinder auf einem Haufen und suchten und wühlten nach dem Geld.
Pallieter lachte und ging, seinen Kahn loszumachen, um zu rudern. Er fuhr gegen den Strom, bis über den Park von Ringen hinaus, so daß er davon schwitzte. Dort angekommen, ließ er sich mit dem Strom zurücktreiben, steckte sich eine Pfeife an und genoß so den milden Abend, der auf das Land niedersank.
Das Licht der untergehenden Sonne floß wie Gold über die Welt, spülte aus dem Himmel, trieb durch die Felder, tropfte von den Bäumen, klebte auf den Stämmen und vergoldete die weißen Kühe und die weißen Giebel der Häuschen, deren Fenster erglühten.

Das Wasser war fließendes Gold. Kein Wölkchen war am Himmel. Fledermäuse zitterten schwarz über das dunkelnde Blau, in dem zwei Sterne schienen, und dünne Nebel kamen auf das Wasser, stiegen über die Wasserrosen und die Schwertlilien, über den Deich, in die Wiesen hinein, die dufteten.
Und in der heiligen Abendstille kam der gelbe Mond herauf, und ganz in der Ferne bimmelte das helle Beginenhofglöckchen.
Da strömte Pallieters Herz über. Es war zu schön, um zu schweigen, er mußte den tiefen Frieden, das süße Abend-

gefühl mit Worten zu sich selber sagen können, und er sagte:

»Der Abend läutet, und die Glocke schlägt
Ein Engel, den die Wolke trägt.
Ave-Maria!
Der Abend läut', das fleischgewordne Wort
Bei Armen find' es seinen Ort.
Ave-Maria!«

Und er ließ sich einfach treiben durch den Nebel und den süßen Abendduft.

Als er ans Ufer steigen wollte, blieb er aufrecht im Boot stehen und lauschte auf einen fernen Hirten, der auf seinem Horn tutete.

Und eine Träne stand in seinen Augen.

Dann ist Pallieter beim porzellanenen Lampenlicht ans Lesen gegangen in dem alten Pergamentband:

»Wie man aus den differenten Pflanzen und Blumen und allerhand Kräutlein Balsam und Salben und Öl zu machen versteht, um damit zu heilen allerhand Brand- und Schnittwunden und Verletzungen, als auch von allen Teilen des menschlichen Körpers.«

So wußte er, was er dann pflücken und zurechtmachen mußte, um den Bauern, den Beginen und den armen Leuten und jedermann helfen zu können.

Von Zeit zu Zeit blickte er einmal aus dem Fenster nach dem Mond.

Um halb zehn machte er das Fenster zu, blies die Lampe aus und ging hinauf, um zu schlafen.

Charlot war noch dabei, mit halblauter Stimme Gebete herzusagen.

Er war schon im Hemd und fertig, um ins Bett zu steigen, aber er sah erst noch einmal durchs Fenster hinaus, wo alles voll Nebel und Mondschein lag. Der Abend war ruhig wie feines Öl.

»Es ist eine Sünde, jetzt zu schlafen«, sagte Pallieter, und er sah weiter, mit den Ellbogen aufs Fenster gelehnt, in die Nacht hinaus. Der Maidorn duftete betäubend in der hellen Nacht.

Da flötete wieder die junge Nachtigall.

Pallieter belauschte ihren Gesang. Erst kamen lange, stille Töne, so fein wie eine Nadel; dann wurden es hellere, breitere Klänge mit tiefem, vollem Wasserrauschen darin, und auf einmal brach das aufsteigende Flöten in lauter rollende Triller auseinander. Und die Stille der Nacht, die zwischen jeder Wiederholung lebte, war wie ein Teil des rührenden Sanges, der immer schöner und schöner wurde.

Pallieter spürte ein Zucken im ganzen Leibe, und seine ungestüme Freude wollte in Tönen zum Ausdruck kommen.

Er suchte seine Harmonika, setzte sich auf einen Stuhl an das Fenster, und so, im kühlen Hemd, spielte er ein mächtiges Lied, voll schwer einherschreitender Akkorde, Triller von hohen Noten und Getanze von hellen Mitteltönen. Es wimmelte durcheinander zu einem fröhlichen Marsch, der weit hinausklang, über die mondbeschienenen Felder, in der duftenden Nacht. Und dann erst stieg er in sein Bett und machte ruhig die Augen zu.

Der Garten und Charlots Brief

Das herrliche Laub, das der zarte Mai so toll aus den Bäumen herausgepocht hatte, war nun auseinandergefaltet und verdeckte den Anblick der Welt.

Die Wiesen waren eine Blüte, und das Durcheinander der Düfte von Flieder, Schwertlilien und Petersilie zog bei Tag und Nacht durch die Luft. Es war, um davon in Schlaf zu fallen, wie eine Schlange von süßer Musik.

Wer hätte es in dem weißen Winter auch denken können, daß in der kahlen, harten Erde und den nackten, schwarzen Bäumen eine solche Kraft von herzerfreuendem Leben zusammengepackt steckte?

Pallieter saß im Garten und jätete die jungen Gemüsebeete. Der Boden war weich wie Butter und glänzte von Fettigkeit. Die Sonne schien wie ein warmer Atem auf Pallieters weißes Hemd, und es tat ihm so gut, daß er den Rücken krumm zog und sang.

Zuweilen blieb er eine ganze Zeit lang sitzen und betrachtete den duftenden Reichtum des Gartens, und er hätte noch mehr Augen haben mögen, denn da war mehr Schönheit, als er sehen konnte.

Die Bäume waren breit und voll, und das Licht, das um die Stämme hing, war grün wie Mondschein; es waren schon viele Blumen herausgekommen und weiße und rote Rosen.

Ein Tautropfen glitzerte auf einem schwarzen Stiefmütterchen.

Und in dem wassergrünen Licht spielte das Flöten einer Amsel. Sie saß in dem blühenden Kastanienbaum, innen im Schatten. In dieser frischen Einsamkeit strömte sie ihr Herz wohlig aus, und aus ihrer Kehle zitterte und schleifte ein hellklingendes Lied. Es klang wie in einer Kirche. Heiligkeit lag darin.

»Da muß drauf getrunken werden«, sagte Pallieter zu sich selber und rief mit den Händen um den Mund: »Pastorenwein, Pastorenwein!« Und er aß eine Handvoll Erbsen.
Nach einem Weilchen kam Charlot mit einem dickbauchigen Halbliterkrüglein und einem kristallenen Römer. Er roch an dem frisch entkorkten Krug, machte den Mund auf und die Augen zu und schenkte ein. Ein Sonnenpfeil schoß durch das Glas und vergoldete den blonden, klaren Wein. Als Pallieter ihn in langsamen, kleinen Zügen ausgeschlürft hatte, klopfte er mit dem Daumennagel an das Kristall, und ein voller, runder Klang sprang in die Luft und summte sich langsam aus.
Charlot schenkte auch für sich ein, und Pallieter sah erst jetzt die Tintenflecken auf ihrem Gesicht.
»Warum biste denn so schwarz?«
»Ei«, sagte Charlot, »ich bin am Briefschreiben, daß sie zur Kirmes kommen sollen. Aber ich hab gedacht«, fügte sie schnell hinzu, »ich wollt Mariechen, mein Patenkind, auch einladen; darf ich?«
»Wenn sie gut essen kann«, sagte Pallieter, »laß sie dann nur kommen, ich will das Ding doch auch einmal sehn ...«
»Ach, es is so ein schön Mädchen«, sagte Charlot voller Bewunderung, »und brav wie ein Engel. Sie kann noch keiner Fliege weh tun, viel weniger einem Menschen. Wie sie zur ersten Kommunion ging...«
»Ja, ja, das hab ich schon hundertmal gehört«, sagte Pallieter, »schreib, daß sie mitkommen soll, mit einem leeren Bauch und einem großen Hunger...«
»Ich werd schreiben«, sagte Charlot und ging weg. Und Pallieter trank das Krüglein leer.
Er wollte weiterarbeiten, aber da ward sein Blick abgelenkt durch ein leuchtendes Licht. Er sah auf, und es war ein Schiff mit einem übergroßen, weißen Segel, das den ganzen

Himmel zudeckte. Die Sonne glitzerte darauf, und der weiche Wind ließ es schwellen.
Pallieter stand auf und lehnte sich über die Hecke, um es besser zu sehen.
Der Anisgeruch, der von den Heckenrosen in seine Nase stieg, ließ ihn das Schiff vergessen. Aber der Junge, der das Steuer hielt, tutete auf einmal auf einem Horn. Die Töne hallten weit über das Land und fielen nach einer kurzen Stille am blauen Horizont auseinander.
Das Segel zog weiter, und nun hatte er das weite Netheland vor sich, voll angenehmer Tiefen. Es lag da, hellgrün, weit und klar in dem zarten Licht, das aus dem tiefen Himmel floß. Der Himmel war aus reinem Madonnenmantelblau, und dicht an der Erde entlang schoben sich hohe, gelbe, fette Wolken, oben weiß erleuchtet wie Schnee. Die Nethe war noch tiefer blau und ruhig wie feines Öl.
Die Mühlen drehten sich langsam, und die fernen Häuser schimmerten weiß und rot.
Die zahllosen Butter-, Kuh- und Pferdeblumen auf den Weiden waren wie lebendige Flecken aus Butter und Milch. In der Luft ein Wildgänsedreieck und aus dem blauen Wald das Lachen einer Elster.
»Oh«, sagte Pallieter, »da fehlen noch Luftballons.«
Und was tat er, der Vetter? Er holte sich eine Kaffeetasse, machte aus grüner Seife und Regenwasser eine Brühe darin, suchte sich seine sauberste Pfeife und setzte sich wieder an die Hecke. Mit der Pfeife blies er ins Wasser, kräftig und lang, bis babbelnd ein Turm von aufeinandergehäuften Seifenkugeln daraus aufgestiegen war. Er faßte eins von den zerbrechlichen Bläschen mit dem Pfeifenkopf, blies vorsichtig in den Stiel, und eine silberne Blase entfaltete sich wie eine Kugel aus der Pfeife. Als sie größer wurde, schwammen mit einem Male feine grüne, rote, purpurne und gol-

dene Farben darin, die durcheinanderliefen, aufstiegen, sanken und sich miteinander verschmolzen. Pallieter stand entzückt davor und sah sein eignes Bild, sein Haus und die ganze Landschaft drin.

»Es is grad, als ob ich meine Seele ausblase«, sagte er. Und als sie zwei Kinderköpfe groß war, schwer von den Farben, löste er sie mit einem kleinen Stoß von der Pfeife ab, und die dünne Blase stieg langsam in die blaue Luft hinauf.

»Was für ein schönes Ding, es is Sünde und Schande, daß ich das nich an meine Stubendecke hängen kann.«

Und er machte noch größere, kleinere und ganz kleine, und alle trieben sie, als ob sie stolz auf sich seien, ruhig in die Höh.

Sie zeichneten sich golden oder rot oder grün gegen das Himmelsblau ab und hingen da schwebend, noch schöner als die Sterne der Nacht.

Manche gingen ganz hoch, andere sanken nieder auf die Erde, platzten an einem Baum, aber die meisten brach die Sonne.

Petrus, der Storch, stand auf dem Dach mit dem Schnabel unter den Flügeln und sah träumend dem Spiele zu. Pallieter sah es und versuchte, Blasen auf den Vogel zutreiben zu lassen.

Es ging, aber dieser ließ sie ruhig vorbeiziehen. Doch eine, die ihm zu nahe kam – es war gerade eine goldenpurpurne –, schlug er mit seinem roten Schnabel kaputt.

»Bravo, Petrus«, rief Pallieter, »du kriegst gleich ein Stück-

chen Fleisch«, und er machte weiter Blasen, denn er konnte sich nicht satt sehen an den himmlischen Farben.
Während er so beschäftigt war, kam ein magerer, gelber Mann vorbei, der in einem dicken Buch las. Er war Philosoph, Theolog, Historiker, Naturforscher usw.
»Ach«, rief Pallieter, der ihn kannte, »wie könnt Ihr jetzt nach Schnee suchen vom vorigen Jahr, wenn die Sonne da oben so schön scheint!«
»Die Sonne geht mich nichts an«, sprach der Gelehrte, »sie scheint immer, ich suche das Weltsystem.«
»Ihr wollt einen Furz in einen Vogelbauer gefangen setzen!« sagte Pallieter, und ärgerlich schritt der Philosoph weiter und las in seinem dicken Buch. Aber da raschelte und bewegte sich etwas unter den breiten Wirsingblättern, und gelb und schwarz kam die Schildkröte darunter hervorgekrochen.
»Ei! Fille«, sagte Pallieter, »ich hab dich ja zwei Tage lang nicht mehr gesehen! Wie gehts? ... Komm mal her.«

Fille, die Schildkröte, kam, und Pallieter klopfte mit dem Knöchel auf ihre glänzende Schale. Sie betrachtete ihn. Er nahm sie auf den Arm, und sie rieb ihren harten, trockenen Kopf an seiner Wange hin und her.
»Ei, du gut stumm Tierchen«, sagte Pallieter, sie niedersetzend, »guck hier, das is für dich.«
Und er fing mit der Hand eine von den tausend Eintagsfliegen, die in der feinen Luft hingen und summten, und steckte sie der Schildkröte ins Maul.

Da läutete das Mittagsglöckchen silberig summend vom Beginenhoftürmchen, und Charlot kam aus der Küche und rief voller Freude:
»Er is fertig!... Ich will ihn mal vorlesen!...«
Sie setzte sich Pallieter gegenüber, der auf den Knieen hokkend zuhörte. Ein Sonnenstrich zog sich über ihre rote Nachtjacke und ihre blaue Schürze. Ein Tintenklecks lief ihr von der Nase nach der Unterlippe, und ein bißchen Sonne zitterte in ihrem linken Auge, das sie deshalb zumachte. Und sie las also von dem weißen Papier:

»Lieber Onkel Hanrie!
Ich nehm die Feder in die Hand um Euch den Stant meiner Gesundheit wissen zu lassen und hoffe von Euch dasselbe. Sonntag über acht Tage is Kirmeß und unser Herr Pallieter will gern haben, daß Ihr zu dem Fest kommt, wie voriges Jahr, um zu schlemmen und zu schlampampen. Er hat gesagt, Ihr sollts der ganzen Famili sagen, denn sonst muß ich zuviel Briefe schreiben. Kommt nur mit der Eisenbahn, zur selben Zeit wie voriges Jahr. Der Bauer will mit Wagen und Pferd an die Bahn kommen und die Weiber auflaten. Die Männer müssen zu Fuß gehen. Der Schmied an der Nethe schlacht ein Spanferkel zum Essen, denn Ihr wißt unser Bauer macht kein Tier tot, noch kein Wurm. Das kann er nich übers Herz kriegen, sagt er, aber essen tut er sie doch. Er will kein Tier im Haus nich haben, und ich hätt so gern ein Kanarienvogel, aber er will absolut nix davon wissen. Die müsse fliege, sagt er. Ich hab schon einen schönen Käfig gekauft, für vier Frank, aber der Bauer sagt, ich soll mir ein blechenen Kanarienvogel hineinsetzen. Neue Kartoffel und Erbsen werden viel da sein und auch Erdbeeren.
Die Köchin vom Pastor im Beginenhof hat ein neu Re-

zept erfunden für Apfeltorte. So will ich eine machen. In einem Wort, es soll an nix fehlen. Aber hört einmal: Der Bauer sagt, daß Ihr mein Patenkind Mariechen sito, sito mitbringen müßt, denn sonst is es ihm gar nicht recht. Ich glaub ich hab weiter nix zu sagen, als wie viele Grüße an Mariechen und daß sie fleißig für mich beten soll. In der Hoffnung, daß Ihr dann allesamt kommt, schreib ich mit der Feter und mit dem Herzen.

Charlott Bellekens

Pe, Se – Gleich wenns dunkel wird will der Bauer Lampions anstecken und ein großes Feuerwerk machen.

Charlott Bellekens«

Und als sie fertig war mit Lesen, liefen zwei große Tränen über ihre Wangen, und sie sagte gleich darauf mit vor Rührung gepreßter Stimme: »Komm essen!«

Der Vogelbesuch

Nach dem Essen zog Pallieter Klettersporen an die Beine, nahm eine Leiter auf die Schulter und zog in die Felder hinaus, um einmal nachzusehen, wie es mit den Eiern und den jungen Vögeln stand. Er nahm fast jeden Baum vor, legte die Leiter an die Stämme, um in die Astlöcher zu sehen, und kletterte mit Katzengewandtheit bis in die Spitzen der Bäume.

So sah er die rosigen, grün- und schwarzgesprenkelten Eier in den dunklen Nestern glänzen, er zählte sie und hatte seine Freude daran, sie vorsichtig mit leisen Fingern zu streicheln.

Aber am längsten konnte er stehen vor einem Nest mit nackten Jungen, die mit ihren gierigen, weitoffenen Schnäbeln nach Futter schrieen.

Die Felder lagen im Mittagsfrieden. Wenige Bauern waren auf dem Land. Nur die Sonne allein tat ihre große Arbeit, sie erwärmte das fette Land durch und durch. Die Rüben schwollen davon in der Erde, und das blaugrüne Korn wuchs sichtbar dabei in die Höhe. Die Fernen waren sauber, wie auf gotischen Gemälden.

Und der Vetter kletterte an vielen Bäumen in die Höh, sprach mit einem Bauern oder einem Bauernmädchen, besah die Felder, löschte seinen Durst an einer Quelle, und so war er schon ein ganzes Ende gegangen und hatte solchen Hunger, daß sich ihm der Magen umdrehte.

Er dachte schon ans Heimgehen, aber da sah er auf einmal auf dem höchsten Feld der weiten Landschaft eine schlanke Pappel ganz allein, turmhoch in die Luft hineinragen, mit einer weißen Wolke aus Holland hinter sich. Da wollte er erst noch hinauf! Und im Handumdrehen saß er in der Krone. Oh, du Gott der Meere! wie war die Welt paradiesesschön! Stundenweit erstreckte sich das fruchtbare Land unter ihm. Er sah an die zwanzig Kirchtürme und ich weiß nicht wieviel Bauernhöfe auf allen Seiten liegen. Alle Dörfer hatten Mühlen, und die roten Dächer und weißen Giebel lagen wie feine Perlen von Korallen und Austerschalen in dem kostbaren Reichtum von all dem verschiedenen Grün von Wäldern, Wiesen und viereckigen Feldern.

Schwarze Eisenbahnzüge fuhren ganz weit hinten, mit einer langen, weißen Wolke hinter sich, langsam in die Ferne. Segelschiffe zogen über die Nethe, die blitzend in ruhigen Buchten den einen Horizont mit dem anderen verband. Und groß stand der Himmel darüber, fünfmal so hoch, und die Sonne füllte die Erdenschale mit ihrem überreichen Licht. Alles schien so klein und sauber wie ein Stück neues Spielzeug, und Pallieter sagte:

»Von hier aus is der Mensch noch keine Pfeife Tabak wert.«

Er saß da so hoch oben wie ein Riese, der Herr war über das Land. Und zu seiner großen Freude kam ein Wind und bewegte die Krone der Pappel. Pallieter wiegte sich mit, und es war, als ob er auf einer Wolke in ein anderes Land geweht würde. Ohne daß er es wußte, tönte aus seiner Kehle ein mächtiges Lied, das bis zum Himmel hinaufklang.

Es war hier zu schön, um hinunterzusteigen, aber das weiße Licht färbte sich golden, und die Sonne wurde größer und

größer und rot. Das Rot jubelte in die Wolken hinein und rollte über die Welt.
Und hinter fernen, blauen Wäldern sank die Sonne hinein in ein Chaos von ruhigen, hell erleuchteten Riesenwolken. Die Schatten schossen lang heraus und nahmen die Helligkeit weg. Unten lag die Welt in Dämmerung, aber auf Pallieter klebte das Sonnengold noch wie rotes Papier. Er hätte sich selber streicheln können.
Ganz fern sah er zwei Reiher schweben. Er ließ sie nicht aus den Augen, denn sie waren großartig in dem wachsenden Abend. Er verfolgte die große Linie, die sie mit weichem Flügelschlag durch den sich schließenden Abendhimmel zogen. Manchmal blieben sie eine ganze Zeit lang still mit weitausgebreiteten Flügeln und zogen dann regungslos weiter auf dem dunkelnden Blau. Sie waren geheimnisvoll und machten einen tiefen Eindruck. Und ebenso regungslos und schweigend, wie sie gekommen waren, verschwanden sie in der purpurnen Dämmerung am gegenüberliegenden Horizont. Als sie weg waren, war doch noch etwas von ihrer Seele in der Luft geblieben. Der Sonnentriumph war gestorben; im Westen flackerte noch eine unbestimmte Helligkeit, und in den Feldern brannte irgendwo ein Lichtchen.
Das war der Abend.
Da ließ Pallieter sich hinuntergleiten und ging schleunigst nach Hause, denn sein Magen knurrte wie ein wildes Tier. Aber er schwieg, denn er war gerührt bis an das Kerngehäuse seiner Seele.

Sonnabend vor der Kirmes

Die Sonne wurde größer und flammte den Himmel in ein reiches Blau. Die üppigen Bäume waren noch einmal so breit geworden und die Nethedeiche um die Hälfte höher von den Lilien, dem Schilf, der Schmerwurzel und dem weißen Kerbel. Das Gras der Wiesen reichte bis über die Kniee, und tausend verschiedene Kräuter wuchsen durcheinander, zwischen hundert verschiedenen Blumen: Sauerampfer, Zichorie, Vergißmeinnicht, Dotterblumen, wilder Klee usw., ein ganzes Buch.

Und von einem Tag zum andern veränderte sich ihr Aussehen. Einmal war Gold die Hauptfarbe, dann Purpur, dann Rosa und dann wieder Grün, je nach dem Wachstum der Blumen und Kräuter. Und das war eine Wonne für das Auge und eine Wollust für die Nase.

Die Bäche waren zugewachsen, und das Korn ging den Bauern bis über die Köpfe.

Die Wälder waren wie Berge. Und während die Sonne da draußen die Krone des Jahres bereitete, als da sind die süßen Früchte, waren die Menschen dabei, in und um ihr Haus alles fertig zu machen für die Kirmes. Diese nun fiel gerade auf Pfingsten, das Fest von Gott dem Heiligen Geist.

Und bei Pallieter ging es hoch her!

Charlots Herz war so klein wie eine Bohne vor froher Erwartung, denn die schöne Beginenhofprozession sollte die große Runde machen durch den Hof und über den Beginenwall. Sie selber würde mitgehen und also viel Ablaß für sich und die armen Seelen verdienen. Ein süßes Lächeln kräuselte beständig um ihren Mund.

Pallieter half ihr einen ganzen Korb voll Streusel machen. Sie hatte rotes, blaues, gelbes und grünes Glanzpapier gekauft, das sie in fingerspitzengroße Viereckchen zerschnitt.

Sie lief die katholischen Kaufläden ab, um das Silberpapier von der Schokolade zu bekommen, und am Tage der Prozession wollte sie Rosen, Flieder und duftende Kräuter hinzufügen. Es konnte nicht schön genug sein, denn der Herrgott würde es mit eigenen Füßen betreten. Und während sie schnitt, sang sie Kirchenlieder.

Sie würde prahlen und prunken mit ihrem Korb voll Streusel vor den Beginen, die meistens arm und geizig waren und zufrieden sein mußten mit den farbigen Umschlägen von alten Sankt-Franziskus- und Marien-Boten.

»Was wird sich der liebe Herrgott freuen über das schöne Streusel!« sagte Charlot händereibend.

»Dein lieber Herrgott freut sich über einen toten Spatz«, meinte Pallieter. Und Charlot war für ein halbes Stündchen gekränkt.

Der Sonnabend kam, und es war kein Wölkchen am Himmel. Kein Wind regte sich, alles stand still wie ein Haus, und ein Federchen in der Luft hätte sich nicht vom Platz bewegt.

Charlot hatte alle Hände voll zu tun. Sie sorgte zuerst für die leckere Martinsspeise, rollte das gehackte Fleisch zu kinderkopfdicken Kugeln, und während sie schmorten, machte sie Sauce von Johannisbeersaft und Kartoffelmehl. Als die Frikandellen gut geschmort und danach mit einem braunen Krüstchen in süßer Butter gebacken waren, goß sie die rote Sauce darüber. Es war eine Wonne, das anzusehen, so frisch.

Unterdessen kochte ein großer Kessel Reisbrei. Sie schüttete ihn in tischgroße, schöngeblümte Schüsseln, und was im Kessel blieb, leckte sie mit dem Finger ab.

Während sie junge Erbsen in ihrem Schoß kernte, schäumte Pallieter die Suppe ab. Sie war, um sich alle zehn Finger danach zu lecken, denn es war ein kräftiger kempischer Hahn darin, über zweihundert Klößchen, zwei Kilo Markknochen und ein riesiges Stück Kochfleisch.

Charlot schrubbte in einer Bütte den neuen Kartoffeln die Haut ab, und Pallieter sorgte für die Zubereitung des Spanferkels. Das Fleisch und andere Speisen, die erst morgen fertiggemacht werden durften, lagen duftig und frisch im kühlen Keller.

Sie putzten noch Salat, schnitten Blumenkohl, liefen hin und her um dies und das; und die stillen Mittagsstunden schritten voll warmer Sonne über die fruchtbare Welt.

Und gegen vier Uhr öffnete Pallieter den schwarzen Ofen im Backhaus. Es war, als ob er einen Reliquienschrein öffnete, so neugierig gespannte Augen machte er. Gott! was für ein warmer, süßer Duft von Eiern, Mehl und Milch schlug ihm betäubend ins Gesicht! Und was für eine appetitliche, goldene Farbe blühte auf aus der Dämmerung des Ofens! Er holte die Brote vorsichtig heraus und lachte übers ganze Gesicht, über die tiefbraune Farbe, die an den Seiten blond und gelb niedersank. Üppige Risse waren darin, die das blanke Brotherz sehen ließen, und Pallieter rupfte die losen Seitenstückchen davon ab vor Lust.

Die Torten waren gut gelungen und schön und duftend, um einen Sankt Antonius zu verführen. Und die Sonne, die durchs Fenster strömte, glänzte schimmernd auf den roten und gelben Konfitüren.

Aber auf einmal verdunkelte sich das Licht, und eine große, graue Wolke schob sich vor die Sonne. Pallieter konnte es

fast nicht glauben, und Charlot kam in die Backstube gelaufen und jammerte:
»Ach, ach, nun is das gute Wetter zum Teufel! Und die Kirmes und die Prozession!... Ach Jesus, Maria, Joseph, ich will nur schnell ein Vaterunser beten!«
Sie lief wieder weg in ihre Kammer, wo sie niederkniete vor ihrem Madonnenbild von Scherpenheuvel und mit geschlossenen Augen anfing zu beten.
Und klatsch, da fiel der Regen.
»Ja, aber das muß man ausnützen!« rief Pallieter.
Er ließ die Torten stehen und lief hinaus in den Garten.
Im Handumdrehen war er tropfnaß wie ein Seehund, und es tat ihm gut, wie warme Milch und Rosinenbrot einem frierenden Bettler.
Der kühle, milde Regen rauschte erfrischend über das Land, begoß die Bäume und die Pflanzen, platschte auf das Wasser und pladderte auf das Dach. Es war eine Wassersymphonie.
Die Tauben und die Hühner schlugen die Flügel über die Köpfe, um die warmen Grübchen ihrer Schwingen naß werden zu lassen.
Petrus, der Storch, stand regungslos mit seiner Frau, jedes auf einem Bein, in ihrem Nest; und die Enten lagen auf der Bleiche mit ausgebreiteten Flügeln in einem Klumpen zusammen.
Pallieter hatte am Tage vorher sein Haar dicht am Kopf abgeschoren, und nun klatschte und glänzte der Regen darauf wie auf einer steinernen Kugel.
Es regnete und regnete!... Und während hier das Wasser noch strömte, bohrte sich ein Bündel Sonnenstrahlen durch die Wolken, und ein leuchtender Fleck hellgrünen Landes lag dort hinten im Feld. Der Regen siebte das Licht, und nun war es Gold, das fiel, lauter Bohnen von Gold. Pallieter guckte sich die Augen aus.

»Das ist Manna!« sagte er; und er warf den Kopf zurück, machte den Mund auf und ließ die goldenen Tropfen hineinfallen.

Und da kam noch ein Strahl, und dort noch einer, und es war, als ob der erste frische, grüne Lenz ganz schnell zurückgekommen sei.

Dort, über dem Felderbauch erhob sich das Ende des Regenschauers in die Höhe, und das halbe Land glitzerte in der Sonne, während der dunkle Teil noch vom Regen rauschte.

Die Vögel schüttelten das Wasser von den Flügeln, flogen auf einen andern Zweig, und da fing eine Meise an zu pfeifen, ein Fink an zu schmettern, und auf einmal ging es los: alles, was Schnabel hatte, jauchzte mit frischer Stimme die helle Freude hinaus. Der Hahn krähte, und eine Lerche stieg auf.

»Das is wohl ein Vergnügen, he«, schimpfte Charlot, »sich so naß regnen zu lassen?«

»Ach Mädchen, schweig, ich bin einen Fuß größer geworden«, sagte Pallieter; und er ging hinein, um ein reines Hemd und eine andere Hose anzuziehen.

Die Natur schien um vierzig Tage verjüngt, alle möglichen Düfte stiegen aus der nassen Erde empor, und alle Bäume sangen.

Der Himmel war wieder rein und blau wie ein Vergißmeinnicht, und die Sonne ließ alles, noch naß vom Regen, erglänzen.

Pallieter wandelte voll innerlichen Friedens durch seinen Garten. Ah, da hatte das Viertelstündchen Regen den vollen Sommerüberfluß gebracht. Die Nässe holte alle Blumendüfte hervor, Rosen, Flieder, Reseda und alles durcheinander. Sie hatte die vor dem Platzen stehenden Knospen aufgehen lassen, und nun standen noch einmal soviel Blumen da. Die Bäume tropften noch, und in allen Blumen strahlten silberne Regentropfen.

Ein gutes Gefühl kam über Pallieter. Er nahm seinen Dudelsack, setzte sich nieder auf die Bank vor der Vordertür und fing an, alte Dudelsacklieder zu spielen, wie: ›Ich will von den Kerlen singen, mit ihrem langen Bart ...‹ Die groben Klänge summten in das Gold der untergehenden Sonne hinein. Beginen kamen, lauschten und erzählten sich was mit Charlot, die mit ihrem Waschkorb voll Streusel prunkte, und sie gingen langsam über den Wall.

In der frisch gescheuerten Küche schmeckte das Abendessen und das Bier so gut, daß man dreimal hätte von vorne anfangen mögen.

Die Nacht kam und die Stille; die Erde dampfte den Regen in feinen Nebeln in die Höhe, und kaum war die letzte Dämmerung ausgelöscht, da stieg auch schon die Sonne wieder hoch, rot wie ein Herdfeuer, und das Leben begann aufs neue.

Es war Sonntag und Pfingsten, das Fest Gottes des Heiligen Geistes.

Kirmesmorgen

Der Morgennebel hing noch in den niedrigen Sträuchern und über dem Wasser, als überall die Glocken zu läuten anfingen.

Als Pallieter sah, was für ein herrliches Wetter der Tag bringen würde, warf er seine Mütze in die Luft, lief mit lachendem Gesicht auf den Speicher in die dunkle Kammer mit dem Glockenspiel. Er warf eine hölzerne Dachluke zurück, und das weiße Licht kam hereingeströmt. Als er sich vom ersten Geblendetsein erholt hatte, sah er unten das frische morgendliche Land in all seiner wogenden Weite offen vor sich liegen. Sogleich begann er auf die hölzernen Griffe zu klopfen und zu schlagen; die Drähte rasselten, das Holz quietschte und krachte, aber oben tönten die hellen Glokkenklänge wie widerklingende Kristallbecher in die perlklare Luft hinaus. Durch sein Herz brauste der Glockenjubel, und er sang mit, so laut er konnte. Danach steckte er eine neue Kirmesfahne durch das Dachfenster, und der leichte Ostwind bewegte die starken Farben. Und nachdem er mit Charlot Kaffee getrunken hatte, mit Schinken und Eiern in der Pfanne, ging er spazieren und rauchte dabei eine gute Zigarre. Der Regen von gestern war Balsam für die Erde gewesen, und alles war noch einmal so schön, so hell, so rein.

Mit all den Kirmessorgen hatte Pallieter sich die Beine abgelaufen, nun konnte er fröhlich wie ein Kind den scharfen Duft des freien Feldes riechen. Er lachte, weckte Echos auf, trank irgendwo Bier und spielte Kegel.

Als er wiederkam, spannte er die schwarzgefleckte weiße Stute an den neuangestrichenen Planwagen und fuhr damit zum Bahnhof.

Alle Häuser in der Stadt waren beflaggt, und das Glockenspiel vom Sankt-Gommarus-Turm hämmerte Volksliedchen über die Dächer, über denen Tauben kreisten. Schon gingen Männer mit Luftballons herum, und etwas weiter spielte eine italienische Orgel.

Während Pallieter weg war, war Charlot in einer Hetze mit dem Essen. – »Es mag kommen, was will«, sagte sie, »aber zuerst wird für Gott gesorgt.«

Und sie hakte blaue Kerzenhalter mit langen Kerzen darin an den Giebel und stellte an die Vordertür einen Tisch mit einem steifen, weißen Laken darüber, auf den sie den Schrein mit dem Madonnenbildchen, ein Kruzifix aus Palmenholz und all die vielen Heiligen aus ihrer Kammer stellte.

»Denn sie sollen all den lieben Herrgott sehen«, sagte sie. Und drumherum und dazwischen kamen Vasen aus Silberglas mit Blumen und alte kupferne Leuchter mit papierumkräuselten Kerzen darin.

Sie sah, daß es gut war, und arbeitete weiter an den Speisen.

Und in der Stille sangen die Vögel, flatterte die Fahne und strahlte die Sonne durch das Laub der Bäume; sie glitzerte auf den Vasen und dem Kupferzeug und ließ das goldbestickte Mäntelchen der Mutter Gottes glänzen und funkeln.

Pallieter lud die Frauensleute in den Planwagen. Als er Mariechen sah, machte er Augen so groß wie Saucentöpfchen und sagte mit einem Seufzer:

»Ah, was für ein schönes Kind!...«

Die Mannsleute kamen zu Fuß hinterher.

Im Planwägelchen steckte innen in der gelben Beleuchtung ein Strauß von überwältigend schönen Farben. Die Frauen hatten all ihr schweres Gold angelegt, und die ältesten trugen feine Spitzenhäubchen mit einem Strohhut darüber, um den ein blaßfarbiges Band steif herunterhing. Sie hatten buntseidene Schals um, worunter feuerrote waren, purpurne und rahmweiße mit roten Blumen darin. Auch eine Frau mit einem Säugling war dabei.

Ein Viertelstündchen später waren sie auf dem ›Reinaert‹. Und es gab mit Charlot einen Lärm und ein Geschrei wie beim Jüngsten Gericht.

Aber da auf einmal stand Mariechen vor ihr, in einem blauen Kleid mit weißen Tupfen und frisch wie eine Blume auf dem Felde.

Die Tränen sprangen Charlot aus den Augen, sie umarmte es, küßte es auf den Mund, hob es hoch und zerdrückte es fast auf ihrem dicken Leib.

»Ach, was biste doch für ein schönes Mädchen geworden!« rief sie. »Ach mei Mariechen, mei Mariechen!«, und sie küßte es noch einmal, und ihre Tränen klebten auf Mariechens Gesicht.

Die Mannsleute kamen heran, zu zehnt, und Pallieter ließ sie alle hereinkommen, wo sie sofort anfingen Bier zu trinken, Pfeifen zu rauchen und zu schwätzen von ihrem Land, von ihrem Vieh, ihren Kindern und dem Wetter. Alles andere war ihnen fremd, als stünde es in einem Buch. Sie wußten nicht, ob sie von vorne oder von hinten lebten, und Pallieter sagte darum: »Ein Bauer mit Verstand is das Ideal von einem Menschen.«

Etwas später zogen sie alle zusammen in den Garten hinaus.

Sie waren in Gruppen verteilt, und in dem reichen Grün und den schönen Blumen leuchteten die Farben ihrer seidenen Halstücher. Einige blieben neugierig vor dem Springbrunnen stehen, der so hoch sprang, wie er nur konnte, und perlensprühend heruntertröpfelte auf den Rücken der ruhigen Goldfische. Andere betrachteten die kräftigen kempischen Hähne und Hennen, und ein jeder stand bewundernd vor dem Pfauenschwanz.

Die Pfeifen rauchten, und das Gold glitzerte, und drumherum lag die Welt in der Sonne. Auf einmal zog ein Liedchen durch den Garten, das klang wie auf einem Schilfrohr geblasen. Das war Pallieter, der eine Hoboe spielte und mit Mariechen herangewandelt kam.

Am Springbrunnen angekommen, unter den Mariechen die Hand hielt, um die Wasserperlen aufzufangen, nahm Pallieter das Instrument vom Munde und sagte zu ihr:

»So, jetzt laß dich einmal ordentlich betrachten!«

Er legte die Hände auf ihre runden Schultern und betrachtete sie vom Kopf bis zu den Füßen. In ihrem rotbäckigen Antlitz perlten zwei große, braune Augen mit einem feurigen schwarzen Stern darin, die apfelroten Lippen standen hoch unter der feinflügeligen Nase, und in ihrer rechten Wange war ein Grübchen, wenn sie lachte. Ihr Kinn bog sich begehrlich nach vorne, und der milchweiße Hals war rund und zart, daß man hätte hineinbeißen mögen. Ihre jungen, noch aufrecht stehenden Brüste saßen hoch, und ihre Hüften waren rund. Sie hatte dunkelbraunes Haar und samtweiche Hände. Ach, wie schön sie war! Über ihrem ganzen Wesen lag der Atem der freien Luft und die junge, frohe Lebenskraft der großen Natur. Sie stand da, so natürlich wie Wasser, und ihr Antlitz war wie ein offenes Buch. Es war Milch und Brot.

Und die Sonne schien rot durch ihre Ohrmuscheln und tüpfelte Lichtkringel in ihr Haar. Und Pallieter sagte:

»Dir fehlt nix wie Flügelchen.«

Sie lachte mit blitzenden Zähnen und sah auf ihre Schuhe.
Und Pallieter betrachtete sie weiter und fühlte einen Stoß in seinem Herzen vor Verlangen. Und sie hob den Kopf wieder und sagte:
»Spiel noch ein Liedchen!«
Er spielte wieder, und sie gingen zusammen weiter.
Da brach auf einmal lautes Glockenläuten los. Und Pallieter rief: »Da is sie, da is sie! Kommt, Leute!«
Und jeder beeilte sich, um an der Tür zu sein.
Während sie sich hinter den geschmückten Tisch stellten, zündete Pallieter die Kerzen an und streute Blumen und geschnippeltes Papier auf den Weg.
Hinter den treppenartigen Giebelchen der Häuser kam ein langsamer Trommelwirbel, ein Paukenschlag und dann ein feierlicher Festmarsch von Blechmusik hervor.
»Da is sie!« riefen die Kinder und die Leute, die aus der Stadt gekommen waren, um sie zu sehen, und stellten sich auf den Rasen zwischen den hohen Baumstämmen, den blonden Weg freilassend.
Die Bäuerinnen holten den Rosenkranz aus der Tasche und fingen an zu beten.
Und da schritt, aus dem breiten Tor heraus, die Prozession auf den schattigen Beginenwall.
Den Zug eröffnete der lange Küster Lamdieke, in roter Soutane und weißem Chorhemd. Das Licht glänzte auf seinem flachen Glatzkopf, über den eine dünne schwarze Haarsträhne gekämmt war. Er schleppte ein hohes, hageres Kreuz und schlug die Augen nieder.
Neben ihm marschierten gleichgültig zwei Chorknaben, die jeder einen schweren silbernen Leuchter mit einer brennenden Kerze trugen. Die Waisenmädchen aus dem Marollenkloster folgten in drei langen Reihen: sie trugen ehrbare schwarze Kleider, über denen ihre Gesichterchen, mager

und bleich vom Immer-im-Haus-Sitzen, mit gleichmäßig abgeschnittenem Haar furchtsam herausguckten. Es waren arme Dingerchen von noch nicht fünf Jahren dabei, und sie hatten ebenso demütig wie die Großen die Augen niedergeschlagen. Es waren viele Kinder von versoffenen Vätern darunter. Neben ihnen, in weiten schwarzen Mänteln und weißen Hauben mit breiten, schwingenden Flügeln, schritten die strengen Marollen. Sie waren alle mager und aufrecht, nur die Mutter Oberin war ein Fettklümpchen.

Hinter ihnen kam ein stämmiger Bauer in roter Soutane, der die blaue Fahne von Sankt Begga trug. Und dann eine blendende Fülle von Mägdlein, lauter kleine Kinder in schimmerndem Weiß, mit Fähnchen und goldenen Füllhörnern, strotzend von Blumen, Kornähren und wohlriechenden Kräutern.

Die Freude glänzte auf ihren Gesichtern, und stolz stapften sie mit steifen Beinchen nach dem Takte der Musik, und die gestärkten weißen Röckchen rauschten wie ein Meer.

Die Musikanten waren alte Burschen, sie bliesen, so laut sie konnten, und ihre Kleider rochen nach dem Schrank.

Dann folgten vier stämmige Jungfern in weißen Kleidern, deren Ärmel viel zu lang waren. Sie trugen gemeinsam auf einer Bahre, die mit lederbeschlagenen Stangen auf ihren Schultern ruhte, ein blaugemaltes Marienfigürchen, so groß wie ein Daumen. Es war zur Zeit der Spanier hier angespült worden und wurde nun verehrt, wohl vierzig Stunden in der Runde, für die Wechseljahre.

Es war die »honigsüße Magd Marie aus Holland auf den Wogen der See hier angespült und durch das Land gezogen«.

Und dahinter kamen laut plärrend alle weiblichen Mitglieder der Kongregation, Alte und Junge, und ihr schnelles, gedämpftes »Bitt für uns« antwortete ununterbrochen auf die messerscharfe Litaneistimme einer stämmigen Begine. Jede hatte den Rosenkranz in der Hand und das blaue Band mit der silbernen Medaille um den Hals.

Charlot war unter ihnen, sie brauchte wohl Platz für drei, und sie blickte nicht einmal nach Pallieter, Mariechen und ihrer Familie auf.

Kleine Jungens, als rote Päpstlein und purpurne Bischöfe angezogen, folgten mit Stab und Laterne.

Zwölf Beginen in weißen Tüchern trugen mit vieler Mühe den schweren silbernen Reliquienschrein von Sankt Begga. Er glänzte wie die Sonne und schoß Strahlen durch die Luft.

Und dahinter in fünf langen Reihen folgten alle Töchter Beggas, weiße Tücher, die bis zur Erde hingen, über dem Haupt. Sie sahen aus wie Gespenster und sangen mit mageren, verhungerten Stimmchen schleppende Gesänge auf lateinisch.

Und dann ein rauschendes Farbengewimmel von seidenen und samtenen Fahnen, silbernes und messingenes Blinken und das Strahlensprühen von hochgetragenen, brennenden Laternen und Fackeln. Darunter, mit zerdrückten, weißen, seidenen Zylindern und schönen Halstüchern, all die alten Männer vom Beginenhof, jeder mit einer qualmenden, armsdikken Fackel. Auch die drei blinden Burschen waren dabei.

Und danach beschloß in blendendem Glanz von sonnenbeschienenem Gold, umgeben von Gesang und Schellengeklingel und süßem Weihrauchdunst, der Herr von da droben die Prozession.

Jedermann fiel auf die Kniee und faltete die Hände.

Vier Männer in Rot hielten den goldenen Baldachin in die Höhe, unter dem der Pastor im goldenen Ornat die blinkende Monstranz mit dem heiligen Brot vor seinem Antlitz hielt.

Seine Augen waren geschlossen, seine glänzende Glatze guckte ein wenig aus dem hohen, steifen Kragen heraus, und die langen, weißen, glatten Haare wehten neben seinen Ohren.

Leute aus den Dörfern und aus der Stadt, die mitgingen, kamen hinterher.

Und langsam schritt die Prozession vorwärts unter dem üppigen Laub der hohen Wallbäume. Die Sonne schien darüber, und die Farben glänzten wie Diamant. Der Wind spielte mit den Kleidern und ließ die Fahnen flattern.

Die Musik rauschte, die Schellen klingelten, und die Glokken hallten den großen Festtag in die Welt hinaus.

Pallieter wurde von all der Einfalt, unter der ein so großer Glaube glühte, so gerührt, daß es ihm die Kehle zuschnürte.

»Kommt«, sagte er, »wir gehen auch mit.«

Und die Bauern mit Mariechen fügten sich in den Zug ein, und er, Pallieter, der Vetter, schloß die Prozession und trug eine brennende Kerze.

Der Umgang ging so weiter und funkelte von weitem durch die Baumstämme. Zwei Nachtigallen fingen an miteinander zu flöten, der Weihrauch hing noch blau und wohlriechend in den Bäumen, und es lag ein Duft über der Erde wie Balsam.

In den ruhigen Sonntagsfeldern war kein Mensch.

Die Prozession war zurück. Pallieter wandelte mit den Bauern auf dem Wall, und Charlot war drinnen beim Kochen. Im Beginenhof war auf einmal frohes Kindergeschrei, und siehe! aus dem Beginentor kamen jauchzend die weißen Mägdelein und die roten und purpurnen Bischöflein herausgetanzt, jedes mit einem Päckchen Zuckerbohnen. Sie liefen alle zusammen in die Wiese und schrieen und lachten schleckend und lutschend ihre Freude in die Luft hinaus. Es waren wohl vierzig, und es war ein Geriesel und Geplantsche von Farben, daß einem die Augen übergingen. Sie sprangen über die Gräben, jagten sich und pflückten Arme voll Blumen und Pechnelken. Doch drei Beginen kamen scheltend und hießen sie nach Hause gehn, aber die Kinder lachten darüber, schlossen sie in einen Kreis und tanzten singend um sie herum. Die Beginen fanden es so lustig, daß sie sofort mitmachten, und nun kamen alle jungen Beginen, die auf dem Wall spazierten, herangelaufen und tanzten mit im Kreise. Der Pastor erschien und drohte ihnen mit dem Finger. Pallieter stellte sich hinter ihn und winkte den Beginen mit wehenden Armen, den Pastor zu holen. Sie verstanden es und führten den Pastor, er mochte wollen oder nicht, in die lachende Schar. Und sie umringten ihn und drehten sich um ihn und sangen:

»Ist Herr Pastor nicht zu Haus,
Ich wollt ihn gerne sprechen
Heut abend in sei'm Haus.«

Und er, der Pastor, sang mit brechender Stimme dagegen, während er mit dem Zeigefinger den Takt schlug:

»Sie sagen, daß ich ein Lumpenmann bin,
Sie sagen, daß ich kein Geld nich hätt.«

Als Pallieter das hörte und sah, packte er Mariechen bei der Hand und zog das Mädchen mit zu der tanzenden Bande, und beide fügten sich ein. Und sie sangen und drehten sich;

und es war ein Beinezappeln und ein Röckeschwänzeln, daß der Pastor sich schief lachte. Und Pallieter sang ein anderes Lied, warf die Beine bis über den Kopf und wollte von keinem Aufhören wissen.
Auf dem Beginenwall standen die Bauern, die alten, dicken Beginen und die Armenhausleute und kicherten und lachten, ebenso auch Charlot aus dem Küchenfenster, daß ihr die Tränen übers Gesicht liefen.

Das Fest

Während die andern im Garten auf und ab gingen und auf den Pastor warteten, stellten Pallieter, Charlot und Mariechen einen langen Tisch von Brettern auf Schrägbeinen im Schatten der Kastanie auf. Sie deckten ein blaukariertes Tischtuch darüber und belegten es mit hellgeblümten Tellern, glitzernden Gläsern, Messern, Löffeln und Gabeln.

Eine dichte Reihe von dickbestaubten Weinflaschen stand dunkel von einem Tischende zum andern: das sah aus wie hintereinander wandelnde Beginchen; und im Schatten lagen zwei große Fässer Bier.

Nach einer Viertelstunde kam der Pastor mit einer langen Tonpfeife langsam in den Garten. Alle setzten sich an den Tisch, und der blaue Schatten dämpfte die starken Farben ihrer rauschenden Kleider.

Während sie in Erwartung des Essens über dies und das plauderten, hielten einige vor ungeduldiger Eßlust schon den Löffel in der Hand und blickten, mit den Gedanken in der Küche, über die Wiesen und die Felder, die verlassen in der Sonne schimmerten.

Da kam Charlot mit der großen Suppenschüssel angelaufen. Sie schöpfte auf, schwieg dabei kein Ave-Maria lang still und suchte für jeden nach viel Klößchen.

Der Pastor schlug dann ein Kreuz und betete still. Die andern taten dasselbe, und Charlot blieb stehen, die Augen geschlossen und die fetten Hände über ihren dicken Bauch gefaltet.

Dadurch gab es einen Augenblick feierlicher Stille, in die grell ein junges Hähnchen vom Misthaufen hineinkrähte.

Und dann fing das Geklapper der Löffel an und das Geschlabber der vielen Mäuler.

Als die Suppe alle war, wurden schon Pfeifen angesteckt, und dann stand Pallieter auf und sagte:
»Vettern und Cousinen von Charlot, ihr müßt hier all viel essen, denn wir haben viel gekocht, das muß alles all werden. Und darum sag ich, daß die vier Menschen, die am wenigsten essen, Strohhalm ziehen müssen, und daß der, der das kürzeste Ende zieht, mit dem bloßen Hintern in eine Schüssel Reisbrei gesetzt werden soll!«
Das wurde mit lautem Gelächter angenommen, und dann wurde da gegessen und getrunken, wie auf einem Fest Jupiters.
Niemand wollte die Schande erdulden, den lächerlichsten Teil seines Körpers zeigen zu müssen. Und die Frauen sowohl wie die Männer stopften das Essen hinein, jeder wollte sein Bestes tun; der eine wollte nicht weniger leisten als der andere.
Und es kam hintereinander im Überfluß: Steinbutt mit Kartoffeln, Schinken mit Bohnen, Kalbsbraten mit Spargel, kempische Hühner mit Salat, ein ganzes Spanferkel, mit einer Brille vor den Äuglein und einer Apfelsine im Rüssel, hundert Meter Wurst mit Weißkraut usw., und es wurde davon gegessen, aufgeladen und eingeschöpft, daß ihnen der Schweiß auf der Stirn stand und auf die Teller tropfte. Und um alles besser hinunterzukriegen, gossen sie beständig von dem kühlen Bier und dem feinen Wein durch die Kehle, ohne Glucksen und Schlucken, wie durch ein Ofenrohr. Es war ein Lärm und ein Durcheinander, und es wurde gelacht, wenn einer ein bißchen zu wenig aß, und im voraus Viktoria gekräht und gesungen.
Sonne und Schatten spielten auf den roten Gesichtern und glänzten hell auf den steifen Kitteln und den seidenen Halstüchern; und da draußen über der Hecke glitzerte die geschmeidige Nethe und streckten sich die ruhigen Sonntags-

felder. Süße Lieder hingen in den Bäumen, und der angenehme Duft des Gebratenen zog über das Feld.
Pallieter, der sich seinen Platz neben Mariechen gesucht hatte, wollte sich schief lachen, als er die fressenden Menschen sah.
Charel Verlinden, ein dicker Butteraufkäufer, ließ die Karbonaden mit Rübchen und Erbsen vorbeigehen. »Ich werd meinen Schaden gleich wieder einholen«, sagte er. Aber sie fingen alle an ihn auszulachen, und sie krümmten sich vor

Vergnügen, daß sie sein großes Hinterteil zu sehen bekommen sollten.
Die Bäuche schwollen, und drei Leute standen wartend vor dem Örtchen. Und immerfort kam noch neues Essen dazu.
Ein junger Bauer wurde auf einmal blaß, lief hinter einen Baum, balkend wie ein Esel, erbrach sich und kam zurück mit »'s is nix«. Er trank sein Glas Wein aus und steckte sich eine neue Zigarre an. Mariechen warf Lubas ganze Stücke Fleisch zu, und der Herr Pastor sagte: »Trinken is auch Es-

sen.« Der fühlte sich beschützt durch seine Soutane und trank nur den alten, dunklen Wein.
Charlot konnte fast nicht mehr. »Ei, ich muß womöglich noch mit Strohhalm ziehn!« sagte sie. Da wurde aber einmal spitzbübisch gelacht, und man sang schon:
»Charlot is von der Brück ins Wässerlein gefallen!«
Es gab noch Krautspatzen mit Blumenkohl usw. usw. Eine angenehme Angst herrschte, und hundert Dummheiten wurden erzählt. Man trank immerfort, und der Wein stieg in die Köpfe. Aber dann kam das vorletzte Gericht: junge Tauben mit Kirschpudding. Stans gab ihrem Kinde mit dem Finger von dem Pudding, daß es sofort so rot wurde wie ein Indianer. Ein Knecht brachte eine zweite Schüssel, aber der Kleine schlug sein Pätschchen hinein, und der Teller fiel mit den Tauben in Stücken auf die Erde; zu vieler Freude, denn es gab wenige, die noch mit Appetit aßen.
Stans schüttelte ihr Kind deswegen, und der Kleine fing sofort an aus vollem Halse zu schreien. Sie öffnete die Jacke, zwängte eine dicke, weiße Brust heraus und steckte sie in das mit Kirschsaft beschmierte Gesicht des schreienden Kindes. Der Kleine patschte seine fettigen Händchen darauf und fing an zu saugen. Das Rot aus dem Gesichtchen klebte sofort auf ihrer weißen Brust.
Man wurde ausgelassen. Pallieter, der Mariechen neben sich fühlte, das schöne Kind, faßte sie um die Lenden und drückte mit seinem Kirschpuddingsmund einen Kuß auf ihre Wange, auf der ein rotes Fleckchen blieb, und sogleich wurde alles, was Weib war, von den Mannsleuten geküßt. Es war ein Lärm und ein Gelächter, und hoch darüber klang das helle Krähen des Kindes. Stans vergaß, die Brust wieder in die Jacke zu stecken, und die schwabbelte und wakkelte mit, mit den Lachstößen ihres dicken Körpers. Gläser zerbrachen, und die Flaschen rollten vom Tisch.

Die Sonne ging unter.
Aber da, auf einer Tragbahre brachten zwei Mann die großen Schüsseln mit Reisbrei. Von diesem Gericht hing alles ab. Jeder raffte seinen letzten Mut zusammen.
Eine magere Hexe und Pallieter aßen allein ihre Teller leer. Und dann mußte Strohhalm gezogen werden zwischen dem Herrn Pastor, Mariechen, Charel Verlinden und Charlot. Das war eine ungeduldige Erwartung! Alle standen schweigend und nervös um Pallieter herum, und lauter Jubel brach los, als der dicke Butteraufkäufer das kleinste Ende zog. Aber der dicke Bauer lief weg. »Halt ihn fest«, rief Pallieter, »Charlot, bring die Schüssel!« Die Bauern packten Charel, der zappelte wie ein Schwein, um loszukommen, und Charlot kam mit der riesigen Schüssel herangelaufen, aber sie lachte derartig, daß sie in die Röcke pißte und die Schüssel in tausend Stücke fallen ließ. Charel Verlinden tanzte vergnügt mit den Armen in der Luft herum, alles lachte, um einen Bruch davon zu kriegen, und Pallieter wälzte sich auf der Erde.
Erschöpft und ermüdet setzten sie sich auf den grünen Nethedeich, um auszuruhen, während die Sonne die Welt mit goldenen Armen umhüllte.

Als sie bis zum hellen Mondschein unter den niedrigen Zweigen von krummen Apfel- und Mispelbäumen gegessen und getrunken, gelacht und getanzt hatten, und als ihnen zum Schluß das kurze, schnelle Feuerwerk in die Glieder gefahren war, nahmen sie mit viel Lärm und Geschrei Abschied von Charlot und zogen singend mit Pallieter, der, Mariechen am Arm, auf einer Mundharmonika spielte, über den Wall und die Straßen nach dem Bahnhof.
Dort gab er allen Weibsleuten ein paar knallende Küsse, bei Mariechen konnte er fast nicht aufhören und ließ sie

nicht los, bis sie ihm versprochen hatte, binnen kurzem für ein paar Tage wiederzukommen.

Und so zogen sie fort, erhitzt und lärmend, in ihren schönen Kleidern in ihr fernes Dorf, um morgen bei Sonnenaufgang schon wieder in schlechten Kleidern auf dem Mist und dem wachsenden Feld zu stehen und zu schaffen.

Und Pallieter fühlte, daß etwas von ihm mitging dorthin.

Als er nach Hause kam, lag Charlot in der Küche mit dem feuerroten Kopf auf dem Tisch und schlief, den Rosenkranz und das Gebetbuch neben sich.

Im Garten roch es nach verkohltem Papier von dem abgebrannten Feuerwerk. Der Mond schien und leuchtete auf Scherben von Flaschen und Tellern im Gras, auf das spritzende Fontänchen und die unordentlichen Gläser, das Eßgeschirr und die Früchte auf dem Tisch.

Pallieter fand es schön. Er setzte sich auf eine Bank und betrachtete es still.

Ganz fern in der Stadt war noch Kirmesmusik, und eine Nachtigall flötete dicht neben ihm. Er sah sie sitzen, mit dem Schwänzchen scharf im Profil gegen die silberne Mondscheibe abgezeichnet.

Sie flötete kurz, belauschte sich lang, aber jeder Ton war Goldes wert. So saß Pallieter lange da mit dem Mondschein auf seinen Händen, und die Nacht sprach zu seinem Herzen.

Er ging hinaus.

Die Nethe war still, und nur hin und wieder leckte der Mond eine goldene Falte in das dunkle Wasser.

Die Wiesen lagen voll Dunst, und das Gras war naß vom Tau.

Die Stille war heilig.

Pallieter schritt langsam weiter, pflückte eine nasse Blume, die er zwischen den Zähnen wippen ließ, und sein Schatten wanderte mit ihm.

Er kam in die Felder, wo die Frucht regungslos in dem niedrigen Nebel stand.
Das Korn leuchtete, Sträucher bogen sich mondbeglänzt über mit weißen Blumen bewachsenen Gräben, und die Birkenbäume raschelten mit ihren blinkenden Blättern wie dünner Regen.
Er sah das weiße Hinterteil eines Kaninchens durch die Stauden weghoppeln, und ein bißchen weiter saß neben einem Holzhaufen im Gras ein Liebespaar und liebkoste sich schweigend.
Pallieter ging zur Seite, um sie nicht zu stören.
Nach all dem Rumoren und der äußerlichen Freude an diesem Kirmestag war er von dieser vollmondbeleuchteten Nacht ergriffen bis in die Seele, und das Herz schmolz ihm von ungekannter Güte in seiner Brust.
Er dachte an Mariechen, das gute und sanfte Mariechen, das er so schön fand wie ein Feld, deren Leib er umfaßt und deren Lippen er geküßt hatte.
Und er war voll Verlangen, daß Mariechen bei ihm sein möge, so ganz still, Hand in Hand, wie zwei brave Kinder.
Es war etwas in ihm, was er sich nicht erklären konnte, aber er ließ es ruhen, denn es war so süß für die Seele, wie eine kühle Kirsche für einen warmen Mund. Und an einem Tümpelchen, in dem der Mond stand, holte er die Mundharmonika aus der Tasche und seufzte und saugte solche zarte Silberklänge daraus, daß es klang, als wäre es der Mondschein, der sänge.

Ein dionysischer Tag

Es war schon einige Zeit nach der Kirmes...

Die Sonne war noch kaum aufgegangen, und die ersten Schwalben schossen in der Luft herum, da stand Pallieter schon auf dem Mühlenberg am andern Nethe-Ufer und schlug und knallte mit einer langen Fuhrmannspeitsche, daß es widerhallte, als ob in der ganzen Welt mit Peitschen geknallt würde.

Er lehnte sich gegen die Steinpfeiler der alten hölzernen Mühle, und die breiten Flügel zischten schnell mit lautem Ächzen an seiner Nase vorbei, und zwischen jedem Schlag sah er das Netheland, bedeckt mit dickem, weißem Morgennebel.

Die Sonne hing noch mattgelb hinter der grauen Stadt, wo die Glocken in Klöstern und Kirchen zur Frühmesse läuteten und das schrille Pfeifen der Eisenbahn die Luft durchschnitt. Die Sonne konnte noch nicht auf die Bäume scheinen, aber hinter dem unsichtbaren Wald blähte sich schon ein breiter Windstrom hervor, der Löcher in den Dunst drehte, und die Bäume begannen zu rauschen.

Von Nebel umwallte Kühe brüllten einander zu.

Pallieter dachte an Mariechen, die sich seit jenem Sonntag in seinen Gedanken eingenistet hatte, und sagte: »Oh, meine Schwester, meine Braut, du hast mich verwundet mit einem deiner Augen und mit einem Haar deines Nackens!«

Er dachte an ihr Antlitz, das so angenehm zu schauen war, und an ihren jungen Leib; und fester schlug und knallte die Peitsche die heller werdende Luft auseinander.
Die Sonne stieg, die Wolken brachen vor dem Licht auseinander, und tiefe, blaue Höhlen klafften über der Erde.
Die Nebel sanken, die Fenster der Stadt glommen feurig, die Wetterfahne auf einem Gehöft glitzerte auf, und siehe, Sonnenschein wanderte über das Land und bedeckte es ganz.
Frisch gepflügte Felder schlürften schimmernd die Helligkeit auf ihre fettigen Schollen, daß sie wurden wie glänzendes Wasser. Es brummte und summte von Käfern und Fliegen. Pallieter rief:
»Vater Sonne befruchtet Mutter Erde.«
Und er lief ohne weiteres flink zwischen den schnelldrehenden Mühlenflügeln hindurch den Berg hinunter in das naßbetaute Feld.
Er schlenderte peitschenknallend durch schmale Feldwege, an Hecken und Wasserläufen entlang, und sang, als sollte das ganze Land zusammenlaufen.
Die Nebel waren weg. Und die Fernen, reich an Korn- und Kohlfeldern, lagen wieder offen vor dem Blick. Pallieter freute sich am Blau des Himmels und am ruhigen Geruch der Erde.
Ein Himmel voller Blumenkohlwolken drehte sich um die Welt, und in einem Gehöft schrie ein Esel wie eine verrostete Pumpe.
Der Maimonat war ein goldenes Füllhorn. Nun war das Leben wirklich gekommen, der Winter war vergessen, und der riesenhafte Sommer stand vor der Tür.
Die Arbeit war getan, die Bäume ließen ihre Früchte reifen, die Vögel legten keine Eier mehr, und es war eine tiefe Ruhe über die Natur gekommen, wie bei einem Krieger nach heißem Kampf.

Das sind die schönsten Tage für die Schafe, die saugende Lämmer haben, für die Heuschrecken und die jungen Fische.
Und die Natur will für nichts und niemand etwas von ihrer Güte zurückhalten, und ihre Genüsse hängen nur so zum Greifen in der Luft. Sie ist einfältig wie ein Kind und gut wie eine Mutter, und was sie gibt, das geht bis ins innerste Leben der Seele. Das ist die Allgüte der alten Erde, die immer wieder neu wird und von den Menschen unverstanden bleibt, weil sie anderswo suchen.

Darum sagten die Philosophen: »Geht zur Natur, geht zur Natur!« Aber sie selber zeigten der Natur den Hintern und wurden mager wie Heringe unter Bücherhaufen, in geschlossenen Stuben.
»Philosoph sein is nich schreiben, sondern leben!« sagte Pallieter und stand mit den Füßen im Lauch und schaute dem Spiel der Sonnenstrahlen zu.
Die Sonne war so stark, daß sie ganze Bündel von feurigen Pfeilen durch die dichtesten Bäume schoß und die Blätter beinahe durchsichtig machte.
Aber da stach auf einmal aus silbernem Ulmengebüsch etwas Rotes, Blutrotes in Pallieters Augen.
Er sprang über den Graben, kroch durchs Gesträuch und stand vor einem übergroßen Feld von Mohnblumen. Der Klatschrosenfleck trank, so weit er war, alles Sonnenlicht in seine Farbe hinein und war wie ein großer Teich von Blut.

Tränen strömten aus Pallieters Augen, und er sagte mit einem Seufzer von Bewunderung:

»O Sankt Johannes, warum steht das nicht in deiner Apokalypse?«

Er fühlte sich hingezogen wie zu einem großen Glück, und mit einem Mal sprang er hinein und verschwand bis an die Brust in dem mächtigen Rot.

Die Sonne flammte und stach durch die großen Blumen, wie durch rotes Glas, und puderte aus lauter Glut einen roten Schein in die Luft, daß Pallieters Gesicht ganz hineingetaucht war und seine Hände und sein Haar.

Er mußte die gewaltigen Töne von Rot betrachten und betasten und streicheln, und er schlug die Hände in die Blumen, riß sich einen Strauß ab, den er über seinem Haupte schwenkte, und rief dazu:

»Farben, Farben is alles in allem!«

Er ging weiter und wollte in den Beginenwald, den ewigen Beginenwald; der ist wie ein Meer, wie mit einem ewigen Lied aus Vogelsang oder Windesrauschen, und auch voll von allerhand Getier. Ein Wald ist wie ein Meer!

Er drang durch das dichte Erlengebüsch und kam auf einmal aus dem weißen Sonnenlicht in die kühle Pracht von mächtigem Grün. Die Büsche und Strünke von Haselsträuchern, Weiden, Ulmen und Eichen, und auch Dornen dabei, standen dicht wie die Haare auf einem Hundefell. Überall kletterte der Efeu mauerdick auf bemoosten Stämmen und kroch mit anderen Schlingpflanzen von einem Strauch zum andern. Er lag wie ein Teppich auf dem Boden. Man konnte kaum durchkommen, aber Pallieter kroch durch Löcher, sprang über Baumstümpfe, kletterte auf einen schräg umgefallenen Baum, ließ sich wieder hinunterfallen, verschwand hinter einem Vorhang von Efeu und drang so immer tiefer und tiefer in den Wald, der war wie ein Berg von sommerlichem Leben.

Musik aus tausend Vogelkehlen erklang. Es kam wie ein Regen aus den seufzenden Zweigen heruntergefallen, und in der Luft und auf der Erde summte es von Fliegen und Insekten.

Wo nur ein Sonnenstrahl hinfiel, lagen die Eidechsen wie aus Stein gehauen. Brotfarbige Schneckenhäuser klebten auf den wilden Weidenstümpfen, und überall bewegten sich Raupen, Schnecken, Spinnen, Tausendfüßler, Motten, Würmer, Kröten, Frösche, Maulwürfe in und auf der Erde, die duftete von all dem Leben. Fische, Kaulquappen und Würmer in zitterndem Quellwasser und kleinen Sümpfen.

Die Wälder sind das Herz der Erde! Überall war der wohlige Geruch von Moos und frischem Holz. Und dann die Walderdbeeren, die roten Walderdbeeren, mit ihrem leichten Nachgeschmack nach Wein. Pallieters Lippen wurden purpurrot davon. So drang er durch einen wollüstigen Überfluß von Leben und Wachstum hindurch, bis er in den eigentlichen Wald kam. Da nahm er seinen Hut ab, blieb erschüttert stehen und fühlte sich nicht größer als ein Däumling. Hier waren keine Sträucher. Aber aus dem braunroten Blättergrund stiegen überall die grauen, glatten Buchenstämme empor wie Kerzen und sperrten hoch oben mit einem dichten Laubgewölbe den Blick in den Himmel. Sie reihten sich hinter- und nebeneinander in einer unermeßlichen Tiefe von Bäumen, die ganz fern zusammenwuchsen zu einem hölzernen Vorhang, wo weder Licht noch Land durchschimmerte.

Hier wars, als ob die Abenddämmerung schon herniedersinken wollte, und still wie unter Wasser.

Und um etwas zu hören, rief er mit der Hand um den Mund: »Pallieter!« Sein Name hallte wie in einer Kirche, und der Klang erstarb erst nach dreimaligem Echo in der grauen Ferne des Waldes.

Und dann fing er an so laut und lang zu lachen, daß das eine Echo gegen das andere stieß, daß überall Lacher waren, hier, dort, vor und hinter ihm. Und während der Widerhall sich kreuzte, donnerte immer weiter Gelächter aus Pallieters Mund. Der ganze Wald lachte.
»Jetzt haben die Bäume gesprochen«, sagte Pallieter und lief singend weiter.
Der Wald war wie ein hoher Saal. Pallieter blieb stehen und guckte nach einem Eichhörnchen, das an einem Baum emporkletterte, und nach rotgefleckten, fabelhaft großen Pilzen zu Füßen der Bäume.
Überall lag Kaninchenlosung, und die Tierchen selbst, von Pallieters Gesang erschreckt, huschten in ihre Löcher. Er sah eine Fuchsfalle. Mit einem Fußtritt ließ er sie zuschnappen und sagte, indem er sie in die Erde vergrub:
»Weil der Fuchs kein Gras frißt, soll er sterben! Arme Füchslein!« Pallieter löschte seinen Durst an einem handgroßen Wasserfall, der Quelle eines Bächleins.

Der Waldgeruch hing um ihn, sein Rock und seine Hände waren grün von Moos, sein Gelächter hing noch irgendwo in der Ferne, und die Stille des Waldes rauschte noch in der Tiefe seines Herzens. Er hatte den Wald gefühlt.
Wie schade, daß er sein Jagdhorn nicht mitgenommen hatte, um all die tiefsten Tiefen in Klängen aufgehen zu lassen.
»Aber das is für später«, sagte er und lief geradenwegs in die fetten Wiesen hinein, die schon ganz übergossen waren von heißer, starker Sonne und gesprenkelt mit braunen, weißen und schwarzen Kühen. Er ging durch das dünne

Gras, und ein wachsender Hunger ließ ihn nach den rosigen Eutern sehen, die voll süßer, warmer Milch hingen. Das Wasser lief ihm im Munde zusammen. Er brauchte nur zu ziehen, um sie genießen zu können, und vor übergroßem Verlangen legte er seine Peitsche hin. Er rollte ein Stück Papier zu einer spitzen Tüte zusammen, setzte sich unter eine Kuh, zog an einer Zitze, und siehe, ein weißer Milchstrahl schoß rauschend und schäumend in das Papier. Als es voll war, trank er es aus, und es schmeckte ihm so gut, daß er drei Tüten vollzapfte. Er hörte die nach Butter schmekkende Milch in seinen leeren Bauch kollern; sie tropfte ihm vom Kinn in den Hals hinunter, und er sagte zu der Kuh:
»Oh, wandelndes Gasthaus, ich danke dir!«
Im Weitergehen schleuderte er das laute Knallen seiner Peitsche vor Behagen über die Weiden, und er dachte:
»Hier fehlt nur noch Mariechen!«
Oh, sie bei sich zu haben in diesem Palast der Natur, sie umfassen zu dürfen, mit ihr in den Armen über die Bäche zu springen, zusammen sich mit nassen Küssen im weichen Gras zu wälzen und seine fühlenden Finger auf ihrem kernigen Fleisch spielen zu lassen!
Oh!...
Und ohne es zu wollen, sah er sie im Geiste vor sich, durch ihre Kleider hindurch. Er sah nicht mehr das blaue Kleid mit den weißen Tupfen, er sah einen vollen, nackten Leib mit schön gerundeten Gliedern. Er schloß die Augen vor wachsendem Genuß und sang auf sie:

»Marieke, pirrewieke,
pirrewitje, kandieke,
pirrewitje, kanditje,
wahrhampel, Marieke!
O Balsam, o Honig, o Butter der Seel!«

Pallieter begann in süßem Vorahnen mit der Peitsche zu

knallen, stampfte die Maulwurfshaufen auseinander, lief und drehte sich mit fliegenden Füßen um die jungen Bäume herum und setzte sich durch das Gras und die hohen Blumen in Trab, bis er außer Atem auf dem Nethedeich ankam.

Das Wasser stand hoch und trug die weißen Wolken so klar wie der Himmel.

Als Pallieter dies große, durchsichtige Wasser sah, das am andern Ufer so deutlich die gelben und purpurfarbenen Blumen spiegelte, wurde er wieder ruhig und still, wie ein Mensch nach tiefem Gebet.

Das Wasser zog ihn mächtig an, und eins, zwei, drei, war er nackt, sprang in einem Sprühregen von sonnendurchschienenen Wasserperlen in die Nethe und schwamm auf die Blumen zu.

Es roch wie nach warmem Reisbrei. Das Herz schwoll ihm davon, und es fiel ihm vor lauter Vergnügen nichts anderes ein, wie kleine Springbrunnen in die Höhe zu spucken, die dann auf seinen blinkenden Bauch herunterplatschten.

Als er so eine ganze Weile im Wasser gelegen und drei Schiffe mit gespannten Segeln hatte vorbeitreiben lassen, kam er wieder heraus. Er ließ sich von der gütigen Sonne trocknen, pflückte eine Kuhblume ab, steckte sie zwischen die Zähne und spazierte nackend, die Hände auf dem Rücken, hinter einem Frosch her, der erschrocken vor ihm aufgesprungen war.

Der Mittag lag mit seiner heißen Stille auf den Bäumen, und Pallieter war unter einem Johannisbeerbusch eingeschlafen. Der Garten war hell und still. Die Hühner ruhten im Sand, und die zwei Gänse standen nebeneinander und guckten durch die Hecke.

Es summte und brummte anhaltend in und um die Bienenkörbe herum, und aus der Küche klang Charlots gedämpfte Stimme, die Kirchenlieder sang.

Die Blumen standen regungslos in ihrem Duft, und das Wasser der Nethe glänzte wie ein Fischrücken.

Es zirpte in den Wiesen, und keine Mühle drehte sich.

Der Geruch von Kaffee und gebratenem Hering weckte Pallieter auf, und noch im Gähnen rief er:

»Hab Dank, o Herr, der du meine Augen auftust zu neuer Freude für meinen Mund.«

Es waren fette Heringe, weiß wie Silber, und sie schmeckten wie richtiges Fleisch. Und als er sie aufgegessen hatte, sang er:

»Alle Fische schwimmen,
Alle Fische schwimmen,
Nur der kleine Backfisch nicht...«

»Vetter«, klagte Charlot, »es ist keine Buttermilch mehr da.«

»Ei, so hol frische beim Bauer!«

»Wo denkst du hin«, fuhr sie ihn an, »so ein dickes Mensch mit so ei'm schweren Krug in so 'ner Hitze gehen zu lassen! Schämst du dich nich?«

»Soll ich mitgehn?« fragte Pallieter blinzelnd.

»Kannst du nich allein gehn?«

»Absolut nich, Mädel!«

»Ich werd mirs merken«, sagte Charlot. »Wart nur, bis daß du mich mal nötig hast«; und inzwischen hängte sie die messingne Milchkanne an einen Mispelzweig. Und sie gingen zusammen durch die Hintertür aus dem Garten in die hellen Felder hinein.

Die Wege lagen weiß in der Sonne, und die Luft hing voll Hummelgebrumm, wie ein Nachklang von tiefem Geläut.

Sie gingen die nächsten Feldwege, und vor jedem Steinkapellchen schlug Charlot ein Kreuz; und wo die Kirschen niedrig über die Hecken hingen, pflückte Pallieter sie ab und teilte mit Charlot. Die Sonne brannte durch die Klei-

der hindurch auf ihre Leiber, und die Kirschen kühlten ihre Eingeweide.
Sie mußten irgendwo über einen Graben springen, aber Charlot wagte es nicht und bat:
»Trag mich hinüber, Vetter.«
»Dann fallen wir zusammen hinein! Zieh doch die Strümpfe aus und wate durch, ich werd dir die Hand geben.«
»Waaas? Ich da durchgehen! Das Wasser geht mir sicher bis an die Kniee!«
»Allez hopp, was schad denn das, wenn ich mal deine Kniescheib seh!«
»Um alles in der Welt nich!« und sie sah am Bach entlang, ob er nirgends schmäler würde.
»Los, los, Mädchen, eil dich«, mahnte Pallieter.
»Dreh dich um, daß du mich nicht siehst«, sagte sie gebietend.
Pallieter kehrte sich um und hörte Charlot die Strümpfe ausziehen, die Röcke hochschürzen und vorsichtig ins Wasser gehen. Und als sie ungefähr in der Mitte sein mußte, drehte er sich plötzlich um, sah ihre dicken, weißen Oberschenkel und brach in lautes Gelächter aus.
Charlot wußte vor Schreck nicht, wo aus noch ein, ließ in aller Eile die Röcke fallen, so daß sie sofort patschnaß waren, und lief dann wie besessen wieder zurück aus dem Bach, und dann fing sie an Pallieter auszuschimpfen: »Du Affe, du Wasserkopp, du trauriger Held, du scheinheiliger Satan!« usw., bis ihr der Atem ausging. Und Pallieter stand am andern Ufer und lachte, daß er kirschrot wurde.
»Nein«, rief Charlot, »ich geh lieber wieder nach Haus als wie hier durch!« und machte ein Gesicht, als ob sie weinen wollte.
»Nich heulen, Charlot; komm, ich trag dich hinüber!«
Und sogleich sprang er über den Bach, nahm die böse Char-

lot in die Arme und trug sie mit vieler Mühe durchs Wasser. Er brach fast zusammen, und sie klammerte sich an ihn, in jeder Hand einen Strumpf, und murmelte ein paar Stoßgebete. Der Schrecken stand zum Greifen deutlich in ihren Augen.

»Na, siehst du, du frommer Fleischpalast«, sagte Pallieter und setzte sie nieder.

Charlot blieb böse und sprach im Weitergehn kein Wort mehr.

Pallieter blickte über das schöne Land und rauchte aus einer großen, hölzernen Pfeife. Die Luft war still wie ein Weiher, und der Rauch stieg senkrecht in die Höh. Ein Sperber hing ganz hoch oben am Himmel, an dem drei kleine Wölkchen dahinzogen.

Pallieter sah Charlot schmollen und sagte:

»Du mußt heut abend noch an Mariechen schreiben, daß sie jetzt kommen soll.«

»Ach ja!« rief sie laut vor übermäßiger Freude, »das wird fein.« Und den ganzen Weg stand ihr der Mund kein Ave-Maria lang mehr still.

Sie tranken auf dem Bauernhof einen Schoppen und gingen zurück, aber einen anderen Weg, wegen des Bachs.

Das weiße Licht der Sonne war nun golden geworden, und die Schatten waren noch einmal so lang. Der ganze Himmel war in einen ›Lämmermarkt‹ verwandelt, lauter kleine, weiße Wölkchen aneinander gedrückt. Das sinkende Licht berührte sie, und sie wurden rosig wie neugeborene Kinder. Hinter einem Wäldchen öffneten sich die Fernen, lauter saftiges Weideland. Und, Gott! die Wiesen waren wie Feuer und Flamme.

»Charlot, hör auf mit Mariechen!« rief Pallieter. »Der Sauerampfer brennt! Der Sauerampfer brennt!«

Ein jedes Blatt von dem frischgeschossenen Sauerampfer

schlürfte einen Tautropfen Sonnenlicht in sich hinein, jedes Blatt brannte davon, die ganze Welt brannte davon!
Pallieter zitterten fast die Beine vor Bewunderung, und er sagte:
»Künstler mit und ohne Haar, kommt allesamt herbei und werft alle Galle und saure Milch in den Ofen.«
Es war wie brennendes Wasser, es war wie Licht im Licht, es war wie Geist im Geist, wie etwas, was nicht mehr von der Erde war.
»So komm doch«, meinte Charlot, »was is denn an rotem Sauerampfer zu sehn.«
»Wart, bis es aufhört!« und Pallieter rührte sich nicht mehr.
»Dann geh ich allein weiter«, sagte Charlot und nahm ärgerlich die Kanne an den Arm und schritt, schiefgezogen von dem Gewicht der Buttermilch, durch die krummen, schmalen Wege...
Die Erde drehte sich von der Sonne weg, und als im Westen noch ein paar Flammen geflackert hatten, hing der Osten schon voll blauer Dunkelheiten mit einem weißen Stern.
Da ging Pallieter weiter.
Der Abend füllte den Himmel. Die Bäume standen schwarz und still, und ein Stern nach dem andern kam im tiefen Blau zum Vorschein. Pallieters Herz öffnete sich vor dem Frieden im weiten Lande. So still, wie die Welt um ihn, so still war es in seinem Herzen.
Zwei Bauern gingen mit gebogenen Knieen über den Weg, jeder mit einer hohen Sense über der Schulter – sie schwiegen und rauchten, und vergehendes Licht leuchtete an den Spitzen des Stahles.
Von fern kam ein langsames, dumpfes Wagengerassel durch die Stille.
Auf einmal erkannte Pallieter die Frau von Petrus, dem

Storchen, die regungslos und aschgrau im Abendlicht auf ihren Stelzbeinen in einem Tümpel stand und noch auf Fische lauerte.

Der Duft der schlafenden Blumen zog zart über das niedergebogene Gras.

Das Wagengerassel war nun nahe herangekommen, und Pallieter sah im fahlen Lichtschein über der Erde die stampfenden Pferdehufe und das unregelmäßige Auf und Ab der hohen Räder.

Und oben auf dem aufgeladenen Gras erkannte er die Magd eines Bauern aus der Nachbarschaft.

»He«, rief Pallieter, in einem plötzlichen raschen Einfall, »darf ich zu dir auf den Wagen kommen?«

»Ja, komm nur!« sagte sie erfreut.

Und er machte zwei Sätze nach oben und saß neben ihr auf dem weichen Gras.

Er legte sofort den Arm um ihre dicken Hüften, und die Stöße des Wagens schoben seinen Leib gegen den ihren. Er umfaßte sie fester und gab ihr einen Kuß auf die kugeligen, festen Wangen. Und dann fing er an, ihr alles mögliche zu erzählen, was sie mit gedämpftem Kichern beantwortete.

Das Pferd ging in gleichmäßigem, trägem Schritt weiter, und der Wagen rasselte lauter im herankommenden Abend.

Stille umringte die Welt, und die Sterne standen größer und zahllos an der schieferblauen Himmelsdecke.

Eine Eule flog mit schlappen Flügeln dicht über den Wagen ...

Sie lagen schweigend nebeneinander und sahen nichts als den ungeheuren Himmel, und die Sterne wanderten mit ihnen mit. So rasselten sie weiter, bis das Pferd auf einmal wieherte.

Sie sprang auf und sagte hastig: »Schnell, hinunter! Wir sind da! Eil dich!«

»Noch einen Kuß! Bis zum nächsten Mal!«
Und er sprang mit einem Satz vom Wagen hinunter.
Sie gab keine Antwort, rief dem Pferd ein »Hü!« zu und zog die Zügel fester an.
Pallieter sah den schneller fahrenden Wagen sich im Dunkel verlieren und sagte zu sich selber: »Unerwartete Liebe schmeckt am besten.«
Und pfeifend ging er über die fruchtbaren, schlafenden Felder nach Haus.

Das Flugzeug

Mariechen war gekommen!

Sie war schon drei Tage da, und Pallieter war froh wie eine Amsel im Frühling.

All der innige Genuß, den das freie Feld ihm gab, wurde ihm nun auch in reichem Maße durch sie zuteil.

Es war, als ob sie die Natur in Person sei. Er durfte ihr ganz frei gegenüberstehen, so wie er sich unter den Schlüsselblumen und dem Schilf fühlte.

Sie war offenherzig wie der Wind, der seine Lieder über die Nethe rollt; und sie war gut wie die Erde, die Schwertlilien und Klee gibt.

Ihm wurde warm, wenn er sie ansah, und in ihrer Gegenwart ging ihm das Herz auf.

Alles an ihr war lebendiges Leben; wenn ihr Mund lachte, war es, weil ihr Herz lachte; dieses Fleisch war gesund und voll frischer Lebenskraft, wie ein Stück Erde im April. Es war Saft!

Wer die Natur lieb hatte, mußte auch sie lieben. Und Pallieter tat das. Ach, wie freute er sich, daß sie da war; er hätte sie aufknacken und aufessen und ihr weh tun mögen, er wußte selbst nicht, aus was für einem Gefühl.

Er sagte: »Wenn die Erde je einen Menschen machen würde, so müßte sie einen wie Mariechen machen.«

Während sie auf dem ›Reinaert‹ wohnte, feierte die Welt das Fest des Hochsommers.

Die Hitze stand drückend über der Welt, und der Saft kochte in den Bäumen. Aber zur rechten Zeit kamen laue, milde Regen, die die Erde fettig hielten, und die Luft blieb frisch und rein.

Das war ein übergroßes Glück für das innerste Leben der Erde, denn nun konnte sie alles geben, womit ihr Herz vollgepackt war; und wie die steigende Flut der See wogten alle ihre Reichtümer in die Höhe.

Die Gehöfte waren rot vor Kirschen und die Felder gelb vor Korn.

Das Gras stand dicht wie Mohrenhaar, und die Schmetterlinge, diese wandelnden Blumen der Luft, wimmelten wie Blätter im Herbst über die blumengeschmückten Wege. Waren je so viel Hechte in der Nethe und so viel Aale in den Gräben?

Es fehlte nur noch Milch und Honig in den Bächen.

Aber für Pallieter war es auch so gut. Denn ist nicht jede Gegend der Erde ein Gelobtes Land, wenn nur der gelobte Mann dazu da ist? Setzt einen Pfennigfuchser oder einen Kaufmann hinein, und die Milch wird dünn und blau und der Honig voll Kartoffelmehl... Aber es war ein doppelter Sommer, einer unter tausend!

Und an einem solchen Morgen, als der Tag noch kaum am Himmel aufstieg, wachte Pallieter schon mit Singen auf. Doch auf einmal schwieg er, denn er sah von seinem Bett aus die ersten Mäher in den Wiesen stehn.

Sein Herz klopfte, und er lief im Hemd nach Mariechens Kammer und rief durchs Schlüsselloch: »Die Mäher stehn im Gras, komm schnell!«

Darauf lief er zurück in seine Kammer, stürzte sich in die Hose und fing wieder an, an Mariechens Tür zu rufen und zu klopfen.

Nach vielem Radau ging die Tür auf, und da stand Mariechen auf bloßen Füßen, in einem roten Kattunkleidchen und einem weißen Taschentuch um den Hals.

»Ach wie schön!« entfuhr es ihm, und es war, als ob er an jedem Finger einen Draht hätte, der ihn zu Mariechen zog. »Komm«, rief er, »oder ich falle um!« Und er faßte sie bei der Hand, und sie flitzten die Treppe hinunter, steckten die

Füße in geschwärzte Holzschuhe und liefen in den Garten. Aber drinnen im Stall stampfte die Stute, und Pallieter bekam auf einmal den guten Einfall, zu reiten.
Sie drehten die Stalltür auf und holten Beiaard, die weiße Stute, heraus.
Es war ein Koloß von einem Pferd, mit fingerdicken Adern. Es schüttelte den großen Kopf; und die dicke, lockige Mähne, die auf beiden Seiten seines breiten Halses hing, flatterte wie eine Fahne. Ab und zu lief ein wohliges Zittern durch seine Haut, und die dichtbehaarten Hufe stampften Löcher in den Boden, und der lange Schwanz schlug hin und her.
Es wieherte, und es war wie ein festliches Gelächter, das über die Felder sprang. Pallieter hob Mariechen rittlings auf den hohen Rücken und setzte sich hinter sie. Sie versanken alle beide hinter dem stämmigen Pferdehals und mußten die Köpfe zur Seite biegen, wenn sie etwas von der vor ihnen liegenden Landschaft sehen wollten.
Und das schäumende Maul auf die breite Brust gebogen, stampfte Beiaard über den Nethedeich, und seine großen Hufe schlugen flach und schwer wie Hämmer in den roten Sand. Alles bewegte sich, was an ihm war; es genoß und schnob die klare Morgenluft auf und spielte wie ein Fohlen, warf den Kopf hoch und zur Seite, schlug mit den Hinterbeinen aus und wieherte anhaltend.
Es war frisch draußen und duftete besonders fein. Der Reichtum der Nacht lebte noch unter dem Gras, und über der Nethe reckte und kräuselte sich ein wenig weißer Dunst, aber die Fernen waren klar.
Drei Lerchen hingen trillernd am lichtgrünen Himmel, und der letzte Stern verwässerte in dem auseinanderströmenden Licht der aufgehenden Sonne.
Sie kamen an die Wiesen, die hie und da mit Gruppen von Mähern besetzt waren.

Pallieter ließ die Stute halten und blickte mit frohem Gemüt über das reiche Sommerwerk.
Schon zogen sich breite Straßen von abgeschnittenem Gras hindurch, Bächlein wurden hie und da sichtbar und der Grassaftduft kam stoßweise aus den hellgrünen, abgemähten Plätzen.
Überall summten die Sensen; von allen Seiten ertönte Wetzen und Klopfen auf dem klingenden Stahl, und die Worte von Männern und Frauen – klein und winzig unter dem gewaltig hohen Himmel – wurden in den weit ausgedehnten Wiesen groß und lang.
Und dann öffnete sich die Sonne und füllte die Welt mit Licht bis über den Horizont.
Das ließ Strahlen aus den Sensen sprühen.
»Komm«, sagte Pallieter, »die Sonne hat die Sensen geweiht.«
Und mit einem »Hüh!« ritten sie weiter über den weichen Weg, an den rauschenden Bäumen vorbei, ins freie Feld hinein.
Beiaard trabte in gleichmäßigem Schritt, und seine Hufe stampften, daß ihnen die Erdklumpen über die Köpfe flogen. Sie lachten vor Genuß und ließen sich mit auf und nieder wippen.
Die Pferdewärme drang durch ihre Schenkel, und um ihre Köpfe strömte die frische Morgenluft.
Sie ritten an großen Kornfeldern hin, mit rotem Mohn und blauen Kornblumen am Rand.
Manchmal kam ein Windhauch über die Ähren gezogen, und dann glitt ein Schimmer von bleichem Gold über das gelbe Korn.
Ein Hase schoß quer über den Weg, und dort in frischgepflügter Furche krähte ein grüner Hahn zwischen weißen Hühnern.

Tauben kreisten über den Bauernhöfen und waren bald schwarz und dann wieder weiß, und manchmal schienen ihre Flügel durchsichtig in der Sonne.

An diesem Morgen war irgendwo ein Kuckuck.

Mariechen lachte, und das Spitzchen ihres weißen Halstuchs stand steif nach hinten und flatterte zitternd vom Wind und vom Reiten.

Da sie rittlings auf dem Pferd saß, waren durch das Schütteln ihre Röcke höher und höher gerutscht, und so sah Pallieter ihre nackten Beine in ganzer Länge und über ihrem rechten Knie die weiße Zwirnspitze ihrer Hose.

Und das ließ ihn das Feld und den allerblauesten Himmel vergessen.

Er konnte fast nicht sprechen, und sein Herz klopfte in schnelleren Schlägen. Wundervoll und ausgelassen wurde ihm zumute davon; und er bückte sich nach den Kornähren, zog eine Handvoll aus, mit Wurzel und allem, und schwenkte sie über seinem Kopf.

Er rief: »Hü, hü!«, und Beiaard trabte schneller und streckte den Leib.

Es wurde ein schneller Ritt jetzt auf dem weichen Weg, der sich drehte und wendete, wie ein Wasserlauf in den Ardennen.

Beiaard hing bei den Biegungen zur Seite, und Mariechen krampfte die Hände in die Mähne und quietschte vor Lachen.

So kamen sie auf den höchsten Punkt im Felde, das voller Grün und Korn war.

Da blieb Beiaard stehen und stillte seinen Durst an einer Quelle.

Mariechen drehte sich nach Pallieter um und war außer Atem, ihre Brüstchen gingen schnell auf und nieder, sie konnte fast nicht sprechen und trocknete sich den Schweiß mit dem Halstuch ab.

Sie betrachtete Pallieter zufrieden, und ihre Augen wurden größer als sonst. Er tippte ihr auf die Hände und zeigte ihr die vier Türme, die man von hier aus sehen konnte: Duffel, Mylstraat, Huut und Mecheln.

Nun lag der ›Reinaert‹ weit weg, ganz weit hinter den Bäumen, am hintersten Nethebogen. Von hier aus war das Netheland üppig und auserwählt als die Brust der Erde.

Die Kornfelder und brauner und grünbebauter Boden mit Bauernhöfen und hohen Bäumen darauf senkten sich, in ungleiche Vierecke geteilt, zu den tiefgelegenen Wiesen hinunter, die nach der Nethe zu sanken; und am andern Ufer stieg die gleich fruchtbare Erde in die Höhe, aber sie war unsichtbar durch das starke Sonnenlicht.

Das Licht hing in dem Tal wie ein dichter Wind, und Pallieter und Mariechen konnten nur mit einem geschlossenen und einem offenen Auge die Weite betrachten.

Und mit der flachen Hand über das Tal hinweisend, sagte Pallieter:

»Das ist meine gute Stube! mein Salon! Der Himmel ist meine Decke, die Sonne meine Uhr, das Gras ist mein Teppich, der Regen meine Gardinen, aber ... mein Bett ist ohne Frau!«

Mariechen wurde rot, lächelte, sah ihm einmal ganz unbewußt rasch in die Augen und senkte dann den Blick. Pallieter hatte es gesehen, es sagte ihm mehr als genug, und es war, als ob ihm eine Tür geöffnet würde, voll von duftenden Äpfeln.

So war denn eine Stille rings um sie her, während sich in ihren Herzen das Höchste vollzog.

Aber plötzlich kam aus dem hellen Himmel ein gewaltiges Summen. Sie sahen beide in die Höhe, und, Gott! ganz oben an dem grellblauen Himmel hing ein weißes Eindeckerflugzeug, das mit lautem Schnurren und Brummen gleichmäßig wie auf Wasser durch die Luft zog.

Mit beiden Armen darauf hinzeigend, stieß Mariechen einen Schrei aus, und Pallieter schwieg vor Ergriffenheit wie ein Stein; er fluchte innerlich vor Bewunderung, wurde heiß wie Milch, und Tränen traten ihm in die Augen.

Wie war das schön: graziös wie ein Reiher, ohne Schock und Stoß, trieb es ruhig durch die Luft, mit den Flügeln und dem Schwanz grellweiß gegen das warme Blau.

Die Luft war erfüllt von stählernem Summen, und alle Menschen im Tal liefen von ihrer Arbeit weg und aus den Häusern heraus und sahen in die Höhe.

»Ein Engel kann nich dagegen an«, flüsterte Pallieter.

»Nein«, sagte Mariechen, »ich kann meinen Augen nich trauen!«

Es war, als ob etwas Heiliges über die Welt käme. Die Tauben schossen erschrocken davon, und überall ertönten Stimmen von rufenden Menschen.

Aber auf einmal wars, als ob das Flugzeug still stünde, wie's ein Falke macht, wenn er sucht; es machte eine Schwenkung, schnitt zierlich einen Halbkreis über die Landschaft, und dann auf einmal flog es in einer geschmeidigen Linie senkrecht aus der schwindelerregenden Höhe nach unten und landete glatt wie eine Krähe in den Wiesen am anderen Ufer der Nethe.

Die Kühe, die ruhig grasend dagelegen hatten, sprangen erschrocken auf und rannten in großer Verwirrung davon; es waren welche dabei, die stallend wegsausten, die Beine auseinander und den Schwanz in die Höh.

»Komm!« brüllte Pallieter.

»Aber das Wasser!« rief Mariechen ängstlich.

»Wasser, Wasser, Wasser! übers Wasser, hü!...«

Und er gab Beiaard zwei Tritte, packte den Zaum und heidi, da holte Beiaard aus und raste vorwärts.

Das Pferd griff aus, die Hufe berührten kaum noch den Boden, und Mähne und Schwanz standen waagerecht nach hinten. Es ritt die Luft entzwei, und Erdklumpen flogen in die Höhe und in die Bäume.
Pallieter und Mariechen saßen gebückt, hoben sich hoch, um leichter zu sein, und die Bäume schossen vorbei; das Korn war ein bleiches Rauschen und der Boden ein rieselndes Wasser.
Pallieter schrie und fluchte nur immer: »Hü, hü!«
Geradeaus ging der Ritt, ratsch durch den Wirsingkohl und die Rüben, über die Gräben, durch Erlengebüsch, immer geradeaus, die Erde dröhnte, Vögel schossen auf, und Hühner stoben gackernd auseinander.
Pallieter blickte auf. Auf allen Wegen und durch die Felder kamen Menschen herangelaufen, und da, da lag die Nethe hoch und still.
Pallieter verlor die Holzschuhe, Mariechen stieß einen Schrei aus, und Beiaard plumpste donnernd in das weiche Nethewasser. Es war, als ob eine Bombe platzte, ein Sprühen wie von hundert starken Springbrunnen; das Wasser wogte auf, platschte weiße Wellen in die Höhe und schnalzte und schlug bis auf den Deich.
Das Wasser ging ihnen bis an die Brust und schlug ihnen über die Schultern.
Schnaubend schwamm Beiaard durch das Wassertosen hinüber und hob sich mit viel Mühe, tropfend wie eine Regenwolke, auf den Deich.
Dort lag das Flugzeug, ringsherum von Menschen umgeben, man konnte über die Köpfe laufen, und zu dritt, eine Unmenge von Wassertropfen umhersprühend, kamen sie heran. Die Leute stoben verblüfft auseinander, und da lag das Flugzeug, weiß und leicht, als ob mans nur so mit einer Hand hochheben könnte.

Es waren zwei Flieger, beide im Lederrock mit einer wollenen Mütze über den Ohren.
Während der eine Öl in den Kasten goß, machte sich der andre an der gewaltigen Schraube aus Birnbaumholz zu schaffen.
Pallieter fragte: »Was verlangt ihr für eine Runde über die Schelde?«
Die beiden Männer lachten über diese Frage und weigerten sich bestimmt. Aber Pallieter drang weiter in sie und erhöhte den Preis so lange, bis sie endlich nachgaben.
Er rieb sich die Hände und sagte: »Jetzt fahren wir zusammen ins Reich der Sonne.«
»Es ist nur Platz für zwei«, bemerkte der Steuermann.
Das fiel wie ein Stein auf Pallieters Herz.
»Das is schade, Kind«, sagte er, »aber ich nehm dich mit in meiner Seele.«
Mariechen wurde auf einmal verlegen und streichelte dem Pferd die Mähne...
Einer der Flieger gab Pallieter seinen ledernen Rock, und daß seine Hose patschnaß war, das schadete auch nichts, das machte frisch!
Er saß nun hinter dem Flieger, der das Steuer hielt, der andere zog ein paarmal an der Schraube, die sich auf einmal so schnell drehte, daß sie unsichtbar wurde, und Pallieter kriegte die Gewalt von tausend Winden gegen die Nase, den Männern flogen die Hüte vom Kopf und den Weibern die Röcke in die Höhe.
Die Schraube brüllte, und da rollte das Ding fünfzig Meter hüpfend dahin und löste sich vom Boden, ohne daß Pallieter etwas davon gemerkt hatte.
In einem Nu sah er die Bäume bereits unter sich, die Leute liefen bewundernd mit, und dort ritt, rot auf einem weißen Pferd, Mariechen am Deich entlang. Sie winkte mit dem

Taschentuch und rief: »Bis nachher, bis nachher!« Aber davon hörte er nichts, wegen der Schraube.
Mit gewaltiger Schnelligkeit stieg das Flugzeug höher und weiter. Er blickte erstaunt über die Welt, die unter ihm lag, wo alles ineinanderkroch und verschmolz. Es war, als ob er sitzen bliebe und die Erde, sich schnell drehend, in die Tiefe stürze. Nichts Schweres war mehr an ihm, als ob er ohne Körper sei.
Höher und höher! Und überall sah er blaue Horizonte, die sich weiter und weiter ausdehnten. Was waren nun der Beginenwald, die Häuser, die Dörfer, Türme, Felder und Bäume und die Nethe! Es war so klein, als müsse man es mit der Lupe besehen.
Überall war es hell, und viertausend Meter unter ihm lag die ganze weite Welt, schön und herrlich und berückend, wie die Auflösung von einem großen Geheimnis.
»Ach, wie schön is die Erdkugel!« rief Pallieter.
Der ganze Himmel war erfüllt von dem Geräusch der Schraube. Es war, als ob sie darauf getragen würden.
Pallieters Seele wuchs vor Glück; so auf der freien Luft zu sitzen, ein Teil des Windes zu sein, durchzittert und umringt zu werden von Licht und Luft, und hindurch zu ziehen und zu schneiden wie ein Pfeil, auf dem Wege nach etwas Ewigem. Es war, als ob er betrunken würde von dem weiten Raum. Und da unten lag die Welt, so schön und innig in Sonne und Farbenpracht, so voll, so vollkommen, mächtig und heilig, wie das Ende aller Dinge.
Pallieter war gerührt davon und sagte fluchend: »Wie schön, wie schön!« ... und dann ... »Hab Dank, du liebes Herrgöttchen, daß du mich auf die Erde geblasen hast!«
Aber durch die Tiefe buchtete schmal und glitzernd die Schelde durch die Gegend, und daneben lag ein handgroßer, roter Fleck, das war Antwerpen, die große Stadt mit

ihren tausend Häusern und hundert Straßen! Und ganz weit, weit dort hinten, wo der Strom sich am Horizont verlor, lag weiß und mattblinkend das große Meer! Und dort hinten lag Brüssel, Mecheln und überall kleine Städte und Dörfer! Pallieter konnte zehn mit einer Hand bedecken, und er sagte:

»Da wohnen nun die Menschen! da wohnen sie nun, die alle meinen, daß sie immer recht haben! ... Ein Furz in einer Flasche. Ach Thomas a Kempis, wenn du einmal in einem Flugzeug gesessen hättest, dein Büchlein wäre noch tausendmal schöner geworden.«

Sommerregen

Der Abend kam, und ein Duft von weißen Rosen hing in der gelben Luft.

Pallieter war ruhig und rauchte langsam seine Pfeife, während er, an einen Baum gelehnt, seinen frischgeharkten Garten betrachtete. Der gewaltige Genuß von Licht und Luft hatte sich mit dem Abend in ihm gelegt, und nun herrschte eine große Ruhe in seinem Herzen.

Der Rauch, der aus den Schornsteinen des Beginenhofs stieg, zerfloß zu einer weißen Linie, die regungslos vor den Alleebäumen hängen blieb.

Drei reine Glockenschläge klangen aus dem Türmchen, und es war, als ob dreimal auf Pallieters Herz geklopft würde.

Das Türmchen hob sich schwarz von dem ambergelben Himmel ab, und Pallieter schlenderte über den Wall dem einsamen, weißen Beginenhof zu.

Die graue Dämmerung zitterte an den weißen Mauern entlang, und die Pflastersteine lagen bleich da. Die Häuser schienen noch einmal so hoch, da die Türen nun geschlossen waren, und die Stille füllte die Straßen. Nur zwei Schwalben schossen zwitschernd hoch oben durch die Luft.

Pallieter ging auf den Zehen, lauschte auf die Stille und betrat die Kirche. Es war niemand darin. Die glänzenden Stühle standen ernsthaft in Reihen, und die Ewige Lampe war wie ein Auge. Er setzte sich nieder, und die ungebrochene tiefe Ruhe machte, daß er vor Friedensgefühl die Augen schloß. Seine Seele öffnete sich in ihm, und alles andere war wie ein vergessener Traum … so saß er.

»Ich habe Gott gefühlt, aber ich bleibe doch Mensch«, sagte er.

Als er heraus kam, war der Himmel nicht mehr gelb, es hingen graue Wolken davor, aber der Tag war noch nicht tot.

Bei Pallieter standen alle Türen auf, und es war noch dunkel im Haus. Es war niemand da...

Im Schuppen sah er die Spitze der schweren Sense funkeln und bekam ein Verlangen, damit zu arbeiten. Im Garten ließ eine Amsel ab und zu ein paar frohe Töne erklingen, und Pallieter meinte: »Das gibt Regen.«

Er machte sich daran, das Gras auf der Pferdewiese zu mähen. Er wetzte den Stahl, und es klang weithin in den stillen, schweren Abend. Er zog die Sense durch das Gras, das Gras fiel um, und der Stahl summte.

Pallieter machte weitausholende Bewegungen beim Mähen und hob sich riesig und dunkel vom bleichen Lichte des gestorbenen Tages ab, und das Licht blieb an seiner Sense hängen.

Auf einmal raschelte es im Gras, und in der Dämmerung sah er einen Strauß gelber Blumen und weiß darüber Mariechens Haupt. Er war froh, und sie kam näher und sagte voll Bewunderung: »Es war, als ob ein Riese am Mähen sei.«

»Laß mich mal riechen«, sagte Pallieter, und er drückte sein Gesicht in die weichen Blumen.

»Sie sind für dich«, jauchzte Mariechen still.

»Ich riech deine Seele darin, ach komm« – – und er nahm die Blumen in den Arm und sah sie dankbar an. Er fühlte sich wie ein Kind.

»Komm«, flüsterte er, »setz dich hin und erzähl mir, wo du sie gepflückt hast.« Er setzte sich ins abgemähte Gras und legte den Strauß auf seinen Schoß. Sie setzte sich neben ihn und erzählte langsam, daß sie mit Charlot nach der Kapelle von Sankt Anna gegangen war, um zu beten; unterwegs hatte sie einen Bauern um die schönen Blumen gebeten, weil er, Pallieter, so oft nach ihrem Honigduft verlangte.

Sie schwiegen. Die Bäume standen ganz still, und aus der

dunklen Küche kam das laute Rosenkranzgemurmel von Charlot. Plötzlich sagte Mariechen aufschreckend: »Ein Tropfen, es regnet!«

Pallieter hielt die Hand auf, und nach einer Weile klatschte ein großer Tropfen darauf. »Das is gut, wie geschmolzene Butter«, bemerkte er.

Und aus dem unsichtbaren Himmel fiel langsam ab und zu ein großer Regentropfen. Bald hier, bald dort. Sie hörten sie auf die Bäume klopfen, fühlten sie auf ihre Hände und auf ihre Nase kommen und in den gepflückten Blumen ersticken. Manchmal kamen viele, wie mit voller Hand ausgestreut. Dann wars wieder still, und nach ein paar Herzschlägen hörte man hier und da wieder einen fallen. Jeder Tropfen bekam einen besonderen Wert.

Blumendüfte stiegen auf und flossen langsam und erregend um sie her, und die Amsel im Garten stieß klingende Töne aus ihrer glatten Kehle. Es waren wollüstige Töne, voll Wonne über das erquickende Wasser an ihrem kleinen Leib. Es schien Pallieter, als ob der tolle Vogel mit einem von den angenehmen Tropfen im Schnabel singe, so perlten, tanzten und schlugen die hellen Klänge in der Luft herum. Es waren Töne dabei, die sie selbst genoß, lange aushielt, wieder einzog und dann wie eine glatte Kugel kristallklar hinausstieß.

Und »Gegrüßt seist du, Maria« ging es in einem fort in der Küche. Ihr Gebet war wie etwas, das wächst.

Pallieter fing mit der Zunge einen Tropfen von seinen Lippen, blickte Mariechen an und sagte gerührt: »Is dieser Abend nich, um zu zerfließen, Mariechen?«
Sie sah ihn an und schwieg. Er nahm ihre Hand, die naß war, und verbarg sie unter seinen Fingern.
»Ach Mariechen!« fuhr er fort und hätte ihre Hand zerbrechen können, denn das Herz schwoll ihm vor Liebe. Und es war, als ob seine Seele ausbrechen müßte.
Er zog sie näher zu sich heran, aber sie senkte den Kopf, und er sah nichts mehr von ihrem Gesicht.
»Mariechen!« sagte er noch einmal mit einem Seufzer, doch sie rührte sich nicht und schwieg. Und die großen Regentropfen fielen langsam und schwer auf die Blätter, und die Amsel zog flötend den letzten Lichtschimmer aus dem Himmel. Aber in der Küche wurde es still, plötzlich schoß gelbes Licht in das Fenster, und Charlot rief an der Tür: »Kommt schnell herein, es regnet, und das Essen is beinah fertig!«
Mariechen zog die Hand aus Pallieters Fingern, stand auf und ging weg, ohne ein Wort zu sagen.
Pallieter blieb liegen, erstickt von dem Glücksgefühl, daß Mariechen ihn auch lieb hatte; er streckte die Beine aus und ließ den milden Regen wie Balsam betäubend auf sich niederströmen.

Der Walkürenritt

Es war brühheiß und schwül. Die Sonne brach den Boden auseinander, die Gemüse standen wie in Quaderstein und waren schlapp wie Spüllappen.

Pallieter und Mariechen saßen im blauen Schatten von Sonnenblumen und Holunder und aßen frisch gepflückte Kirschen aus seinem Strohhut. Der Holunder duftete stark, und die Sonnenblumen waren voller Hummelgesang.

Pallieter stand einmal auf, um sich zu recken, und rief: »Mieteke, guck doch nur das Licht, das Licht! Es is wie Musik!«

Mariechen stand auf und betrachtete das grellbeleuchtete Land mit der Hand über den Augen.

Es rührte sich keine Menschenseele, und alles war tot und still. Die Hitze tanzte über den Wegen wie über einem Ofen, und die Stille lag wie Blei auf der Welt.

Pallieter sah, wie köstlich die Sonne auf Mariechen schien und wie hübsch die roten Kirschen, die er ihr wie einen Korallenschmuck an die Ohren gehängt hatte, ihrem lieblichen Gesichtchen standen. Und als sie merkte, daß er sie betrachtete, rief sie, mit dem Körper wippend:

»Wollen wir Kahn fahren?«

»Wer zuerst an der Nethe is!« sagte Pallieter, und so rasch sie konnten, liefen die beiden durch den Garten in die lichtsprühenden Felder hinaus. Sie kamen zu gleicher Zeit an, und Pallieter hob Mariechen wie eine Feder auf den Deich.

Sie stiegen in das schaukelnde Bootchen, als Charlots fette Stimme ertönte:

»Aber seid ihr denn verrückt, bei so einer Hitze Kahn zu fahren! Eßt lieber noch 'n paar Kirschen!«

»Wir essen Sonne!« rief Pallieter zurück, und nach zwei starken Ruderschlägen ließen sie sich mit dem Strom treiben durch das backofenheiße Land, das sie nun ringsherum in seiner glühenden Beleuchtung liegen sahen. Mariechen saß hinten, Pallieter vorn, und sie ließen die Hände ins laue Wasser hängen.

Sie schwiegen und blickten sich von Zeit zu Zeit heimlich ins Gesicht, und dann war ein Lächeln um ihren Mund und ein Glitzern in ihren Augen. Sie trieben sanft weiter und sahen die vordersten Felder und Bäume langsam vorbeigleiten, während der Horizont und die fernen Heuhaufen mitzogen. Und über diesen großen Landzipfel ging kein Hauch. Mariechen drückte die Stille so schwer, daß sie bat:

»Spiel doch ein Liedchen!«

»Ich hab meine Flöte nich da!« sagte Pallieter.

»Dann sing eins!«

Und er sang: »Es waren zwei Königskinder.«

»Hier is nur ein Unterschied«, sagte Pallieter, als er zu Ende war, »daß Charlot, die alte Betschwester, noch vier Lichter dazustecken würde, damit der Jung nich ertrinkt.«

Mariechen bekam einen roten Kopf.

Aber da sah Pallieter an einem Bogen der Nethe einen Fischer regungslos wie ein Steinbild stehen und mit einer Schnur angeln, und er rief: »Der wart wieder auf einen, den er noch nie gesehen hat!«

Der Fischer blickte gleichgültig auf und senkte dann rasch wieder die Augen nach dem roten Pfropfen.

Sie trieben weiter, und Mariechen jauchzte auf einmal, nach dem Himmel zeigend:

»Gewittertürme, Gewittertürme!«

Und wahrhaftig, von allen Seiten stiegen hinter dem waldumsäumten Horizont dickgestopfte, schmale Wolkenköpfe in die Höh. Sie waren wie rauhe Säulen, auf denen der blaue Himmelsschädel ruhte.

»Hast du Angst vor dem Gewitter?« fragte Pallieter.

»Ach nein, ich habs gern!«

»Hussa, dann wollen wir Kirmes feiern! Laß sie nur kommen!« Und er rieb sich mit strahlendem Lächeln die Hände.

Ein Schatten lief dort hinten über das feurig glänzende Land und versetzte im Handumdrehen die Welt in Dämmerlicht. Sie fuhren weiter, und unterdessen begannen die hohen Wolken am Himmel durcheinander zu wühlen, die stolzen weißen Säulen wurden zusammengedrückt und auseinander gebogen und wieder zusammengemengt zu bleigrauen Lappen, die das Blau des Himmels abschlossen, und es war wie ein großes, graues Zelttuch, das über die Welt gespannt war.

Starke Windstöße kamen und trieben den Sand der Wege in hohen Wolken vor sich her. Die Bäume klapperten und heulten; wie weiße Papierchen wehten die Tauben am dunkeln Himmel hin, und ein großer Fleck Krähen schwang sich wie ein Haufen Lumpen auf einen Turm.

Aber auf einmal legte sich der Wind, und es kam plötzlich eine tiefe Stille, daß ihnen der Herzschlag aussetzte. Und dort, über der Nethe, in dem violetten Dunkel flammte eine rote Zickzackschlange am Horizont entlang, und dumpf polterte hinter den Wolken ein zögernder Donner durch die Welt. Aus fernen Gehöften blinkte Licht von geweihten Kerzen.

Von drei Seiten, jetzt höher am Himmel, flammte der Blitz; Donnerbomben krachten und grollten und trommelten, daß die Erde zitterte und bebte.

»Nun gehts los, nun gehts los!« schrieen Pallieter und Mariechen.

Da fielen die ersten großen, lauen Tropfen auf ihre dünnen Kleider. Sie klatschten kühl auf ihr durchwärmtes Fleisch, und das tat wohl bis ins Innerste. Und dort über den Bauernhöfen verschleierte sich die Landschaft hinter brausendem Regen, der eilig herangesaust kam und auf einmal klatschend auf das Wasser platschte. Es strömte Wasser, und in einem Nu waren sie patschnaß.

Der Regen strömte mit Eimern über das Land, der Dunst stand einen Meter hoch über dem Boden; die Blitze flackerten, stießen zusammen, schlängelten sich durcheinander, und der Donner krachte und ratterte, daß ihnen Hören und Sehen verging. Eine Bäuerin lief mit den Röcken über dem Kopf über die Felder auf einen Holzhaufen zu.

Aber Pallieter und Mariechen lachten vor Genuß; das Wasser floß ihnen nur so über die Gesichter, daß sie glänzten wie ein Spiegel.

Sie fuhren weiter und kamen an die Weide, wo die Pferde und Kühe des Müllers unruhig brüllten und stampften. Pallieter bekam auf einmal einen herrlichen Einfall.

»An Land, an Land!« rief er.

»Warum? Was is los?« fragte Mariechen.

»Zu Pferd oder zu Kuh, hopp!«

»Oh, das is gut, das is gut!« jauchzte sie, und sie sprangen beide ans Ufer. Pallieter setzte Mariechen auf eine große, gelbe Stute.

»Halt dich an der Mähne fest«, rief er und sprang auf das erste beste Pferd, klatschte dem unruhigen Tier mit der flachen Hand aufs Hinterteil, daß es plötzlich, wie ein Pfeil vom Bogen, davonschoß, gefolgt von allen Kühen und Pferden, zwanzig an der Zahl.

Und die Masse galoppierte vorwärts in dem klatschenden Regen, wie ein Stück lebendiger Erde. Mariechen hielt sich fest an der üppigen Mähne der sich bäumenden Stute und lachte in hellen Schreien. Pallieter saß treu auf seinem Pferd, schwenkte die Arme und heulte aus seiner starken Kehle das schmetternde Lied der Walküren von Wagner. Es klang wie eine Trompete.

Und es donnerte, blitzte und regnete, als ob das Jüngste Gericht gekommen sei. Und mitten hindurch trabte der wiehernde, brüllende Block von Pferden und Kühen blindlings vorwärts, wie eine Macht, die alles verwüsten wollte, und der Boden dröhnte, hämmerte und stöhnte unter der schweren Last, und die Erdklumpen flogen über die Häupter der stoßenden Leiber.

Mariechens nasse Haare hatten sich gelöst und flogen durch die Schnelligkeit wie ein Fächer auseinander. Pallieter brachte sein Reittier zum Schwenken, und schneller schleuderte sich der dichte Fleischklumpen vorwärts, wie eine Macht, die gegen die Macht des Himmels tobte. Aber über das Brüllen, Wiehern, Donnern und Stampfen schmetterte begeistert Pallieters »Ta, ta, ta, ta!« Es war gewaltig!

Und als das kurze Gewitter nachließ, hielt Pallieter still, und die plumpe Masse blieb stehen, dampfend und glänzend in dem neuen Sonnenschein, der durch die ausgeregneten Wolken in goldenen Bündeln auf die Erde strahlte.

Und ein schönfarbiger, klarer Regenbogen spannte sich triumphierend über die ganze Welt. Pallieter, noch zu Pferde und naß bis auf die Haut, sah sich nach Mariechen um, die, tropfend vom Regen, mit offenen Haaren, keuchend und strahlend vor Glück und Lebensgenuß, ihm von ihrer riesigen Stute aus zulachte.

Er sah durch die nassen, weißen Musselinkleider, die durchsichtig auf ihrem rosigen Körper klebten, ihre schönen Formen abgezeichnet, die Linien ihrer Hüften und der Schenkel und die Spitzen der jungen, aufrechtstehenden Brüste.
Er sah sie da so glücklich und stolz und weiß gegen den dunkelnden Himmel stehen, hinter sich die glänzende, hellgrüne Sonnenlandschaft, mit Bäumen, Häusern und Mühlen, und über ihrem Haupt den mächtigen Regenbogen.
Ei! das war schöner noch als schön! Und da wurde sein Herz gerührt; er trieb sein Pferd zu ihr hin, nahm sie plötzlich in die Arme und rief:
»Du wirst meine Frau, meine honigsüße Frau!«
Und Mariechen schlang mit langem, tiefem Seufzer die nassen Arme um seinen starken Hals, sah ihn lange an mit ihren großen Augen und fragte einfach, aber gespannt:
»Wann?«
»In vier Wochen!« jubelte er und gab ihr einen langen, nassen Kuß auf die Lippen und die weißen Zähne.
Charlot war noch blaß vor Schreck über das arge Gewitter und freute sich sehr, als sie die beiden sah.
»Is mein Bett breit genug für uns zwei?« fragte Pallieter.
»Was meinst du denn damit..?« Und sie sah mit Schrecken und Verwunderung, wie Mariechen in Pallieters Armen lehnte.
»Ich heirat Pallieter!« jauchzte Mariechen.
»Du, du«, rief zitternd Charlot, »du mein Patenkind den Vetter? .. Du ... ach Jesus, Maria und Joseph!« ... Und sie fiel Pallieter um den Hals und schluchzte laut auf vor Glück.
Und das griff Pallieter ans Herz, er zwinkerte und biß die Zähne zusammen, um die Tränen zurückzuhalten. Aber er konnte nicht, beim besten Willen nicht.

Mondschein

Der Bauer vom Wasserschanzenhof hatte am Sonnabend den letzten Wagen Heu eingefahren, und heut am Sonntag gab es darum Waffelfest mit Zuckerbier.

Pallieter war mit Mariechen dabei und saß mit den Knechten und Mägden und der Familie um den großen Tisch herum. Die Türen und Fenster standen sperrangelweit offen wegen der Hitze. Auf den Feldern und Wiesen ringsum spießte das blendende Mittagslicht bis in den Boden hinein, während es in der niedrigen Stube blau gedämpft zwischen weißen Wänden und kupfernen Krügen hing. Ein Lachen und Schwatzen war da drinnen, wie in einem lebhaften Hühnerstall, und die großen roten Hände grapsten gierig nach den dampfenden Eierwaffeln, die in hohen Türmen hereingebracht wurden. Sie schmierten Zucker, Sirup und Butter darauf, um alle süßen Geschmäcker zugleich zu haben. Der Schweiß stand ihnen in Perlen auf der Stirn, und um sich abzukühlen, tranken sie fortwährend von dem braunen, trüben Bier.

Jede Tür- und Fensteröffnung war wie ein helles Gemälde. Bleiche Wege zwischen Korn und Wiese, hier und da die glänzende Nethe, rote Dächer zwischen dicht belaubten Bäumen, Kühe auf der Weide, weiße Kapellen am Wege, Wälder und ruhende Mühlen in der Ferne und Tauben in der Luft.

Es waren Bauern dabei, die vor einem Dutzend Waffeln nicht zurückschreckten und immer noch hungrig nach der Küche guckten. Mund und Hände klebten von Fett und Eingemachtem, und sie nahmen sich nicht die Zeit, die Nase zu schneuzen.

Wie Korinthen, die zu den süßen Speisen gehörten, saßen die Fliegen über die Tafel verstreut.

Bei Pallieter wollte der Appetit auf Waffeln gar nicht auf-

hören, und er forschte beim Essen bald nach dem Zimtgeschmack, dem Eiergeschmack und nach der Butter; er füllte sich die Nase mit ihrem leckeren Duft und knabberte nun schon an seiner elften Waffel.
Und schmausend blickte er mit froher Bewunderung hinaus in das ruhige, sonnige Land, über dem ein kleines Glöckchen läutete, nach den roten gierigen Mäulern der Bauern und nach seinem allersüßesten Mariechen. Er kniff sie unversehens in die Hüften, daß sie aufsprang und kicherte, und unterm Tisch schlangen sie die Beine umeinander. Sein Gesicht glänzte von Schweiß und Waffelfett, und seine Hände klebten vom Zucker.

Nachdem sie ihrer zwanzig an die hundertfünfzig Waffeln verzehrt hatten, wurden die Teller und die Gläser abgeräumt, und man brachte Branntwein und Genever. Jetzt wurden die Pfeifen angesteckt, und sofort legte sich eine niedrige Rauchwolke über die Köpfe.
»Liedchen, Liedchen!« riefen ein paar Stimmen, und Pallieter fing an zu singen: »Die Fischer von Blankenberghe«, und beim Kehrreim wiegte sich die Tafelrunde, Arm in Arm, singend langsam hin und her.
Als das Lied zu Ende war und alle vom Schütteln und Schaukeln in Schweiß geraten waren, mußte Mariechen singen. Sie stand auf und sang mit einem angenehmen, hie und da versagenden Stimmchen vom ›Kleppermann‹.
Pallieter begleitete das Lied mit leisem Pfeifen, und beim Kehrreim: »Und die Händchen machen ticke-ticke-tick, und die Füßchen machen tocke-tocke-tock, und er geht die erste

Runde...« klopften und schlugen die Hände so fest wie Lederpeitschen und die Füße wie Hämmer. Manche von den Bauern standen auf, um so recht das ganze Gewicht ihrer schweren, plumpen Schuhe auf den Fußboden bumsen zu lassen.

Sie mußten Lärm haben, mußten mitsingen können und ihren ganzen Körper mitbewegen. So kam jeder an die Reihe. Und jedesmal waren es Lieder mit Kehrreimen, die alle kannten und bei denen sie tanzen, springen, stampfen und klatschen konnten.

Sie saßen in ihrem Schweiß wie unter einer Decke; das Hemd klebte ihnen an den Schenkeln, die Kehlen wurden heiser, und sie tranken Branntwein und gepfefferten Genever wie Wasser.

»Wer kennt eine schöne Geschichte«, rief eine dicke Magd, »eine zum Lachen?«

»Ich!« rief ein Bauer. Da steckten sie die Köpfe zusammen und lauschten, mit einem Lächeln um den Mund, während sie ihr Gläschen festhielten und eine Frau in den Arm nahmen.

Das Bäuerlein erzählte eine spitzfindige, zweideutige Geschichte von einem Küster und einer Pastorsmagd. Und wer von allen, die da saßen, kannte nicht etwas in dieser Art?... Und als sie sich am Schluß die Bäuche hielten vor Lachen, wollten viele die ersten sein, um ›noch eine bessere‹ zu erzählen. So kam eine Geschichte nach der anderen, eine immer zweideutiger als die andere, so daß man die kleinen Kinder des Bauern draußen spielen ließ. Es wurde so arg, daß viele mit ihren Geschichten nicht mehr warten konnten und man an drei, vier Ecken zu gleicher Zeit anfing.

Pallieter blieb nicht zurück, und Mariechen tat, als höre sie nichts; sie streichelte ein Sankt-Anna-Kätzchen und gab ihm Pfefferkuchen.

Am Schluß jeder Geschichte schlug das Gelächter an die Decke, und trotz dem ermahnenden Wandspruch: »Hier wird nicht geflucht!« rollten ihnen saftige Flüche aus dem Munde, Äußerungen eines aufrichtigen und vollen Vergnügens und prickelnden Genusses.

Aber ein goldener Wind kam über die Felder daher und machte die Stube kühl, und das mächtige Licht der Landschaft verwandelte sich in einen ruhigen, kupferroten Schimmer, und die Sonne sank rot wie eine Flamme hinter einen fernen Wolkenberg. Durch die Tür kam ein Viereck von flachen Sonnenstrahlen, und ein Teil der Bauern wurde in der blauen Stube überreich damit übergossen. Da begann der Flieder vor dem Fenster zu duften.

Pallieter ging hinaus, blickte über das Land und nach dem Himmel und sagte sich:

»Das wird ein Abend unter tausend.«

Die Sonne war schon weg, und es gab keine Schatten mehr, aber viele breite, weiße Strahlen, wie Moseshörner, stachen noch durch die Federwolken bis an den höchsten Himmel, und es war, als ob hinter der Welt ein großer Heiliger stünde.

Froh ging er wieder hinein und sagte zu Mariechen:

»Komm, wir gehn, denn Gott will reden.« Sie standen auf und wollten weggehen, aber die Bauersleute wollten nichts davon wissen und baten und flehten, sie möchten noch ein Stündchen bleiben.

»Wir haben uns noch nicht genug geküßt«, sagte Pallieter, »ich muß mein Bestes tun, denn übermorgen geht unser Mariechen nach Haus.«

Das leuchtete ihnen ein, und jeder wollte Mariechen noch einen guten Tag wünschen und ihr die Hand geben.

»Sie kommt wieder, zum Heiraten!« sagte Pallieter, »und dann seid ihr allesamt eingeladen!«

Da fingen sie alle an zu singen:

»Ohne uns' Mariechen können wir nich leben,
Ohne uns' Mariechen können wir nich sein!«

Draußen war eine wohltuende Luft und vielerlei Düfte...

Sie gingen Arm in Arm über den Nethedeich und schwiegen, gerührt von der innigen Abendstunde.

Der späte Sonntagnachmittag hing friedevoll, ruhig und still über den tausend Heuhaufen, die duftend in den weiten Wiesen lagen.

Jenseits der Nethe, an den fernen weißen Häuschen, klang langsames Harmonikaspiel, und eine große Glocke bimmelte den Abendsegen.

Auf dem Nethedeich, und in dem hochstehenden Wasser widergespiegelt, gingen zwei Kinder, eins in Weiß und eins in Rot, die Arme voll Dotterblumen, und ein schwarzer Spitz lief schnüffelnd hinterher. Das Licht schien aus dem Boden zu kommen.

Viele Vögel waren hoch in der Luft, und die dünnen, grauen Wolkenknäuel rührten sich nicht. Das Gras stand still im niedrigen Abendnebel, die Pappeln standen still und das Wasser und das Licht. Es war, als ob die Zeit selbst warte und nicht weiterschreiten könne. Es griff seltsam ans Herz. Aber hinter einer langen, mageren Reihe von Zitterpappeln auf dem Felderbauch stieg in diesem tiefen Frieden der dicke, rote Mond herauf.

Es war, als ob die Welt auf einmal größer und von einem neuen, kindhaften Glück umfangen würde.

»Ach«, jauchzte Pallieter, »man möchte niederknien!« Und ganz außer sich blieb er stehen, als ob es das erste Mal sei, daß er den Mond erwachen sah. Dies war das Wunder, auf das die Zeit gewartet hatte. Der Abend schritt weiter, und dann kamen die Fledermäuse...

Ein großer Flug Krähen schwebte träge und krächzend

durch die Luft und fiel in dem fernen Beginenwald auseinander, wo es schon dunkel war. Hunde bellten den Mond an. So starb der Tag.

Sie wanderten weiter. Sie legte ihr Köpfchen an seine Schulter, und sie kamen an den Aalgraben, der in die Nethe mündet. Eine kleine Holzbrücke klammerte sich an den Ufern fest, und eine riesengroße alte Trauerweide daneben hängte ihre dichte Kuppel darüber, die bis ins Wasser hing. Sie zogen die Zweige zur Seite, um hineinzukommen, und nun war es, als ob sie in einer Kammer stünden. Es war hier wie in einem Heiligtum, das erfüllt war von frischem Holzgeruch. Vor ihnen lief die Nethe, lagen die Felder und Wiesen und stand der zartgelb gewordene Mond an einem blaugrau verdämmernden Himmel. Süß war es hier, ihre Häupter neigten sich zueinander, und sie stützten sich auf das bemooste Brückengeländer.

Ein kurzer Windstoß rauschte über die Nethe und über das Schilf hinweg, und auf einmal regnete es Mond auf das Wasser, Mondblasenregen. Der Wind lief quer übers Wasser damit, und dann stand wieder, kindhaft rein wie die Seele eines Heiligen, die Mondscheibe regungslos auf dem Wasser.

Eine Eule schwebte niedrig drüberhin und versteckte sich im Uferschilf.

Sie standen in dieser dunklen Zweigglocke wie abgesondert von der mondbeschienenen Welt und fühlten Herz und Seele schwellen in dieser stillen Abgeschiedenheit.

Pallieter umfaßte sie fester und küßte sie unaufhörlich auf die zarten Wangen, den feuchten Mund, die geschlossenen Augen, daß sie Hals und Leib davon reckte. Sie war wie weggeschmolzen in seiner Leidenschaft und ließ sich willenlos in seinen starken Armen hängen. Durch den Zweigvorhang warf der Mond seinen unfaßbaren Schein und legte breite Streifen auf ihren Leib und ihr Angesicht. Pallieter betrachtete sie so.

»Ein Traum«, sagte er bewundernd für sich, und seine Lippen glitten über ihr Haar und ihr Antlitz, und ohne ihr weh zu tun, biß er sie in den zarten Hals und in die Wangen; er hätte sie zerbrechen können, und wie diese Blätterkuppel ihren Raum ganz von der Welt abschloß und nur die Seele des alten Baumes darin lebte, so war Pallieter nur noch lebendig, weil er da auf dem Boden stand, aber er blieb verschlossen für alle Erinnerung an früher und die Gedanken an morgen und die anderen Tage. Sie sprachen kein Wort. Und die feuchten Küsse lispelten still und lang unter dem alten, kuppelartigen Baum. Sie schlug auf einmal die großen, schönen Augen auf und sah ihn träge und tiefglücklich an, und dann schlossen sich die Augen befriedigt langsam wieder, ohne daß sie ein Wort gesprochen hatte.

Der Blick rührte Pallieter tief, daß ihm das Wasser in die Augen stieg und ein Schauer über seinen Leib lief. Und wieder sank sein Mund auf ihren Mund, ihr Haupt auf seine Schulter, und ihre Arme legten sich um seinen Hals. Gegen die kleine Brücke gelehnt, hob er sie auf und hielt sie in seinen Armen wie eine Mutter ihr Kind.

Und draußen über den nebelblauen Landen wuchs die Mondnacht immer weißer und durchsichtiger, als ob es der Traum eines Kindes werden sollte. Duft von Wasser, Heu und Flieder hing zum Schöpfen allenthalben, und aus den nahen Bäumen im Park von Ringen fiel dann und wann ein Stückchen Perlenschnur aus Nachtigallengesang. Ganz mit der großen Stille verwachsen war das anhaltende Zirpen einer Grille... Sie blickten sich um, wo leises Holzknacken und Wassergetröpfel herkäme, schoben die Weidenzweige zur Seite und sahen, wie da unten auf der Nethe ein Fischer in einem Kahn sein Netz hochzog, in dem im Mondschein ein zappelnder Fisch silbern aufglänzte. Gering war sein Tun, aber schön in der goldenen Nacht.

Oh! diese schöne, weiße Nacht, die sie nun wie von einem offenen Fenster aus vor sich daliegen sahen!... »Komm, wir wollen gehen und Mondstrahlen fühlen...«

Sie traten unter dem Weidenbaum hervor und kamen nun wieder unter den freien Himmel, der so licht und groß über der klaren, schlafenden Welt stand.

Der Mond war nun so rein wie Kristall, und sein Licht, das auf die Erde und um die Sterne schien, war von einem milchigen, dünnen Grünblau. Es war nun überall so hell wie an einem trüben Tag, und auf allen Seiten sah man die Pappeln ragen, das Korn glänzen und die schlafenden Kühe auf den Weiden liegen. Im Park sah man deutlich die roten Buchen und grünen Platanen, und wie ein Licht erhob sich in der Mitte eines offenen Platzes auf einem efeubewachsenen Sockel das weiße Standbild einer armlosen Venus. Leichter Nebel trieb über den Bächen.

Sie gingen vom Deich hinunter, an einer Wiese entlang, wo hier und da eine Kuh schlafend lag oder mit dummen Augen nach dem Mond oder über die nächtliche Landschaft blickte.

Und dann kamen sie auf die Wiese mit den zahllosen Heuhaufen, die schön vom Mondlicht übergossen waren. Sie wanderten durch die feinen Düfte des Heues, und ihre aneinandergeschmiegten Leiber waren ein Schatten auf dem abgemähten Gras. Der Mond wanderte mit in einem kleinen, vollen Bächlein.

»Komm, wir wollen uns hinsetzen.«

Und sie ließen sich in einen dicken Heuhaufen sinken, nahmen einander in die Arme, wühlten sich tiefer in das Heu, wie in eine Höhle, und Pallieter streckte die Beine vor Wohlbehagen. Sie legte ihr Köpfchen in die Molligkeit seiner breiten Schultern, und so saßen sie da zusammengekauert wie zwei junge Kaninchen.

»Eine heilige Nacht«, sagte er still und sah zum Himmel auf, der von oben bis unten voll von Mondschein und bleichen Sternen war. Die Sterne! Sie lagen ringsum zerstreut wie weißer Sand, hier und da zusammengerafft wie Haar, und einige hellglitzernd und zitternd vor Klarheit.

Alle Tiefen des Himmels waren geöffnet, und wie dünner Weihrauch lief die Milchstraße darüberhin.

Und aus dieser lichten, regungslosen Unendlichkeit von Welten schoß dann und wann das kurze Leben eines fallenden Sternes. Pallieter war tief ergriffen davon, und seine Augen wanderten von einem Sternbild zum anderen: vom Großen Wagen nach dem Orion, vom Polarstern nach den Drei Königen und so fort; er suchte die fernsten Sterne und dann die, die noch dahinter lagen, fein wie eine Nadelspitze, und als seine Augen keine Sterne mehr trafen, nur noch den reinen Nebel der großen Weltenmutter, da taten es seine Gedanken. Hei! Sterne, Sterne überall! Sterne oben, Sterne unten, um und unter ihm... Pallieter kroch in sich zusammen und sagte unwillkürlich: »Warum?«

Und auf einmal trug er, wie aus ihm selbst gewachsen, die unendliche, besternte Tiefe des Raumes in seinem Herzen, so daß er eine Gänsehaut davon bekam, und er sagte mit einem Seufzer: »O Samen Gottes, du machst mich beben... Mariechen, Mariechen, blick auf...«

Aber Mariechen schlief ruhig in seinen Armen.
»Dieses Glück!« sagte er sogleich. Er fand es auch so schön, so rein und eins mit der friedevollen Nacht, und eine plötzliche Zärtlichkeit stieg in ihm auf. Er gab ihr einen federleichten Kuß vor Bewunderung und Rührung. Es war zu schön und zu innig, um es zu stören, und er erleichterte vorsichtig die Lage seines Fußes über ihrem Bein, um ihr nicht weh zu tun.
Er zog frische Düfte in die Nase, und der Mond bedeckte zwei nacheinander verlangende Sterne.
Und siehe, durch den blanken Himmel zog noch ein einsames, weißes Wölkchen. Es kam zögernd vorwärts, und es war, als würde es vom Monde angezogen. Es segelte gerade unter ihm vorbei, und siehe, sofort glitten dünne rosige, grüne und lila Farbentöne darüberhin, und es war wie ein zusammengezogener Regenbogen, der am Mond vorbeizog. Aber es glitt weiter, verlor die süßen Töne plötzlich wieder, wurde weiß und schob sich zögernd fort, allein durch die Nacht. Wie ein Lächeln der Nacht war es gewesen.
Die ferne Nachtigall spann ihre Klänge weiter, und hier und da quakte ein Frosch in den Bächen.
Die Nacht wurde immer heller; der Nebel stieg dichter aus den Gräben und dampfte aus dem Boden.
Die unendliche Stille brauste, und es war, als ob man die Mondstrahlen scheinen hörte. Das Gras war feucht und rührte sich nicht.
Und unwillkürlich, in Schlaf gewiegt durch die Stille und den Atem der Nacht, schloß Pallieter die Augen, sah noch durch die geschlossenen Lider die Klarheit des Mondes, der vor ihm stand und ihn völlig übergoß, und fiel dann in einen tiefen Schlaf.
Die große Nacht verrichtete ihr Werk und erfüllte allmählich ihre Zeit. Sterne fielen, andere zogen weiter, und der

Mond verstrahlte all sein kostbares Silber, wurde langsam rot und sank mit niedergeschlagenen Augen im Westen hinunter.

Und sie schliefen den schweren Schlaf der Erde. Sie waren mit der Erde ein Herzschlag, ein Atem, eine Stille und ein Leben.

Sie schliefen Haupt an Haupt, ineinander verloren und aufgenommen, um, naß vom Tau, fröstelnd aufzuwachen, als sich das erste Tageslicht erhob und der Nebel noch auf den Feldern und den Heuhaufen lag.

Es war Tag. Die Blumen waren noch geschlossen, aber Hähne krähten, ein Hund bellte, und ein Kuckuck rief aus dem nebelverhüllten Wald.

Mariechen schrak auf und wurde gleich froh; sie rieb sich lächelnd den Schlaf aus den Augen, gähnte und legte glückselig ihr Köpfchen eine Weile zurück an Pallieters Hals.

Sie erhoben sich endlich von der warmen Stelle, lachten über ihre feuchten, zerdrückten Kleider und über das Heu, das in ihren Haaren steckte. Und plaudernd und singend hüpften sie Arm in Arm nach Haus, frisch wie Salat, und verlangten nach andern Kleidern und heißem Kaffee.

Ein Hirt tutete auf seinem Horn, und die Glocken begannen zu läuten: Es war Tag!

Die Bienenkörbe ließen schäumend ihren Honig überlaufen. Der ganze Garten roch danach, und nun war Pallieter schon den ganzen Nachmittag dabei, sie auszuleeren und den Honig in steinerne Töpfe zu füllen.

Charlot half ihm, schaffte mit und trug die Töpfe einen nach dem andern in den kühlen Keller hinunter. Beide tropften von Schweiß und leckerem Honig; sie klebten und hatten Mühe, sich die Finger abzulecken. Lubas, der Hund, stand dabei und schlabberte gierig auf, was verschüttet wurde.

Pallieter war über die Maßen froh über den süßen Überfluß; er sang, daß es schallte, und Charlot schwatzte in einem fort über den Honig und über das Wetter. Sie war so empfindlich gegen die Hitze und so wenig bang vor den Bienenstichen, daß sie mit bloßen Füßen ging und in einem kurzen Unterröckchen dastand, das nur bis zu ihren säulenförmigen Waden reichte, und frei und frank ließ sie die Arme wie zwei dicke Kinder aus den aufgerollten Ärmeln ihrer roten Nachtjacke heraushängen.

Sie hatte auch drei Knöpfe oben an der Nachtjacke aufgemacht, und so kam nackt, unter der Halsgrube, das weiße Fleischkissen heraus, über das die vielen fettigen Bänder ihrer Amulette hingen. Das Tuch, das gewöhnlich unter der

Nachtjacke ihre Brüste einschnürte, hatte sie jetzt abgenommen, und gewaltig wie Gewitterwolken hingen sie nun in ihrer vollen, weichen Dicke vornüber auf ihrem großen Bauch.

Sie war rot wie ein Ofen und schwitzte wie ein Schwamm.

Und sie fingen an über Mariechen zu sprechen.

»Aber warum muß es Herbst sein, wenn ihr heirat'?« fragte sie.

»Dann is das Bett kühl, und wir kriechen dicht zusammen.«

»Ach, schweig still«, knurrte Charlot, aber ein wenig später wieder sanft und ganz von sich überzeugt: »Und ich, die ich immer Begin' werden wollt, ich bin doch so froh, daß ichs nich geworden bin, denn was sollt ohne mich hier aus dem Mariechen werden?«

»Nun gut«, schnauzte Pallieter, »ich werd sie bei dir schlafen lassen!«

»Das will ich nich sagen«, meinte Charlot und richtete sich auf. »Aber Mariechen is mein Patenkind, und sei gewiß, ihr soll kein Härchen gekrümmt werden!«

»Ach«, erwiderte Pallieter halb singend und neckend, »wenn ich verheirat' bin, brauch ich keine Dienstmagd mehr.«

Und da schoß Charlot los: »Ai, ai, ich muß hier heraus! Ich werd hier weggejagt, ich, ein Waisenkind, ich hab mirs doch gedacht! Das is der Dank, das is für alle meine Lieb, und das von dem, den ich als Kind noch im Arm gehabt hab. Lieber Herrgott, steh mir bei!«

»Komm, komm«, sagte Pallieter, sie tröstend, »ich hatt vergessen, daß du ein Waisenkind bist.«

Und damit war der Zank aus, und die Arbeit wurde fertig.

Charlot zog einen andern Rock an, rollte die Ärmel herunter und trug den größten Topf zum Pastor.

Pallieter nahm einen für Franzoo, seinen Freund, den Maler, und einen für das arme Krankenhaus, das auch am andern Nethe-Ufer lag.

Er fuhr ein ganzes Stück mit dem Boot flußaufwärts, kreuzte dann hinüber, machte es fest, und mit einem Topf auf den Schultern und einem im Arm schritt er den weichen, ansteigenden Weg hinan und pfiff ein forsches Lied.

Über den Töpfen folgte ihm stets ein Summen und Schwärmen von Bienen, Hummeln und Wespen; in einem Wirtshaus löschte er seinen Durst, es war schlechtes Bier, und wie er herauskam, kreisten die Tierchen sofort wieder um die süßen Töpfe.

Dort, hoch über den Bäumen, erhob sich die alte Mühle; sie drehte friedlich ihre roten Flügel in dem ruhigen Südwind und ließ eine kupferne Wetterfahne glitzern, und da die Sonne sehr mächtig strahlte, war das Moos ganz hell, das so üppig in Streifen an dem schwarzen hölzernen Rumpf klebte.

Es war eine schöne Mühle, sie hing ein wenig hinten über, was sie noch freundlicher aussehen ließ, und sie herrschte über das Land, stolz wie eine Kirche, und war von allen Seiten sichtbar.

Pallieter ging gern hinauf, denn dort hatte er stets einen schönen Blick über die Bäume und die Fernen und genoß tief die Luft und ihre Elemente: den Wind, der das Land blau werden ließ, und die Regengardinen, die sich hinter der Welt emporschoben und die Erde begossen, während drüben die Sonne ein Dorf mit einer Mühle aus der Dunkelheit auftauchen ließ. – Er konnte sich stundenlang daran vergucken, an dem Wühlen und Wachsen der Wolken. Die Abende und die Morgen waren hier länger und die Nächte noch einmal so unendlich. Die Winter lagen drum herum wie wahrhaftige Breughels, und von hier aus sah man den

Lenz leibhaftig aus dem Süden herankommen; und dann, immer und allenthalben in Sonne und Nebel, sah man das Landvolk die gütige Erde melken. War das nicht moseshaft?

Rasch kletterte Pallieter mit dem Honig und den Bienen auf das Atelier im obersten Stock der Mühle. Franzoos stämmige Frau folgte ihm lachend.

Der Freund stand halb nackend da und malte eine Panorama-Landschaft in dem gedämpften Licht, das durch die Luken kam, durch die man schon von der Mitte des Ateliers aus den weihrauchblauen Horizont sah.

Pallieter überreichte den Honigtopf, lief dann sofort nach einer der Luken und steckte den Kopf hinaus.

Hei! Luft und Licht! Soweit er sehen konnte, war Korn, Korn über die ganze Welt, um die Dörfer, den Beginenwald, die Häuser, um die Wiesen herum und an der Nethe entlang, goldenes Korn überall! Und klein und dünn und schwarz waren die Menschen hineingetüpfelt, die darin an der Arbeit waren.

Das war das heilige Werk des Korns! Weit und breit summte die Sense, überall drehten sich die Mühlen, und hier jagten die Flügel stöhnend und klappernd mit einem sausenden Luftstrom an seinem bewundernden Gesicht vorbei. Hei! das war alles, um Brot zu machen; das Manna, das aus der Erde kommt. Und hoch da droben schlug die Sonne ihr Licht ins All hinein.

»Heisa!« rief Pallieter Franzoo und seiner Frau zu, die gerade den Honig probierten, »seht die Welt! Sie gebiert!

Sie gibt Muttermilch! Kommt, laßt uns feiern! Laßt uns durch das Korn gehen, die Erde küssen und im Boden ertrinken.«

Sie gingen hinunter und tranken bei dem Müller ein Gläschen roten Wein, und Pallieter bekam von Leonie, Franzoos Frau, einen großen Strauß von safrangelben Rosen; das war aus Dankbarkeit für seinen Honig, und er drückte die Nase hinein und machte die Augen zu vor übergroßem Wohlbehagen.

Und dann machten sich Pallieter und Franzoo auf, um den andern Honigtopf in das arme Krankenhaus zu bringen. Jeder hatte an einem Henkel angefaßt.

Sie gingen am Korn entlang.

Hier stand es noch und reifte gelb aus, vornübergebeugt durch die schweren Ähren und an der Erde blau und rot gesprenkelt; dort waren sie schon dabei, es zu schneiden, ein Trupp Männer mit lärmenden Binderinnen oder ein kleines Kerlchen allein. Ganze Felder waren hier und da schon fertig und standen nun voller schön aufgereihter Garben. Und um alles hing das starke Sonnenlicht wie ein Kranz, um die Ähren, die Bäume und die gebückten Menschen, und die Hitze zitterte darüber wie unruhiges Wasser.

Pallieter und Franzoo hatten sich ausgeschwätzt und schwiegen. Sie gingen im gleichen Schritt weiter, immer hinter dem Staub her, den ihre Füße aufwirbelten; und das einzige Geräusch war ihr Atem, das Klatschen einer Kornähre gegen ihr Gesicht und das Summen der Bienen um den Honigtopf.

So waren sie schon ein ganzes Ende gegangen, und Pallieters Mund war trocken wie Pulver vor Durst, und er hatte eine schreckliche Lust nach dem Geschmack von Bier bekommen.

Aber sie waren tief im Land drin und in der Gegend nicht

das kleinste Wirtshaus. Er würgte mit Mühe den Speichel in seinem Mund, der wie aus Leder war.
Aber nach einem Viertelstündchen sah er aus einem Hohlweg einen Bierwagen herangerasselt kommen, und er rief: »Hurra!«
»Was ist denn los, Vetter?« fragte Franzoo erschrocken.
»Wir haben Durst, und dort is Bier!« rief Pallieter; »komm, wir trinken!«
Und sie liefen quer durch das Korn auf den Wagen zu.
»Hallo«, rief Pallieter dem heranrollenden dicken Fuhrmann zu, »verkauft uns ein Fäßchen Bier, wir verdursten.«
»Alles is schon bestellt!« sagte der Mann weiterfahrend.
»Ta, ta, ta, ich zahle das Doppelte dafür!« versetzte Pallieter.
»Na dann los!« meinte der Bursche und ließ das Pferd halten. »Nehmt Euch dann ein Fäßchen Bockbier, das könnt Ihr gleich trinken. Wollt Ihr ein Fest feiern?« fügte er neugierig hinzu.
»Ja!« rief Franzoo, und Pallieter nahm das Fäßchen vom Wagen und bezahlte.
Der Bursche fuhr weiter, und während Franzoo den Honig trug, rollte Pallieter das Fäßchen mit Fußtritten vor sich her.
»Aber wie jetzt trinken?« fragte Franzoo, »wir haben keinen Hahn und kein Gefäß.«
Pallieter kratzte sich am Kopf. – »Kein Hahn, das macht nichts, aber wo ein Gefäß hernehmen?«
Sie schwiegen beide, blieben stehen und betrachteten den Honigtopf. Wenn der nur leer wäre. – »Komm«, sagte Franzoo, »wir wollen auf einem Gehöft einen Krug holen.«
»Los!« und sie rollten das Fäßchen über den weißen Weg. – Sie kamen an ein Kornfeld, das halb abgemäht war, und dort hinten an der Erlenecke saßen Mäher und Binderin-

nen und verzehrten ihr Vesperbrot. Als Pallieter sie sah, freute er sich über die Maßen und rief, mit den Armen schwenkend: »He, Leute, laßt euren Kaffee stehen, hier is frisch Bockbier; und wenn ihr eine Tasse hergebt, dürft ihr euch die Bäuche volltrinken!«

Sofort kamen sie herbeigelaufen, jedes mit seiner Kaffeetasse, und drängten sich, um am nächsten beim Fäßchen zu stehen. Mit einem großen Taschenmesser schnitt Pallieter den Pfropfen heraus, und klatsch! da schoß das Bier heraus, wie bei einer stallenden Kuh, aber die Tassen wurden darunter gehalten, schäumend gefüllt und gierig ausgetrunken. In das Loch wurde ein schnell gemachter hölzerner Zapfen gesteckt, und so konnten sie ohne Eile trinken, und nichts ging verloren.

Sie scharten sich sitzend um das Fäßchen, und Pallieter trank, soviel er konnte, aus einer großen Tasse, auf der ein roter Papagei gemalt war. Der Durst nahm kein Ende, fortwährend schoß das Bier aus dem Spundloch, und sie tranken und lachten, daß ihnen der Schweiß auf der Stirn perlte.

»Jetzt noch Musik, und wir haben Kirmes!« lachte ein Mädchen.

»Los, Adrian!« riefen sie einem langen, mageren Jungen zu, »hol deine Posaune, dann können wir tanzen!«

»Ja! Ja!« schrieen sie nun durcheinander. »Wir haben noch Zeit genug! Los, eil dich! Schnell!«

Der Junge lief gefügig weg, während die Mädchen vor Vergnügen kicherten und sich allerhand Neckereien zuriefen.

Inzwischen tranken sie, ein alter Mann war Zapfer; und bald kam der Junge zurück mit seinem Bruder und einer grünspanüberzogenen Messingposaune.

Er trank erst noch einen Schoppen von dem gelben, schmackhaften Bier und fing dann an, in seiner ganzen Länge aufrechtstehend, einen langsamen Walzer zu spielen. – Die Töne fielen seltsam in die Kornfeldstille und wurden weithin getragen. Und siehe da! alle machten sich ans Tanzen außer dem Alten, der immer weiter zapfte, für sich selber. Jeder Bursche griff sich ein Mädchen, und die Männer, die übrig blieben, tanzten miteinander; so tanzte Franzoo mit einem kleinen, buckligen Bäuerlein. Aber Pallieter hatte sich das Blümchen herausgesucht: ein molliges Ding mit bloßen Armen und Beinen und mit einem blühenden Gesicht voll rotbrauner Sommersprossen. Sie hatte Augen so feurig wie eine Katze.

Und tanzend drückte er ihren weichen und sehr dünn bekleideten Körper gegen den seinen, so daß er gut all ihre Formen fühlte, und seine Hände betasteten gierig ihre schaukelnden Hüften, daß sie aufschrie vor Vergnügen.

Der Tanz war aus, und sie setzten sich zu den andern ins Gras um das Faß herum. Alle keuchten, und ihre Busen gingen auf und nieder. Als sie wieder tüchtig von dem lekkeren Bier genossen hatten, rief Pallieter: »Los, schnell noch ein Tänzchen!«

Jetzt war es eine Polka. Wieder nahm er dasselbe Mädchen, und sie tanzten toll und wild. Er drückte sie fester an sich, tanzte aus dem Kreis heraus, und dann auf einmal stellte er ihr ein Bein, und sie fielen alle beide auf die Erde. Er fiel auf ihren Leib, wie auf ein Kissen, und fühlte all die Pracht ihres molligen Körpers, der sich schüttelte vor Lachen, und gierig pflückte er wohl hundert Küsse von ihrem weißen Hals und ihren vollen Wangen. Sie erhoben sich mühsam und konnten kein Ende finden mit ihrem ausgelassenen Gelächter, und alle mußten sie so mitlachen, daß sie nicht mehr trinken konnten.

Aber aus der Ferne ertönte jähes Tuten eines Blechhorns. Das war das Zeichen, daß die Vesperpause um war, und be-

dauernd ergriffen sie Harken und Sensen und gingen mühsam an die Arbeit.
Sie riefen Pallieter und Franzoo noch ein paar lustige Scherze zu. Diese gingen aufgeräumt von dannen und ließen das Fäßchen zurück. Die zwei Freunde schritten plaudernd weiter, aber das Kloster war noch weit, und Franzoo sprach von Ausruhen, denn er war erschöpft und schwitzte wie eine Gießkanne.
Franzoo legte seinen dicken Leib ins Gras an einem Bach, machte die Augen zu und fiel sofort in einen tiefen Schlaf. Er schnarchte wie ein Schwein.
Pallieter setzte sich neben ihn, rauchte eine Pfeife, betrachtete das Korn und die aufsteigenden Lerchen ... rauchte noch eine Pfeife, und weil Franzoo sich nicht rührte, legte Pallieter sich auch schlafen.
Der Honigtopf stand zwischen ihnen, in einer Wolke von Honigtierchen. Die zwei Freunde schliefen, und über ihnen hinter dem breiten Eichbaum tanzte die Luft bis hoch hinauf vor Hitze.
Als Pallieter wach wurde, war der Honigtopf umgefallen, und die Sonne sank golden hinter einen silbernen Wolkenstreifen.
Franzoo wachte fast zu gleicher Zeit auf und sagte gähnend: »Das hat mir gut getan!«
Sie lachten über den Topf, aus dem mehr als die Hälfte herausgeflossen war, und dann schwiegen sie um des schönen Abends willen.
Der Tag ging in Schönheit zur Ruhe, und der ganze Himmel hatte die farbige Helle von Seemuscheln.
Sie blieben stehen, und der Abend kam über das Korn, das Rot breitete sich aus am Himmel, und jeder Kornhalm bekam einen zarten, roten Schein. Von irgendwoher kam eine ganze Wolke Heuduft herauf, und aus den Bächen

stieg der Nebel, der über die trockenen Wege zog, wie goldener Staub.
Sie gingen zurück.
»Ich trage morgen einen andern Topf in das Krankenhaus«, sagte Pallieter.
Franzoo ging in seine Mühle und Pallieter an die Nethe.
Unterwegs begegnete ihm ein Kind, das mit einem Korbwägelchen, in dem ein Sack Mehl lag, aus der Mühle kam. Pallieter gab ihm den Honigtopf, und verlegen, ohne etwas zu sagen, lief es schnell davon.
Vom Felde kam ein hochbeladener Kornwagen, auf dem eine dicke Frau saß, die ihrem Kinde eine große, weiße Brust reichte.
Der Tag war vorüber, und am grünen Himmel zeichnete die silberne Mondsichel einen ganz scharfen Strich. Und dort, ein mächtiges Schattenbild vor dem Himmel, zogen zwei schwarze, träge Ochsen noch einen Pflug durch die dunkle Erde; der Bauer hinter ihnen schwieg. Blaues Licht fiel noch über den Leib der Tiere hin, und das Auf- und Abwallen ihrer hohen Rücken bei jedem Schritt war wie ein Gebirge, das sich bewegte. Ihre Köpfe nickten schwer hin und her, und die Mäuler schnoben Dampf.
Der Bauer schien noch nicht aufzuhören und begann eine neue Furche. Die Pflugschar glänzte gespenstig weiß, und schwarz und riesig zogen die zwei Ochsen ruhig das Fahrzeug durch die Erde, die fettig auseinanderfiel, ein wenig schimmerte und einen guten Balsamduft verbreitete. Aus dem umgepflügten Boden stieg ein dünner Nebel.
Und dunkler wurde da oben der Himmel, an dem sich die Mondsichel klarer abzeichnete. Ein dicker Stern tat sein Auge auf.
Pallieter drehte sich im Weggehen noch immer nach den großen Ochsen um; sie hatten sein Herz gerührt. Und als

er in der Fähre übersetzte, brüllte einer in die Nacht hinaus, und das ließ ihn erzittern.

Der Tag war zu Ende, und es wurde dunkel, aber das Wasser war noch ganz hell und führte Heu mit in seinem Lauf.

Und durch diesen heiligen Frieden, der das Land umhüllte, klang aus der Ferne ein vielstimmiger Gesang von heimkehrenden Schnittern und Binderinnen. Pallieter hätte darüber weinen mögen und sagte: »Nein! der große Pan ist noch nicht tot. Wer das hat sagen hören, hat geträumt! Denn ich habe heute seine Hörnchen gesehen!«

Eine angenehme Überraschung

An dem heißen Sonntagmorgen schwamm Beiaard, die weiße Stute, im Nethewasser herum. Das Pferd spielte wie ein Kind, wieherte in einem fort, und das grüne Wasser tanzte, voll von zerbrochenem Silber und wimmelnden Sonnenscherben.

Pallieter tat es wohl, da zuzusehen, und er wurde schließlich so davon angelockt, daß er sich mit den Kleidern ins Wasser warf. Er schwamm hinter Beiaard her, holte sie ein und kletterte auf ihren hohen Rücken. Da saß er wie in einem Bett, er öffnete die Arme und ließ Beiaard tun, was sie wollte. So schwimmreitend sah er über das Land hin, das ringsum in regungslosem Sonnenlicht und zitternder Hitze ertrunken lag. Über den gelben Korngarben, die auf allen Seiten in dieser Glut in geraden Reihen standen, kam nur eine Bachstelze langsam dahergeflogen; und nirgends war ein Mensch.

Das war die Ruhe.

Aber plötzlich begannen in der sonnenbeschienenen Stille die großen Beginenhofglocken zu läuten, und die summenden Schläge blieben brummend in der warmen Luft hängen. Und da kam Charlot aus dem Garten. Sie war im Staat, glänzend schwarze Seide mit matten Tupfen. Ihre Jacke hatte noch große Schinkenärmel, und der Rock war fließend wie eine Wolke; auf ihrem neuen schwarzen Kapotthut schaukelten an einem Büschel steifer Federn buttergelbe Kügelchen. Am Arm trug sie ein grünes Blecheimerchen, innen rot; darin lagen Birnen, Pflaumen und Korinthenbrötchen und stak eine braune Bierflasche. Sie sah glückselig aus und rief überlaut: »He, Vetter, ich geh. Viele Grüße an Mariechen, und sag, daß ich Sonntag komm! Ich will heut viel zur Mutter Gottes beten, daß ihr glücklich werden möget zusammen!«

»Was?« rief Pallieter. »Ich will nich durch dich glücklich werden, nur durch mich selber!«
»Und ich werd doch beten!« sagte sie böse werdend, »und viel beten, so viel, als wie ich kann!«
Und damit drehte sie sich auf dem Absatz um und ging, ohne sich umzusehen, schnell nach der Kirche, um von da aus in der Prozession die Wallfahrt zur Muttergottes von Scherpenheuvel mitzumachen.
Sie würde als Heldin angesehen werden heute, denn es war das fünfundzwanzigste Mal, daß sie hintereinander die berühmte Wallfahrt mitmachte; und bei dieser Gelegenheit sollte sie die hohe Gunst genießen, daß man das wundertätige Bild auf ihr Haupt setzen würde. Ihr Mund lachte, und ihr Herz war fröhlich wie ein Vogel...
Pallieter sagte: »Beiaard, wir gehen zu Mariechen, aber erst will ich noch was essen!« Er ließ sich vom Pferd gleiten und schwamm ans Ufer. – Das Wasser stürzte aus seiner Hose wie aus einer Pumpe. Er lief durch den Garten, blieb aber stehen, betroffen von dem feinen Duft und den schönen Farben der Blumen.

Seht nur die Hunderte von Rosen, faustgroß, aufgerollt und aufgebrochen zu Schneeweiß oder Weinrot, rosig wie der Morgen, oder safrangelb in Milch gebleicht.
Wer wagt es, die samtenen Stiefmütterchen zu zählen, die

dunkellila oder mit einem weiß und gelben Klabautermannsgesichtchen ganze Beete füllten! Rund um den Mühlenhügel stachen ihm die goldenen Sonnenblumen Tränen in die Augen, und aus einer breiten Umrandung von blühenden Geranien sprühte das Springbrünnlein, strahlend wie ein Schwert, seinen Perlenschwanz auseinander. Hier wie buntes Feuerwerk der japanische Rasen, dort leuchtender als Apfelsinen die Kelche der Schwertlilien, und dann, daß man es kaum glauben und nie mehr vergessen konnte, alles beherrschend und überwältigend, die übermütigen roten und orangegelben Kapuzinerkressen in Ranken an der weißen Mauer und um die dicken Obstbäume herum! O Gott, sie waren wie Flammen, die aufzüngelten und aus der Erde herausschlugen.

Ah, überall war das leidenschaftliche Aufbrechen des schönsten Lebens. Es war zu viel für die Menschen. Und die Düfte, die einem die Seele größer werden lassen! Es war Anfang und Ende alles Glückes. Pallieter wurde das Herz trunken im Leibe, und er sagte mit Bitterkeit: »Was für ein Ochse kann noch nach einem Himmel verlangen, wenn er so etwas sieht!«

Er ging hinein und aß und kam wieder mit seinem Dudelsack unter dem Arm; es war das Instrument, in dem er am liebsten seine Seele leben ließ.

Er schwamm hinüber, setzte sich auf Beiaard, und im Schritt ritten sie über die heißen Stoppelfelder. Die Sonne trocknete seine Kleider, während er, sich mit seinem Dudelsack begleitend, die lustigsten Lieder sang und an Mariechen dachte.

Die grunzenden Töne summten hoch um ihn her und waren weithin hörbar, und mancher Bauersmann kam an die Tür, um zu lauschen.

Vor ihm aus einem Graben flog ein Storch geräuschvoll auf.

»Petrus!« rief Pallieter. Der große Vogel erkannte ihn sofort und schwebte in großen Kreisen niedrig über ihm her. Seine roten Beine hingen lahm an ihm herunter, und die schwarz und weißen Flügel waren rein wie frisch gewaschen und schimmernd in der Sonne. Dann und wann schoß der große Vogel plötzlich voraus, ließ sich zur Seite hängen, den einen Flügel nach unten, stieg hoch auf und sank dann wieder regungslos langsam hinunter. Und mit dem Gang des Pferdes flog und spielte er in der Luft.

Die Mühlen standen da mit stillem Kreuz, und am Wege lag ein umgestürzter Pflug. Das war die Ruhe der Felder. Auf den schmalen Feldwegen gingen Bauern in blauen Kitteln und weißbemützte Bäuerinnen auf das schwache Glokkenläuten zu, das aus einem spitzen Kirchtürmchen kam, und auf der fernen Landstraße war manchmal das Blitzen eines trägen Radfahrers.

Über den stillen Felderfrieden summte der Dudelsack, gerade wie ein Bienenschwarm, der singen gelernt hat. Pallieter kam an üppigen Obstgärten vorbei, wo ein starker Apfelduft aus den schwerbeladenen Bäumen fiel. Es waren Bäume dabei, die fast zusammenbrachen unter ihrer roten und grünen Frucht und gestützt werden mußten. Die hohen Birnbäume waren bronzebraun von Bergamotten, Butter-, Glocken- und Zimtbirnen. Das Wasser lief ihm im Munde zusammen, und er sagte zu der Sonne: »Heize nur, Sönnchen, und mach, daß die schönen Obsttage früher kommen, dann geht meine Seel in die Ferien!«

Er trank in einem Wirtshaus Bier, und Beiaard bekam einen Armvoll Heu. Aus der Küche kam der angenehme Geruch der Sonntagssuppe; Pallieter bat um einen Teller und löffelte ihn im Stehen in der Gaststube aus; aber Petrus, der stets mitgeflogen war, kam, nach dem Suppengeruch lekkernd, an die Tür und bettelte.
Pallieter gab ihm zwei Klößchen, und dann flog der Storch weg, hoch hinaufsteigend in den blauen Sonnenhimmel, und ließ sich dann auf dem Licht weitertreiben. Pallieter sah ihm von der Tür aus mit der jungen Wirtin nach, die sich schüttelte vor Lachen.
Er ging wieder hinein, trank noch einen Schoppen und gab Beiaard auch einen. Als die Magd sich bückte, um einen Pfennig aufzuheben, sah er ihren schönen braunen Hals, und wupp! drückte er einen nassen Kuß auf das mollige Fleisch. Die Frau wollte ihm einen Klaps geben, aber weg war er auf Beiaard und schwenkte ihr lachend seine Mütze zu.
Der Staub wirbelte hoch auf dem trockenen Weg. Die Sonne legte einen matten, silbernen Schimmer auf das Pferd, und jeder Baum warf einen blauen Schatten über seinen Leib.
Hunde lagen schlafend neben ihrer Hütte, und am Weg besprang ein brauner Hahn eine von seinen vielen grauen Hennen; danach schlug er mit den Flügeln und krähte, so laut er konnte, und die Trompetenstöße ferner Hähne liefen sogleich wie eine Kette über das stille Land …
Es wurde Mittag, und die verlassenen Felder zitterten unter der gewaltigen Hitze, und nirgends eine Wolke in dem warmen Muttergottesblau des unendlich tiefen Himmels. Ganz in der Ferne lebte irgendwo langsamer Trommelwirbel.
Er kam an eine Wassermühle; das große Rad drehte sich

stattlich, getrieben von dem gewaltigen Wasser, das brausend und strahlend wie kochendes Silber auseinanderfiel und schäumend in einem breiten Bach weiterfloß. Hier war es so frisch, bei dem kühlen Geruch des Wassers und den breiten Bäumen um das Haus herum.

Er stieg vom Pferde, und er und Beiaard tranken. Er legte sich auf den Bauch in das weiche Gras, rauchte eine Pfeife und blickte über das Land; das Pferd rupfte den Klee aus dem Grase.

Von dem breiten Schatten aus gesehen, war das Licht in den Feldern noch einmal so grell, und das einzige Geräusch war das scharfe Zirpen der Grillen und das klatschende Fallen des Wassers.

Nichts rührte sich, kein Blatt, kein Vogel.

Um einen einsamen Bauernhof mit Nußbäumen daneben lagen wiederkäuende Kühe, und ein Fohlen stand mit hängendem Kopf an der Tür des Gatters.

Aus dem Taubenschlag kam eine Taube, die nach ein paar Schrittchen wieder hineinspazierte, und ein Dachfenster aus Glas funkelte und strahlte wie ein Brocken, der aus der Sonne gefallen war.

In der Ferne hörte man immer noch den langsamen Trommelwirbel, der bald näher zu kommen, bald wieder stehen zu bleiben schien; dann wieder war es ein undeutliches Geräusch, mit Blechmusik dabei und das Summen von singenden Menschenstimmen.

»Gott verdamm mich, das is die Prozession!« sagte Pallieter. Er sprang auf das Pferd und trabte nach jener Seite hin.

Mit Schweiß bedeckt, kam er auf die weiße Landstraße. Vor ihm breiteten sich dürre Felder aus, und hoch über dem Horizont trieb ein gelber Luftballon im heißen Himmelsblau dahin.

Pallieter blickte die Landstraße entlang; und dort kam die Prozession in einer Wolke von sonnendurchschimmertem Staub.

Pallieter ritt ihnen entgegen...

Wohl an die tausend Menschen waren es, die nun, als die Musik schwieg, die voranzog mit Kreuz und Priestern im Chorhemd und rotgekleideten Chorknaben, anfingen, laut ihren Rosenkranz herunterzuleiern. Es war, als ob das dumpfe Gemurmel aus der Erde dränge. All die Menschen, Frauen, Männer, Bauern, Beginen und Kinder, waren grau vom Staub, der vor ihren müden Füßen aufwirbelte. Ihre roten, staubigen Gesichter tropften von schmutzigem Schweiß, und viele hatten sich Taschentücher, in Wasser getaucht, um den Kopf gebunden. Manche ließen das Wasser einfach heruntertropfen, und wenn es ihnen an die Oberlippe kam, leckten sie es mit der Zunge ab.

Die Männer hatten die Röcke ausgezogen und die Frauen ihre sittsamen Jacken oben geöffnet. Manche tranken aus warmgewordenen Bierflaschen und spuckten schleimigen Speichel aus, andere legten sich auf den Boden und tranken aus dem nebenherfließenden Bach.

Die Mutigsten und die Frömmsten waren vorne und beteten mit, während weiter hinten sich die Frömmigkeit verminderte und laute Gespräche geführt wurden. Diejenigen, die nicht mitkamen mit dem Haufen, liefen neben dem Weg in dem lockeren Sand, der sie sofort in eine Wolke einhüllte, oder sie warteten auf die zwei gelben, schiefhängenden Omnibusse, die hinter dem Zuge angewackelt kamen.

Sie lief unordentlich durcheinander, die Prozession. Unter dem Sonnenschirm einer Begine ging ein ungewaschener Gassenjunge aus irgendeinem Hinterhause, und unter dem eines Vornehmen eine schmutzige Frau mit einem mageren, schreienden Kind.

Ein schwindsüchtiger Junge, halbtot und gelb wie Wachs, wurde auf einem Rollwägelchen mitgeführt, und hinter ihm kamen Männer auf Krücken, Frauen mit kranken und schreienden Kindern, und ein Blinder.

Hei! die tausend wallfahrenden Menschen, mit dem Rauschen der bestaubten Kleider, Kindergeschrei, Geschwätz und müdem Füßeschleifen, und dann der flaue, kränkliche Geruch von schwitzendem Menschenfleisch; es war etwas Entsetzliches an diesem heißen Sommertag, etwas, was man sich nur im Traum vorstellen kann.

Und so unter diesem gewaltigen Himmel, an dem einzig und allein ein gelber Luftballon hing, mußten sie noch vier Stunden weiter durch das glühende Land, das heiß war wie ein Backofen, um niederknieen zu können vor dem kleinen, sehr wundertätigen, schwarzen Muttergottesbildchen von Scherpenheuvel.

»Hei!« Und Pallieter zitterte vor Rührung, und Tränen traten ihm in die Augen, als er die Menschenmenge sah, so voller Glauben und Seelenfeuer.

Aber da sah er Charlot, die ihm fröhlich zulachte, umringt von Betschwestern und Beginen, und da fiel seine Rührung ineinander wie ein leerer Sack; denn er dachte sofort an all die Menschen, von denen Charlot ihm erzählt hatte, warum sie mitgingen.

Unter anderen: die Frau eines Arztes, damit ihres Mannes Geschäfte besser gehen möchten; der Wirt aus dem ›Kupfernen Elefanten‹, auf daß seine im achten Monat schwangere Frau einen kräftigen Sohn gebäre; Arnold van Sichem, Uhrmacher, damit sein zweiter Sohn von den Soldaten freikomme, und der andere, der schon Unteroffizier war, Leutnant werden möge (der Vater wollte, daß der erstere sein Geschäft weiterführen sollte); Bauern, auf daß es regne für die Kartoffeln, und junge Studenten, die eine Fahnenweihe feiern wollten, auf daß es nicht regne, usw.

Das waren die, von denen er wußte; wie mußten erst die andern sein! – Und Pallieter rief einer mageren Betschwester zu: »Böse Sieben.« Die Betschwester sah nicht auf, wurde aber weiß wie Schnee.

Und als sie vorbeigegangen waren, sagte er: »Wo sind sie, die da beten, wie es Ruisbroeck befiehlt?« Und er zitierte: »Das allein heißt Gott besitzen – glauben und lieben, nicht um unser Gewissen – noch um unsere Ehre – noch um unsere Seligkeit – noch um etwas, das er uns geben möchte –, sondern allein um seiner selbst willen – und zu seiner ewigen Ehre sollen wir ihn lieben. – Und das ist vollkommene Gnade. – Damit sind wir treue Knechte – und wohnen in ihm und er in uns...«

»Wer anders betet«, fügte Pallieter hinzu, »is wie ein Kind im Laufställchen.« Dann ritt er weiter, über Feldwege, an Dörfern und Gehöften vorbei, und nach langer Zeit sah er über den Bäumen das blaue Türmchen von Mariechens Dorf herausgucken. Sein Herz begann zu pochen, und er ließ Beiaard schneller laufen. Dort hinten am Ausgang des schmalen Dorfes lag ihr Haus, und um sie zu überraschen und sich anzukündigen, fing er an, auf seinem Dudelsack zu spielen und ritt so durch die Allee auf das weiße Haus zu. Ein Bauer guckte über eine Hecke, und zwei Stöpselchen von Kindern liefen verwundert hinter dem reitenden Spielmann her, aber Mariechens Haus blieb zu.

Pallieter stieg ab und blickte in den Garten hinterm Haus. Onkel Hanrie lehnte gegen die schattige Mauer auf einem Stuhl und schlief, und sonst war es still.

Pallieter weckte den Bauern auf.

»Wo is mein Liebchen?«

»Was! Ja so!« sagte der Bauer gähnend und sich reckend. »Sie is mit ihren zwei Bäschen, die Ferien haben, in die Heide gegangen. Komm! wollen wir einen Schoppen trinken?«

»Nein, nein«, rief Pallieter, »ich brenne, um Mariechen zu sehen, ich will sie suchen; bis nachher!« Und schon war er weg.

Er ritt über Feldwege, überall heiß und still; dann an einem Tannenwald entlang, wieder über Land, auf dem gelber Ginster glänzte und das Heidekraut purpurn blühte, dann durch einen langgestreckten Tannenwald, und plötzlich, hinter einer Biegung, lag die ganze, lang erwartete Heide offen vor ihm in ihrer vollen purpurnen Pracht.

Eine unabsehbare Ebene, groß wie ein Meer, die sich purpurn ausdehnte, purpurn wie die Abendröte, ein Purpur, den die Sonne zur Glut vertiefte. Und hoch darüber stieg der blaue Himmel auf und streckte sich eine ewige Stille aus, zugleich mit dem brummenden Gesumm der Bienen.

Und Pallieter blieb stehen, bis ins Tiefste seiner Seele ergriffen. Es war ihm, als ob sein Leib sich öffnete und sein Herz nackt daläge vor dem Innersten der Welt und etwas von der Seele der Erde fühlte. Er schien sich selbst ein Riese zu sein und eine Welt für sich. Und er sagte:

»Eine Menschenseele ist nicht einmal so klein!«

Er ritt weiter und konnte seinen Augen kaum glauben. Dieser Purpur, dieser Purpur! Er konnte das Ende dieser königlichen Farbe nicht ermessen. Auf der ganzen Fläche war keine Menschenseele.

Er ritt jedoch weiter und sah neben etwa vier Birkenbäumchen einen Teich glitzern. Wasser zieht an, und er ritt darauf zu! Und siehe da! auf einmal schossen aus dem Ufergebüsch zwölf Reiher auf, die mit verworrenem Flügelschlagen durcheinander aufflogen, weiß und grau, mit herunterhängenden roten Beinen, wie eine echte japanische Malerei. Und dann bemerkte er, bei einem weiter gelegenen silbernen Teich, drei nackte Gestalten, die im Wasser spielten. Er stand aufrecht auf dem Pferd, hielt sich an einem Birkenstamm fest und sah in die Ferne, die vor ihm lag.

Ja, es waren drei nackte Dingerchen, die ins Wasser sprangen, wieder herauskamen und sich mit glänzenden Tropfen bespritzten.

Pallieter wurde auf einmal rot und sagte überglücklich: »Das is Mariechen mit ihren Bäschen. Wartet!« Ach, er war so froh! Er war wie berauscht! Was für eine Überraschung! Und er ließ sich aufs Pferd fallen und schoß vorwärts wie ein Pfeil vom Bogen...

Er blickte auf!.. Ja, es waren Mädchen, er sah es von weitem an ihren Hüften. Er ritt schneller; aber dort unten stieg ein dreifacher Schrei auf, und die nackten Mädchen liefen auseinander. Eine kehrte noch einmal um, um ihre Kleider zu greifen; sie ließ sie sofort wieder fallen und lief schneller davon.

Da erkannte der schnell reitende Pallieter Mariechen, und er rief: »Mariechen, Mariechen!« Aber sie liefen weiter mit flinken Füßen, eine fiel hin, war aber schnell wieder bei den andern. Und immer näher kam er, er hörte ihr ängstliches Lachen und Kreischen, und er genoß den Anblick ihrer rosigen Leiber. Aber die zwei Mädchen mit blondem Haar wichen ab und rannten in eine andere Richtung. Mariechen lief jetzt allein. Pallieter schnitt ihr den Weg ab, er sah ihre Brüstchen tanzen; und er ritt nun nicht mehr allzu schnell, um es recht lang bewundern zu können. Oh, siehe! ihre geschmeidigen Hüften noch naß und glänzend, der rosige Leib, und die Haare hinter ihr wie ein wehender Schleier!

»O Mariechen!« schrie er. Aber sie rief keuchend zurück: »Laß mich, bitte, laß mich meine Kleider holen.«

Aber er war zu toll, um auf sie zu hören. Hei, wie herrlich, der rosige Leib seines Liebchens, des Kindes, dem seine Seele gehörte, dort in dem Heidepurpur!

Und müde blieb sie stehen, kauerte sich zusammen wie vor einer großen Gefahr, hielt die Hände vor die zusammengekniffenen Oberschenkel, blickte flehend und schamrot zu ihm auf und bat bebend: »Laß mich! Ich will mich anziehen!«

»Es ist zu schön, mein Engelchen«, sagte er; er bückte sich und hob sie aufs Pferd, überglücklich, den nackten schönen Leib mit den Händen berühren zu dürfen. Er küßte sie unbändig, aber sie preßte die Augen zu, sah nicht auf, hielt die Hände immer vor die steifen Schenkel, und eine Träne rollte ihr über die Wangen.

»Was? Tränen! Nein, das nicht!« sagte er; »wir wollen deine Kleider holen«, und er kehrte um. Da sah sie ihm glücklich und dankbar in die Augen, und er gab ihr einen langen Kuß. Sie schlang die zarten Arme um seinen Hals und ließ ihr Köpfchen auf seine breite Schulter fallen.

Etwas später saßen die drei Mädchen angekleidet auf dem Pferd. Pallieter ging voran und spielte auf dem Dudelsack; und sie sangen zu viert.

Sie aßen gekochten Schinken mit Schwarzbrot und genossen duftenden Kaffee. Den Eltern wurde von dem Schwimmen nichts erzählt, aber festgesetzt wurde, wann der Hochzeitstag sein sollte. Und der sollte fallen auf den 21. des nächsten Monats. Das war der Monat September, der Reichtum des Jahres, die Lust des Erdenlebens.

Regen

Am andern Tag, nach einem flammenden Nachtgewitter, goß es in Strömen. Der Regen fiel schräg in langen, dicken Streifen und platschte heftig auf den Boden; es war, als ob Säbel herunterfielen.

Die Fernen waren blau umnebelt davon, und immer noch zogen neue Regenvorhänge gießend über das Land.

Pallieter rauchte eine Pfeife unter dem Wagenverschlag und lauschte auf den Regen wie auf eine Geschichte aus einem alten Buch. Es war eine angenehme Abwechslung nach all der drückenden Backofenhitze, und eine neue Frische wuchs aus der Erde. Das Wasser schlug laut auf das Dach, rollte in die Dachrinne, die all den Überfluß nicht fassen konnte und darum überfloß, platschend und klatschend, daß es Löcher in den Sand wühlte. Es bumste in die Eimer und klopfte auf die Fässer, es rauschte über die schmachtenden Bäume und spielte rasselnd auf dem Wasser. Das ganze Land rauschte unter der milden Labung wie in einem großen Seufzer der Erleichterung. Der Pferdestall stand offen, und der Misthaufen dampfte. Pallieter saß auf dem Schubkarren und blickte nach den Tropfen, die von den Dachziegeln fielen, wie Püppchen hochsprangen und in kurzlebigen Bläschen vergingen.

Es war, als ob es über sein Herz regnete, das schwoll vor Wohlbehagen. Er sah die blauen Fernen, das geschwollene Wasser, den nassen Garten, aus dem der Regen den süßesten Rosenduft emportrieb; er sah seinen blauen Pfeifenrauch durch den Regen wegziehen, und ein starkes Gefühl von inniger Güte wallte in ihm auf, ein Gefühl, das sich auswirken mußte, weil es zu groß und zu schön war und er es nicht verdauen konnte. Er wollte den Regen fühlen bis in das Herz hinein.

Er sprang in den kleinen Kahn, der da grau und alt am Ufer träumte, stieß ab und arbeitete sich aufrechtstehend stromaufwärts. Der Regen tanzte mit einem breiten, rhythmischen Geräusch über das Wasser. Das singende Wasser war so verlockend! Und er, patschnaß, schaffte und ruderte mit dem Riemen so kräftig im Wasser, daß der Gegenstrom schäumend an den Vordersteven schlug. Er sang.

Was war es für eine Seligkeit, all den Überfluß von labendem Naß so schmetternd herunterstürzen zu hören, mit einer so rauhen Milde wie das Geschenk eines Riesen. Die Bäume konnten die Gewalt des Regens nicht fassen, das Gras lag platt, und das Wasser lief in schäumenden Bächen dem tieferen Grunde zu.

Es war eine Wollust ohnegleichen, all die Last von Wasser auf dem Leibe zu fühlen. Es durchnäßte ihn bis auf die Haut, aber er sang:

»O Herr, deine Füße tropfen von Fettigkeit,
Sie segnen die Sprößlinge der Erde!«

Er hob den Kopf und ließ sich das Gesicht vom Regen rot schlagen und seine Brust und seine Schultern beplatschen.

»Oh! Regen, umhülle mich mit deinen Schleiern, du Bruder der Sonne!«

Und so fuhr er über das rauschende Wasser und durch das rauschende Land, und er ruderte immer weiter und sang, über die nassen Felder blickend:

»Es regnet, es regnet,
Es regnet seinen Lauf,
Und wenns genug geregnet hat,
Dann hörts auch wieder auf!«

In dem herrlichen Wasserlärm war nirgends ein Mensch; ja, doch einer, ein Fischer, der, ganz versteckt in einem ledernen Mantel, angelte. Er stand unbeweglich wie ein Felsen und ließ den roten Pfropfen nicht aus den Augen.

Ganze Schwärme von Schwalben saßen auf dem Deich, und die Kühe auf der Weide gingen hin und her, und ihre dampfenden Leiber hüllten sich in eine weiße Wolke. Ein Kuhhirt sang irgendwo unter einem Schutzdach. Freude war über den grünen Ackerfeldern, und ein wohltätiger Erdgeruch verbreitete sich überall.

Für Pallieters Seele war es ein tiefer Genuß, so an den Regenfäden zu hängen, und in seiner Begeisterung fuhr er immer weiter. Gott weiß, wohin!

Aber von der Landstraße am anderen Ufer, die hier gerade bis ans Wasser kam, hörte er seinen Namen.

Und unter dem braunen Plandach eines Müllerwagens bemerkte er Franzoo, der mit den Armen schwenkte und ihm zurief. Pallieter winkte zurück, und durch den platschenden Regen kam der dicke Kerl lachend herangewatschelt. Er stieg in den Kahn und setzte sich auf ein Bänkchen. Sie fuhren weiter.

»Der Regen macht mich betrunken«, jauchzte Pallieter.

»Mich naß!« sagte Franzoo.

»Dann geh hinunter in die Fischkammer!« rief Pallieter, und Franzoo zwängte sich durch das viereckige Loch in den Fischkasten und ließ nur seinen roten, lachenden Bacchuskopf oben herausgucken.

Pallieter erzählte ihm, daß er bestimmt am 21. Hochzeit mache.

Und hierauf rief Franzoo: »Da müssen wir einen drauf trinken; komm, wir gehn in ein Wirtshaus.«

»Nee!« sagte Pallieter, »wenn wir nach Haus kommen.«

»Dann rauch ich eine Pfeife drauf«, meinte Franzoo, und er steckte sich die Pfeife in sein dickes Gesicht. »Kehr nur um, ich krieg schon Durst!« Sie wollten schon wenden, aber Franzoo rief: »Dort kommt die Prozession!« Und wahrhaftig, in dem platschenden Regen kam die Prozession, schwarz von offenen Regenschirmen, traurig herangezottelt. Sie war gewiß um mehr als die Hälfte weniger geworden, lief durcheinander wie verloren, und keine Musik und kein Trommelschlag erklang. Keine Priester zogen voran, und hinten beschlossen die zwei gelben Omnibusse und einige schwarze Kutschen den Zug. In den letzteren befand sich die Geistlichkeit, und die Omnibusse waren vollgepfropft, und oben drauf saßen ganz im Regen noch Menschen mit und ohne Schirm. Und Pallieter sah Charlot, die Jubilarin, mit hochgehobenen Röcken, so daß man ihre säulenförmigen Beine bis beinahe an die Kniee sah – allein unter einem purpurroten Sonnenschirm. Er rief ihr zu. Sie kam herangelaufen und jammerte: »Ach Vetter, geh nur schnell nach Haus und mach den Kaffee fertig, ich bin grün vor Hunger.«

»Komm, steig ein!«

»Nee, nee!« sagte sie, »ich mach alles zu Fuß, schon sieben Stunden im Regen und so ein Hundewetter«, und sie ging nach der Landstraße zurück und begab sich zu den anderen Pilgern.

Pallieter und Franzoo lachten, fuhren aber doch nach Haus. Pallieter lauschte auf den Regen, und Franzoo, der immerfort rauchte, betrachtete manchmal die Landschaft mit einem Auge.

Als sie nach Hause kamen, zogen sie sich um, und Pallieter

deckte den Tisch unter dem Glasdach, um den Regen draufklopfen zu hören.

Von innen hatte sich an dem Glas ein knorriger Traubenstock hochgearbeitet und breitete nun einen Überfluß von Blättern und Früchten aus.

Ah! eine Last von über hundert purpurnen Traubenbüscheln, mit Früchten so groß wie Taubeneier! Hei, was für ein Baum!

Er war die Zierde von Pallieters Wohnung, sein schönstes Möbelstück. Noch einige Tage, dann würden sie in seinen gierigen Mund gepreßt werden! Ah, was für ein Genuß bereitete sich da vor! Der Wein, der das Herz des Menschen stärkt und die Seele fröhlich macht!

Es war ein starker, überreicher Stock. Er war besonders herrlich, wenn die Sonne darauf schien, wenn die großen Blätter durchleuchtet wurden und die Traubenbeeren in ihrem Leben gebenden, goldenen Schimmer hingen.

Der angenehme Kaffeeduft erfüllte die Stube; und dann, als alles so ziemlich fertig war: holländischer Käse, Eierkuchen und Apfelmus, kam Charlot, tropfend wie ein Sieb, stöhnend herein.

Sie ließ sich auf einen Stuhl fallen und fing an zu weinen über ihr schönes Kleid, das nun verdorben und nur noch als Schlafdecke für Lubas zu gebrauchen war.

»Schweig!« sagte Pallieter; »wie war die Fahrt?«

»Nein, der Regen! der Regen!« jammerte sie weiter; »die meisten warten, bis er vorbei is, die Musik is nicht mit zurückgegangen und is mit dem Zug gefahren. Frauen haben gekämpft, um im Omnibus sitzen zu können. Ach, meine Kleider sind wie Blei; sieben Stunden in dem Regen! Je, je!«

Sie ging sich umziehen und kam in ihren Werktagskleidern wieder.

»Und jetzt zeig einmal, was du mitgebracht hast«, sagte Pallieter.
Sie holte ihr Eimerchen, knöpfte das nasse Taschentuch ab und holte, immer weiterredend, eine gläserne Kugel heraus, in der ein kleines Marienfigürchen stand.
»Guckt nur, wie schön!« rief sie, »es schneit.« Und sie drehte die Kugel um, schüttelte sie hin und her, und da fielen und wimmelten in der Kugel lauter kleine, weiße Stipschen um das Figürchen herum.
»Das is mir auch ein Schnee, Sägemehl!« sagte Pallieter.
»Nich spotten!« drohte Charlot, »oder ich tu alles weg! Und seht nur hier, Herr Franzoo«, lachte Charlot, »guck nur, Vetter!« Und sie holte aus einer Pappschachtel ein glänzendes Messingding heraus. Es war eine kleine Mutter Gottes, die flach und waagerecht auf einer Schelle lag. Charlot drückte dem Figürchen mit dem Daumen aufs Gesicht, so daß die Beine hochkamen, dann ließ sie auf einmal los, und sie prallten heftig gegen die Schelle, daß es klingelte wie in einer Kirche.
»Das stellt man auf den Tisch, und wenn du mich nötig hast, schellst du einfach.«
»Und«, meinte Pallieter, »dann wirst du glauben, daß die Mutter Gottes dich ruft.«
»Schweig«, sagte sie, »hier is eine Mutter Gottes, die sieht man im Dunkeln. Kommt, guckt nur«, und sie stellte ein Marienfigürchen aus Gips in den Schrank, machte die Tür fest zu und ließ sie durch das Schlüsselloch sehen. Pallieter guckte, Franzoo guckte, und wahrhaftig, aus der kohlrabenschwarzen Dunkelheit im Schrank blühte grünlich das mit Phosphor bestrichene Standbildchen auf.
»Schön, gelt?« rief Charlot, »ordentlich zum Fürchten.«
»Was sich die Leute doch alles ausdenken, gelt, Vetter?« sagte Franzoo.

»Ja«, meinte Pallieter, »und wenn der Mensch nicht mehr mit Puppen spielen kann, dann spielt er mit der Mutter Gottes.«
Und siehe da! eins, zwei, drei, packte Charlot alles vom Tisch und brachte es entrüstet in ihre Kammer. Sie rief:
»Nun kriegst du nix davon, und ich zeig euch gar nix mehr!«
Pallieter und Franzoo fingen schon an, Kaffee zu trinken; dann setzte sich Charlot schweigend und böse dazu, aber beim Essen wurde sie langsam wieder guter Laune und fing an, von Mariechen zu schwätzen. Mariechens Bild machte Pallieter den Kopf warm, er ließ den Tisch abräumen und Wein bringen, um auf ihr Wohl zu trinken.
Unter den Trauben, die einmal Wein werden sollten, tranken sie das dunkelrote Naß aus großen, kristallenen Römern, die sangen, wenn man sie nur leicht anstieß.

Franzoo war beglückt über den guten Wein, sein Glas war niemals leer und niemals voll; es ging ihm ein wie Wasser. Charlot trank süßen, weißen Wein und hatte eine Flasche für sich allein. Pallieter blieb hinter Franzoo nicht zurück, und die zwei stießen an und tranken, während sie sich was von Mariechen erzählten und große Zigarren rauchten, fast viereinhalb Flaschen leer, daß ihnen die Augen stier im Kopf standen und sie die Worte nicht mehr finden konnten. Charlot ging weg, um Besorgungen zu machen, und sie tranken jeder noch eine Flasche alten, schwarzen Wein.
Es fing an dunkel zu werden, und Pallieter sagte: »Komm,

wir wollens auch dem Pastor sagen.« Mit tastenden, unsicheren Schritten gingen sie hintereinander durch den Platzregen und lachten alle beide, ohne zu wissen, warum. Sie fanden den Pastor noch in seinem Kaktustreibhaus am Basteln. Der gute Mann hatte eine Sammlung der seltensten Kaktusarten und er wandte viel Zeit daran und sprach gern davon.

Das Datum wurde dem Pastor kundgetan, und er holte drei Flaschen vom Allerbesten herauf. Die Kerzen wurden angezündet, und der Pastor wollte auf seinem Cello Beethoven spielen, aber sie begriffen es nicht: Pallieter und Franzoo saßen da, alle beide völlig besoffen, und tranken immer noch weiter. Pallieter sang etwas ohne Worte, fing wieder an zu erzählen, um dann plötzlich zu schweigen, Franzoo saß da und lachte, lachte immerfort ohne Aufhören. Und jetzt rief er: »Jetzt gehn wir in meine Mühle und trinken eine Flasche; komm, Pallieter, komm, Pastor!«

Aber der Pastor mußte noch Brevier lesen und ging nicht mit, und Pallieter und Franzoo gingen zusammen über den Beginenhof, taumelnd von einer Seite zur anderen. Pallieter fiel in eine Fensterscheibe, und es gab lautes Geklirr von brechendem Glas durch die späte Stille.

Sie setzten über, und singend, daß es schallte, schwankten sie Arm in Arm weiter durch den Regen, der immer noch gleichmäßig das Land begoß... Und als Pallieter am anderen Morgen in Franzoos Mühle aufwachte und die nebeligen nassen Fernen sah, rief er: »O Erde, mit deinen tausend Brüsten, wann wirst du mich je sättigen? Niemals nich!«

Das Füllhorn

Endlich kam der September, der kühle Monat, der blauen Weihrauch um die Bäume hängt.

An diesem Nachmittag lag eine süße Ruhe weit über den Feldern, wo eine Menge Bauern bei der Kartoffelernte war. Hier und da strich durch das gelbe Sonnenlicht ein Wildgänsedreieck nach dem Süden, und hoch im Osten hingen weiße Wölkchen.

Und hei, auf der Nethe vor Pallieters Haus lag ein frischgestrichenes Schiff vor Anker! Es schwamm hoch auf dem Wasser mit seinem glänzenden, runden Bauch, und sonst war es leuchtend weiß und grün gestrichen, mit hier und da ein paar gelben Schnörkeln und einem hellen, roten Stern; weiße Segel hingen schlaff am Mast, und von der höchsten Spitze flatterte ein roter Wimpel.

Die Barke mit den lustigen Farben war das Schiff, mit dem Pallieter seine Hochzeitsreise machen wollte – und die Krone des Jahres, das köstliche Obst, sollte den Schiffsbauch füllen, denn nichts anderes sollte ihre Nahrung sein.

Und Gott! niemals vielleicht war die Krone so schwer und groß gewesen! Sie spannte sich über die ganze Welt, in einem Traum von den herrlichsten Farben, so daß das Land darunter zusammensank; und die Bäume brachen! Oh, das nie genug gepriesene Obst, das das Heiligste des Lebens ist, weil es die Seele und das Blut der Erde eingesogen und in sich verborgen hält, es hatte die Welt überwältigt und geblendet!

Ja, der weiße und rosenrote Mai hatte sein Gelöbnis gehalten; der ganze Überfluß von weißen Blüten unter dem jungen Himmel war nun Frucht geworden! Was einst die Welt als eine Vision von duftendem Glanz ergriff, war nun eine Macht von schweren Äpfeln, Birnen, Aprikosen, Melonen,

Haselnüssen, Trauben, geschwellt von Saft, die die Sonne rot gebrannt hatte, und gelb und rosa und purpurn. Ein Traum!...

Die Gärten waren Paradiese, in denen nichts verboten war und wo aller Überfluß und alle Güte des Lebens in prächtigen Farben und süßem Duft zum Greifen hingen. Es war ein Segen!... Zum Lobsingen und Danken!

Oh, wie froh war Pallieter in diesen Tagen! Er war wie toll und ausgelassen wie eine junge Amsel. Und er rief vom Birnbaum herunter:

»Das Leben läßt seine Perlen fallen!«

Er hatte eine blaue Schürze Charlots um und war in Strümpfen, radieschenroten Strümpfen, die grell aus den gedämpften Tönen ringsum herausleuchteten. Alles war gepflückt und bereit, um eingeschifft zu werden, denn heute wollte Pallieter abfahren und morgen dort ankommen und Hochzeit machen. Er ließ sich vom Baum heruntergleiten und rief, grün von Moos und den Mund voll Birnensaft, nach Charlot hinüber, die eifrig dabei war, mit einem langen Besen im Nußbaum herumzuschlagen:

»Eil dich!«

Aber Charlot hackte weiter, wie Sankt Georg auf den Drachen, so daß die Äste krachten, die Blätter herumstoben und die umhülsten Nüsse wie ein dichter, schneller Regen zur Erde prasselten.

Dort auf der Bleiche lagen die gepflückten Äpfel, und in dem vollen Schein der messinggelben Sonne machten sie einem die Augen übergehen und das Herz schwellen.

Jeder Apfel war so dick wie zwei Fäuste und dunkelrot mit buttergelben Strahlen.

»Ihre Seele liegt darauf«, sagte Pallieter bewundernd; »wer sollte denken, daß sie von innen weißer sind als Milch?«

Und er rieb einen auf seinem straffgezogenen Hemdsärmel, bis er glänzte wie Glas.
»Es ist eine Sünde, ihn aufzuessen«, sagte er, als er nur noch das Kerngehäuse in den Fingern hielt.
»Hallo, Charlot«, rief Pallieter noch einmal. »Hör auf! Es sind genug Nüsse. Bring nur alles zum Haufen!«
Charlot füllte einen Korb mit Äpfeln und hob ihn dann keuchend vor ihren dicken Bauch; der rote Schein der Äpfel fiel auf ihr Gesicht wie eine späte Abendsonne.
Und es traf sich so, daß der Pastor, sein Brevier lesend, auf dem Nethedeich spazierte und rief:
»Hallo, Charlot, bring mir auch ein paar!«
Charlot wollte sich umdrehen, aber sie strauchelte, und mit dem Schrei: »Jesus Maria, mei Äpfel, mei Äpfel!...« fiel sie auf den Boden, und all die roten Früchte rollten rasch kullernd vor ihr her.
Der Pastor kam sofort herbeigelaufen, um ihr auflesen zu helfen, und Pallieter lachte sie von weitem aus, daß es in den Bäumen hallte und Echo gab.
Der Pastor half den Korb tragen.
Inzwischen hatte Pallieter schon den halben Obsthaufen in das blaue Handwägelchen geladen, und jetzt legte er noch Äpfel dazu, daß sie über die Seitenwände rollten.
Wie erstaunte der Pastor über all den Früchteüberschuß da auf dem blauen Wägelchen!
Er schlug die Hände zusammen und rief:
»So seht doch nur, seht doch nur! Salomon würde einen schönen Psalm drauf machen!«
Und das war wahrhaftig wahr!
Ein Schatz der allerschönsten Früchte durcheinander geworfen: purpurne Trauben mit rotbraunen Blättern, und daneben und dazwischen das zarte Rosa und das helle Gelb von samtenen Pfirsichen und Mirabellen, das Grün der Ha-

selnüsse und Walnüsse, das Gold der Melonen, die Bronzefarbe der Birnen und das glänzende Braun von jungen Kastanien und Mispeln, und das alles durchglüht und durchschlagen von dem leuchtenden Brand der Äpfel!
Alles durcheinander und übereinander, ein Reichtum von Farben, eine Duftwolke verbreitend, die Kranke gesund machen konnte und die Vögel betäubte.
Das ganze Leben war es, das da lag!
Eine Trophäe für einen Gott!
Vorsichtig zog Lubas das schwere Wägelchen zu dem Schiff, und Pallieter, Charlot und der Pastor liefen nebenher mit frohen Gesichtern.
Ah, was waren das hier für zwei gemütliche Stübchen!
Weiße Gardinen und Blumentöpfe vor den Fenstern, durch die man weit über die blauen Felder blickte.
In der Ecke unter einem runden Fenster stand das Bett, das Charlot zurechtgemacht und über das sie sorglich ein Kruzifix mit einem geweihten Palmzweig gehängt hatte.
Charlot kehrte sofort zurück mit dem Wägelchen, um noch mehr Obst zu holen, und der Pastor nahm sich einen Stuhl, während Pallieter sich auf die Ecke des kleinen Tisches setzte. Sie tranken einen Tropfen ›Schiedam‹, und der Pastor sagte:
»Was für eine komische Idee ist es doch, die Hochzeitsreise zu Schiff zu machen!«
»Ja!« rief Pallieter, »was kann man sich Besseres ausdenken, um nich gestört zu werden von Euch oder von Charlot, und ruhig zusammen Feuer und Flamme zu sein, zu schmelzen, ineinander zu vergehen! Es lebe das Schiff!«
Charlot brachte erst noch eine Fuhre Obst, Pallieters Dudelsack, seine Harmonika, Tabak usw., und dann mußten alle vom Schiff, denn das Wasser begann zu steigen, und Pallieter ging hinein, um sich zu waschen.

Franzoo erschien ungefähr zu derselben Zeit, ein Bündel im Arm, auf dem Nethedeich und rief zum Überholen, denn er ging mit Pallieter zu Mariechen. Charlot und der Pastor sollten morgen mit dem Hundewägelchen nachkommen.
Charlot holte Franzoo mit dem Kahn vom andern Ufer, und der Maler erzählte, daß seine Frau nicht mitkommen könne, weil eins von seinen sieben Kleinen Zahnschmerzen hatte.
»Aber wir werdens wohl auch alleine fertigbringen!« rief Franzoo.
Der Tag ging graublau zu Ende, der Abend kam rasch und still, und die Flut stieg hoch.
»Wir fahren zur Hochzeit!« schrie Pallieter, und das Segel wurde losgemacht, das Schiff vom Ufer gestoßen, und schon trieb es schräg nach der Mitte zu, wo es stattlich mit dem Strom dahinzog, klar im Wasser gespiegelt.
»Wir fahren zu Mariechen!« sangen Pallieter und Franzoo dem Pastor und Charlot zu, die auf dem Nethedeich standen und ihnen nachschauten. Der Pastor winkte mit dem Taschentuch, und auf einmal stieß Charlot einen Schrei aus, schluchzte: »Vetter, lieber, guter Vetter!« und versteckte ihr weinendes Gesicht hinter ihrer blauen Schürze.
...Die zwei Männer fuhren an der Stadt vorbei. Der Rauch vom Abendessenkochen stieg aus vielen Schornsteinen ruhig und gerade in die dünne Dämmerluft hinauf, in der noch Sonnengold hing. Die Lampen wurden angezündet. Man hörte viele Geräusche von Kindern und schweren Wagen auf den schmalen, gepflasterten Straßen. Dann kamen sie wieder ins freie Feld, wo es ganz still war und der Abend schon in den hohen Bäumen hing. Die Luft war rein und mild. Die Äcker lagen verlassen da, nur in der Ferne war noch ein langsam ratternder Wagen. Das Schiff glitt hoch und lautlos über das kühle, steigende Wasser.

In einem reinen Blau kam der Abend über die ruhige Welt. Ein langer weißer Nebelstrich hing vor den fernen Bäumen, und dort in der blauen Abendeinsamkeit glühten zwei hellrote Kartoffelfeuerchen.
Der Nebel breitete sich nun geschmeidig aus über die ganze Landschaft und wiegte sich dicht an der Erde und über dem Wasser wie ein bleicher Traum.
Zarte Düfte zogen über die Felder; und man roch aus dem Stübchen die Melonen und die Äpfel.
Ein tiefer Friede überall, wie nach vieler, schwerer Arbeit, und als ob nun eine heilige Ruhe gekommen sei. Ein verspäteter Vogel lachte fern in der Stille.
Auf dem Deck lagen die zwei Männer, schweigend, und rauchten ihre Pfeifen. Morgen würde Mariechen als Jungfrau dieses Schiff betreten und Frau werden in dem reichen Früchteüberfluß des milden Jahres. Wie festlich! Wie aufregend!... Zum Nichtstillsitzenkönnen!
Und doch dachte Pallieter nicht daran, der Abend war so süß und still, so überreich an innerlichem Frieden, daß er sich ruhig fühlte und rein wie ein Heiliger.

Da war das Fest nun in vollem Gange.
Die ganze lange Scheune war ein Tisch, und überall ringsherum saßen Leute, die gierig aßen, laut schwätzten, schrieen und sangen.
Es war ein Lärm wie beim Jüngsten Gericht, und zwischendurch tönte manchmal eine tiefe Harmonika und ein gellender Triangel.
Schwitzende Knechte in Hemdsärmeln brachten auf Brettern und ausgehängten Türen die Schüsseln mit Wurst, Rotkraut, Schinken, Schnittbohnen, dampfenden Kartoffeln und die Kannen Bier.
Die Tore zu beiden Seiten standen offen, um es recht hell

zu machen, und man hatte eine freie und weite Aussicht auf die Felder und Fichtenwälder, über denen ein dünner Nebel hing, durchsponnen von messinggelber Sonne.
Die grauen Lehmwände waren freundlich überzogen mit dunklem Spargelgrün, in dem feurigrote Papierrosen leuchteten.
Der Saal war bläulich von dem Rauch, der aus Pfeifen und Zigarren stieg. Die Sonne drang tief in die Scheune hinein und weckte viele Farben auf. Mitten an der lustigen Bauerntafel saß das junge Paar: Pallieter und Mariechen.
Mariechen saß da wie ein Püppchen, still und steif in einem anliegenden, pflaumenblauen Kleidchen, das die Brüste hochdrückte; ein weißer Gazeschleier, der in losen Falten über ihre Schultern fiel, wurde auf dem Kopf von einem Krönchen aus weißen, in Wachs getauchten Orangeblüten zusammengefaßt. Sie saß sittsam wie ein Nönnchen, jung und frisch vor Glück.
Ihre apfelroten Wangen glühten noch mehr als sonst, und die gebrannten Löckchen hingen in der ruhigen Sonne wie feines Gold auf ihre weiße Stirn.
Sie saß da in all dem Lärm, als ob sie nicht dazu gehörte; und wenn Pallieter, der frischweg neben ihr sein Essen verschlang und seine Pfeife rauchte, ihr etwas erzählte, so schlug sie die Augen nieder, und eine dunkle Röte zog über ihr Gesicht und ein glückliches Lächeln um ihre Lippen; aber wenn Onkel Hanrie, ihr Vater, dann wieder mit Pallieter über Honig und Mist redete, dann wanderten ihre Augen über den ganzen Tisch, und sie nickte Bekannten und Verwandten erfreut und ein bißchen verlegen zu.
Sie rührte das Essen und das Bier fast nicht an, sondern aß aus einem der vielen Obstkörbchen, die auf dem Tisch standen, einen saftigen Pfirsich und knabberte an einer Nuß.

Pallieter sah sie so in ihrer reinen, kindlichen Einfalt dasitzen; sein Herz schlug schneller, und er wollte mit ihr allein sein. Er war aufgeregt.

»Komm, wollen wir uns still davonmachen?«

Aber sie wollte noch warten, wagte noch nicht wegzugehen, um das Fest nicht zu stören; und dann kam wieder frisches Essen, es wurden neue Lieder gesungen und die Gläser noch einmal gefüllt.

So blieben sie sitzen.

Auf einem Faß saß, mit einem Bierkrug zu seinen Füßen, ein schielender Kerl und spielte andauernd und gleichgültig die Ziehharmonika.

Franzoo riß die Augen weit auf über den großen Farbenreichtum. All diese Bauernköpfe, die fast nie etwas anderes wie Erde gerochen hatten und köstlich danach geformt waren.

»Jeder Kopf is goldwert!« sagte Franzoo.

Die buntseidenen Schale wimmelten und glänzten, das schwere Gold funkelte, und all die schneeweißen Spitzenhauben, das silberblonde Haar der jungen Dirnen, die bunten Halstücher der Männer und ein hellgrüner Dragoner, das war ein Fest für einen Maler; und dann: es war viel Schwarz, seidenes und baumwollenes Schwarz dabei, das die Farben und die Früchte auf dem Tisch noch stärker glänzen ließ. »Oh!« rief Franzoo Pallieter zu, »Vetter, so etwas gibts nich wieder von hier bis nach China! Kolossal!«

Und die Sonne, die immer mehr hineinschien, gab dem Ganzen noch mehr Üppigkeit und innigeres Leben.

Der Glatzkopf des Pastors stach glänzend ab gegen die blaue Ferne der Fichtenwälder, und Charlot schwitzte vor Eßlust und Vergnügen.

Mariechens Großmutter, die neben ihr saß, in knisternder, schwarzer Seide und einem Strohhut mit breiten Bändern, schwieg kein Ave-Maria lang still von ihrer Enkelin, bis ein Augenblick kam, in dem Charlot die Tränen in die Augen traten.

Es wurde viel gelacht und gesungen, und das Bier stieg ihnen in die Köpfe. Der Lärm überwältigte die laute Harmonika.

Pallieter wars, als hätte er Ameisen in den Beinen; er wollte mit Mariechen weggehen. Sie wagte es nicht, aber er legte den Mund an ihr Ohr und flüsterte ihr still und lang etwas zu, da stand sie lächelnd auf und ging fort. Gerade da sprang ein vierzigjähriges, besoffenes Bäuerlein auf einen Stuhl und fing an zu singen:

»Ja, drei Tambours, die aus dem Kriege kamen,
Ja, drei Tambours, die aus dem Kriege kamen
Von rum plum, rum plum, rum plum plum,
Die aus dem Kriege kamen.«

Alle sangen mit, und dadurch ging Mariechen sozusagen ungesehen vom Tisch weg.

Pallieter ging nach der andern Seite hinaus, und sie kamen hinter dem Haus zusammen, wo die Wagen der Gäste standen. Und während Mariechen eilig in ihre Kammer lief, um die schon eingepackten Kleider zu holen, spannte Pallieter Lubas vor das blaue Hundewägelchen. Sie setzten sich nebeneinander auf das schmale Bänkchen, und mit einem »Hü!« rollte das Hochzeitspaar davon!

Aber kaum waren sie einen Bogenschuß weit gekommen, als auf dem Gehöft lautes Geschrei losging. Pallieter und Mariechen sahen sich um, und hinter der Hecke und auf dem Weg standen alle Gäste und riefen und jauchzten; sie winkten mit Armen und Taschentüchern, und manche standen auf Tischen und Stühlen. Sie fuhren rasch durch das stille Dorf und kamen wieder ins freie Feld. – »Immer weiter bis an die Nethe!« rief Pallieter. Die stillen Fichtenwälder atmeten einen starken Terpentingeruch aus, und hier und da stach durch das dunkle Nadelgewölbe ein bißchen Sonne auf einen Birkenbaum. Manchmal fiel ein Blatt sich langsam drehend herunter. Pallieter hielt seine Frau im Arm, und von dem schnellen Fahren flatterte der Gazeschleier nach hinten. Sie legte ihr Köpfchen auf seine Schulter, küßte ihn innig und lachte dann laut heraus.

Sie wurde frei und ungezwungen, nun sie allein war mit ihm, den sie lieb hatte wie den Himmel. Sie stießen manchmal gegeneinander, und der Staub wirbelte an den Biegungen in dicken Wolken auf. Bauersleute blieben stehen und sahen ihnen lachend nach, riefen ein Scherzwort, aber sie fuhren weiter, ohne sich umzusehen, um schnell in Ruhe allein zu sein.

Allmählich wurde der Boden fettiger, und nachdem sie noch durch ein kahles Fichtenwäldchen hindurchgefahren waren, sahen sie dort unten im Hellen die Nethe glänzen; und da lag das Schiff.

Sie flogen die sanfte Böschung hinunter.

Als sie angekommen waren, durfte der Knecht, der das Schiff bewacht hatte, mit einer Handvoll Trinkgeld zum Fest gehen.

»Nimm du das Wägelchen mit«, sagte Pallieter, »Lubas bleibt bei uns, der wird nich aus der Schule plaudern. Adieu!«

Nun standen Pallieter und Mariechen und Lubas auf dem Schiff. Sie wollte durch die Fall-Luke hinuntergehen, um sich umzuziehen, aber Pallieter sagte lachend: »Jetzt noch nich, sonst kommen wir nich wieder.«

Dann setzte sie sich neben das Steuer auf das Wasserfäßchen und sah Pallieter zu, der die Segel auseinanderschlug, die ein dünner Wind blähte. Pallieter stieß das Schiff vom Ufer, setzte sich neben sie ans Steuer, und langsam trieben sie weiter wie im Schritt.

»Endlich hab ich dich«, rief Pallieter und küßte ihren roten Mund.
Das Schiff zog durch das schöne Land von Reyen. Hohe Wolken waren am frischen Himmel, und auf den Wiesen überall Kühe, und in der Ferne die Hügel mit Tannenwäldern bewachsen.
Und sie saß in ihrem pflaumenblauen Kleidchen, fest von seinem Arm umfangen, während er mit dem andern steuerte. Der Schleier wehte manchmal hoch, und wenn er wieder niederfiel neben ihr Antlitz, siebte die Sonne hindurch und vergoldete fein ihre roten Wangen.
Wie eine schöne Mutter Gottes kam sie ihm vor.
Sie war doch so glücklich; es strahlte ihr auch aus den Augen, und das Körbchen mit Obst, das Pallieter zu ihren Füßen hingestellt hatte, blieb unangerührt.
Das Wasser duftete, das Grasland duftete; hier und da stand schon ein gelb gewordenes Bäumchen; die Sonne fiel auf das weiße Segel, und hoch am Himmel zogen die Kraniche im Dreieck nach dem Süden. Pallieter sah den Vögeln nach, und da stieg zum ersten Mal die große Lust, in die weite Welt hinauszuziehen, in ihm auf.
Sie fanden all das so neu und herrlich, daß sie darüber schrieen und jauchzten, aber in ihren Herzen wurde die Süßigkeit der Liebe immer stärker, die die Sinne betäubt und die Kräfte erlahmt, und sie vergaßen all den Überfluß von reiner Schönheit, um nur beieinander zu sein.
Sie verlangten gierig nacheinander, küßten sich um die Wette und konnten nicht nahe genug zusammensitzen.
Inzwischen fuhren sie weiter, und der frühe Abend zog rasch über den Himmel. Gritzegrau wurde die Gegend, der Wind fiel aus den Segeln, und es kam eine Stille.
Sie erkannten die Landschaft nicht mehr, und in der Ferne wurde ein Lichtchen angezündet.

Aber sie dachten nicht an Aufstehn. – In der Stille legte sich der Abendnebel wie ein Schleier über die Felder und wurde zusehends dichter. Sie stießen irgendwo ans Ufer, und das Schiff blieb stecken. Da stand Pallieter auf, Mariechen seufzte, und schweigend band Pallieter das Schiff an einer Weide fest. Nun war schon hier und da ein Lichtchen.

»Komm, jetzt gehen wir hinunter«, sagte er.

Auch hier wurde die Lampe angezündet, und als Mariechen all den Reichtum von schönen Früchten sah und das weiße Bett, das Pallieter aufdeckte, da stieg ihr auf einmal das Blut ins Gesicht, ihr Herz klopfte, und still und gelassen legte sie den Kopf an seine Brust.

Und da draußen leuchtete die offene Luke durch den Abend und den Nebel wie ein Zeichen von großem Frieden und Glück.

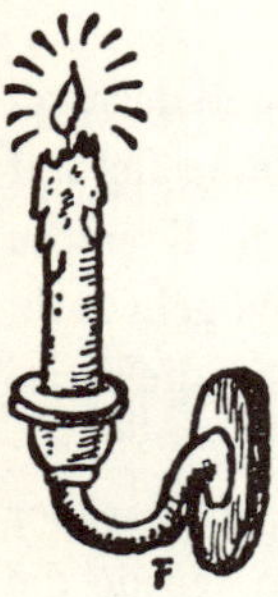

Was für ein Genuß wars, als sie morgens aufwachten in dem warmen Bett, mitten in dem Duft der Früchte, als sie durch das runde Fensterchen eine sonnenbeschienene Fläche daliegen sahen und moosbewachsene wellige Hügel drumherum. Sie umfaßten sich und fingen an, sich zu balgen wie zwei kleine Kinder.

Obst essend, kamen sie an Deck, und hei, welches Vergnügen! Wind und Sonne!

In der Nacht hatte es geregnet, und nun war alles noch einmal so frisch und so neu. Ein breiter, lauer Wind rollte mächtig über die Welt, die Nebel waren weggefegt, und die Sonne schien warm, verjüngt und neu durch die milchweißen, schnellen Wolken hindurch auf die grüne Erde.

Das Schiff fuhr nun mit schlohweißen, offenen Segeln, die der Wind aufblähte wie Bäuche.

Es jagte dahin über das silberne, runzelige Wasser, das Holz krachte, und der rote Wimpel flatterte. Lubas bellte, aber sein Gebell zerstob wie Sand. Keine Stimme hatte Bestand.

Der Rauch fiel an den Schornsteinen der einsamen Häuser hinunter, und eine weiße Mühle drehte auf einem Hügel eifrig ihre Flügel.

Mariechens Röcke wurden zwischen und gegen ihre stämmigen Beine gepreßt und gespannt, daß man deutlich ihre schönen Formen sah. Pallieters Pfeifenrauch verwehte im Wind.

Es war ein Hochgenuß, so dahinsegeln zu können! Und beide blieben aufrecht stehen, um den Druck des guten Windes überall zu spüren. Und so fuhren sie stets weiter und weiter auf der schönen Nethe, die sich über das Land erhob.

»Oh, Mariechen!« rief Pallieter, und er nahm seine liebe Frau in den Arm und sah ihr in die großen, frohen, fragenden Augen. »Du hast mein Leben noch einmal so groß und schön gemacht! Wie soll ich es Gott danken!«

Sie schwieg, da rief er: »Wir wollen seine Früchte essen!« Und er preßte mit beiden Händen eine große Traube in ihren offenen Mund.

Hörnerschall

Breit, mächtig und beständig war der Herbstwind tagelang über die Erde gebraust, Nebel und Regenschauer mitjagend in seiner großen Kraft.

Tage hintereinander blieben die Häupter der Bäume gebogen, die Blätter umgeschlagen und das Gras platt am Boden. Dann kam der Nebel, und die Blätter verfaulten, und die Kühe brüllten nach dem Stall.

Währenddessen feierten Pallieter und Mariechen in ihrem Haus ihr junges Liebesfest.

Aber jetzt war das Wetter wieder hell geworden, und die niedrigstehende Sonne ließ die herrlichen Fernen sehen. Türen und Fenster auf!

O Gott! nun hatte die Welt ihr Angesicht ganz verändert! Das mächtige Grün, das so viele Monate hindurch die Bäume gekleidet hatte, war nun gelb, braun und rot geworden! Und aus dem Moos, dem Himmel, dem Feld, den Bächen und dem Schilf, aus dem Großen und dem Kleinen stieg eine heilige Ruhe, ein reiner, stiller und tiefer Ernst.

Die Blätter fielen, der Winter fröstelte schon am Horizont. Es war aus. Das Leben hatte alles gegeben, was es konnte. Es war müde und erschöpft und wollte nun ausruhen in der Erde und neue Kräfte sammeln für das nächste Jahr. Frösche, Fledermäuse, Vögel und Grillen, alles folgte ihrem Gesetz. Es ist das Atemschöpfen der Welt. Allerhand neues Leben ist nun geboren und hat gelebt, und weil das Leben immer leben muß und Leben geben, so holt es manches wieder zu sich hinunter, um im nächsten Jahr eine neue Seele hineinzuhauchen.

Wie kann es anders? Woher sollte die Erde immer wieder die Hülle für die Seelen holen? Sie ist doch rund und abgerundet, und es ist nicht mehr Stoff da, als da ist.

Darum helfen alle, die vergehen, mit, andere kommen zu lassen. So kommt jedes an die Reihe, und das eine ist so schön wie das andere, weil es mit zum Atem des Lebens gehört. So schön ist es, wenn man daran denkt; aber ach, wir Menschen möchten es doch gern anders haben.

Es war still hier bei den vielen murmelnden Bächen unter den hohen, gelben Bäumen und dem dichten, braun gewordenen Gebüsch. Mittagssonne war da und nichts zu hören als das trockene Ticken von fallenden Blättern. Pallieter hatte einen blauen, mit Roggenmehl gefüllten Doppelsack über die Schulter hängen und ging nach Hause. Er war wie berauscht, berauscht von all den starken Herbstfarben, und sein Mund war purpurn von dem Überfluß süßlicher Brombeeren, die er unterwegs gepflückt und gegessen hatte ... Und wieder blieb er stehen wie gebannt, als er sah, wieviel Schönheit ihn umgab.

Hei! all die gelb gewordenen Blätter, die gelben Bäume waren von der Sonne durchstrahlt! Die gelben Wipfel, die rein und stark das Licht trugen und sich scharf von dem zartblauen Himmel abhoben, konnten all das übermächtige Sonnenlicht nicht schlucken, ließen es hinabfallen und hüllten ihren ganzen Baum in Licht. So machte es jeder Baum, und der eine Baum gab sein Licht und seine Farbe dem andern, und all die Bäume waren zusammen wie eine goldene Wolke. Pallieter war ganz hell belichtet davon.

Er ging weiter, und bei jedem Schritt rauschte es zart in der Stille von trockenen, abgefallenen Blättern. Sie lagen lose und dick wie Teppiche und gaben einen angenehmen Duft. Für Pallieter war es ein herrliches Geräusch, und er hob die Füße nicht mehr hoch, sondern schob sie durch die Blätter. Das Rauschen wurde dadurch voller. Es war schön, es ließ ihn träumen. Die Blätter schoben sich, schlugen und fielen über seine Schuhe; er spielte damit, ging bald schneller, dann wieder langsam und ließ sie so singen, diese gelben, dürren Blätter, singen, singen, wie ein fernes Meer. – So kam er weitergehend an einen hügeligen, offenen Platz voll gelber Blätter und umgeben von hohen, schweren Bäumen und dichten Sträuchern. Pallieter blieb betroffen stehen, denn hier stieß die Sonne frei und nackt all ihre Macht in das bunte Laub, so stark, daß das Gelb der Pappeln leuchtend war wie lebendiges Gold und das Rot der Buchen wie Feuer und Blut. – Es war eine Herrlichkeit von Tönen und Farben, ein Auseinanderfalten der reinsten Goldtöne, die man sich denken kann: Ambergelb, Braun, Rot, Kupfer, Blut, Feuer, Flammen und Gold. Und das Licht der Sonne webte, tauchte, sprühte und tanzte und schlug sie durcheinander zu einer Vision von heiligem Farbenklang. Es war Musik.

Hier war es noch stiller, nichts rührte sich, alles regungslos wie Eisen.

Auf einmal streckte Pallieter lauschend den Kopf vor. In der Ferne war der Schall von vielen Jagdhörnern. – Hei, diese Töne erhöhten die goldene Pracht der Bäume! Sie legten sich wie Kränze um das Laub! Man sah den Schall in den Bäumen!... Er lauschte, ging Blätter schiebend weiter und kam auf schmalen, zwischen hohen Bäumen sich windenden Wegen aufs freie Feld.

Überall war zarte, feine Sonne, und dort, jenseits der Nethe, goldete aus blauem Himmel der unendliche Beginenwald. Herbstfäden zogen durch die Luft, und ein Geruch von weißen Rüben hing über dem Land.

Pallieter legte sich auf den Bauch ins Gras und lauschte nach dem fernen Hundegebell und dem Hörnerschall, der aus den blauen Wäldern drang. Herrlich hallten die schönen Hörnerklänge dort in der Ferne. Sie purzelten übereinander, liefen hin und her und verirrten sich durch die ganze Gegend.

Und siehe, ein entsprungener Hirsch kam aus dem Beginenwald! Sogleich wurde er verfolgt von Bauern mit Schippen und Heugabeln – aber er war ihnen zu schnell und setzte mit zierlichen Sprüngen, das Geweih nach hinten und die dünnen Beine gestreckt, einer Brücke gleichend, wie mans auf alten Gobelins sieht, über Gräben und Bäche, rannte durch eine überschwemmte Wiese und verschwand nach der Sonnenseite hin in einem andern Wald.

Aus der Ferne schallten die Hörner weiter, bald fern, dann wieder nah, je nach dem Gang der Jagd. Er sah Schafe grasen, die Sonne schien rot durch die dünnen Ohren und streichelte die dicke Wolle wie mit Fingern. Am Rand des Bächleins saß der bucklige Hirt und spielte Karten mit sich allein, ganz allein, wie's die Kinder machen. Der arme Kerl!

»So gewinnst du immer«, sagte Pallieter, »probiers einmal gegen mich!« Pallieter setzte sich ins Gras, nahm die schmutzigen, zerknüllten Karten auf, mischte und gab aus. Da waren sie nun am Spielen, am Sechsundsechzig, und sie fluchten, sakermenterten und schrieen, als ob die ganze Welt davon abhinge. – Das dauerte so seine zwei geschlagenen Stunden lang, bis die Sonne unterging, und zwischendurch tranken sie von dem Branntwein, den der Hirt in einem Blechkrug in der Tasche trug.

Der Hirt hinkte weg, mit seinen guten Schafen, und die Sonne steckte den Westen in Feuer und Flamme, zerbrökkelte rotes und gelbes Gold über blaue und purpurrote Wolken, umfaßte die ganze Welt mit ihrem glorreichen Glanz, und die noch stehenden Wasserpfützen auf dem Weg glühten wie Stücke Sonne.

Pallieter zog über Feldwege nach Hause und betrachtete gerührt ein junges Bauernpaar, das sich flüsternd über eine weiße Kuh beugte, die späten Klee rupfte. Die Sonnenluft umhüllte sie mit feinem Orangegold, und eine Schwalbe schoß zwitschernd über ihre Häupter.

Pallieter ging noch in eine Schenke, in der Bauern und Fuhrleute Karten spielten.

»Hallo!« rief man durcheinander ihm von allen Seiten zu, »du wirst 'n Schloß dabei verdienen! Jetzt wirst du so reich, wie die See tief is! Spendier ein Fäßchen Bier darauf! Das bringt es schon ein!«

Pallieter erschrak, sah sich erstaunt um: »Was soll denn das bedeuten!?«

»Ja, weißt du's denn noch nicht!?« riefen sie von allen Seiten und erzählten ihm, daß eine Eisenbahn über die Nethe gebaut, daß diese kanalisiert werden sollte und sein Garten ganz dazu gebraucht würde. Weiter sollte noch ein Fort dazukommen und ein neuer Friedhof. Die Beine zitterten ihm.

»Bums! Nun ist es zum Teufel!« fluchte Pallieter, daß es donnerte. »Leb wohl, du schönes Land!... Aber in so einem Land bleib ich nich wohnen! Dann ziehn wir weg! Dann machen wirs wie die Vögel! Die Welt is groß genug!« Und er dachte wieder an die Kraniche, die er an seinem Hochzeitstag nach dem Süden hatte ziehen sehen und die zum ersten Mal in ihm den Gedanken geweckt hatten, überall und nirgends wohnen zu wollen.

»Ausgezeichnet!« jauchzte er, trank seinen Schoppen aus, schlug den Doppelsack wieder über die Schulter und ging schnell nach Haus, um es seinem allerliebsten Mariechen zu erzählen.

Der Abend war gekommen, der Osten war geschlossen, und im Westen zögerte noch ein mattgoldener Streifen. Der Nebel stieg aus dem Boden. Der Geruch von dürren Blättern lebte auf, und es lag eine gemütvolle Stille über dem Land. Nur das graugelbe Laub raschelte, knisterte und rauschte unter und über Pallieters Füßen. Eine Kuh brüllte nach dem Stall, ein Blatt fiel auf Pallieters Hand, und in dem dunkeln Beginenwald klang noch wehmütig und langsam ein einsames Jägerhorn.

Pallieter überlief es kalt bis in die Haare, Tränen traten ihm in die Augen, und er fühlte mit einem Mal den Winter durch das Land zittern und durch sein Herz.

Zu Haus wurde mit Mariechen im Bett darüber gesprochen, die froh darum war; und es wurde, nachdem alles erwogen war, beschlossen, daß sie im Frühling, wenns wieder grün wird, zusammen in einem Kirmeswagen in die weite Welt hinausziehen wollten.

Ein grauer, nasser Tag

Durch den dicken, grauen Nebel, der den Anblick der Welt verschloß, fiel ein Staubregen, fein und frostig.
Die Bäume schimmerten grün wie Frösche. Alles war naß. Wer hinauskam, wurde naß bis in die Lunge.
Die Nässe kroch ins Haus, beschlug die Fensterscheiben und machte die Wände klamm. Die Fliesen schwitzten, und das Salz war naß. Die Türklinken waren naß, das Örtchen war naß, alles war naß bis in die Seele.
Und durch den Nebel gurrte aus einem schwarzen Baum eine einsame Turteltaube...
Das Leben hatte seinen letzten Seufzer ausgehaucht, und alles war verlassen und kaputt.
Die Bäume waren splitternackt und erbärmlich anzusehen mit ihren verwirrten, sich windenden Ästen. Der tolle, böse, wilde Wind hatte all ihre Blätter abgerissen, sie in die Luft zerstreut, daß manche hochflogen wie Vögel; andere trieben zu Tausenden hintereinander über die Wege, gelangten irgendwo in eine Ecke, in ein Zugloch, wo sie nicht mehr heraus konnten und ungeduldig und unbarmherzig sich manchmal mit einem Stück Zeitung herumwirbelten: immer nur drehen, tanzen und in der Runde schieben und springen, zum Tollwerden.
So dauerte der Blättertanz, eintönig und unaufhörlich, bis der Regen sie festschlug und verfaulen ließ.
Die Bäume trauerten, wie Mütter, um ihre Blätter... Unter dem Wagenverschlag standen Mariechen und Charlot mit aufgerollten Ärmeln am dampfenden Waschfaß, und Pallieter hockte auf den Knieen und hackte Holz.
Es war so still über dem Land, die Frauen schwiegen, und nur das Hacken und Krachen des Holzes drang eine kurze Strecke durch den Dunst.

Man konnte nicht bis über die Nethe sehen, so dicht hatte der Nebel die Welt umhüllt. Eine weiße Nacht.

Die Bäume im Garten standen grau und traurig da wie nutzlose Dinge.

Verschwommen wie ein Gespenst ging ein Mann mit einem schwarzen Hund hinter sich an der Hecke entlang. Er blieb stehen und rief mit heiserer Stimme: »He, Pallieter, bist du das?« Und dann fing er gewaltig an zu husten. Als er fertig war mit Husten, rief Pallieter: »Ich bins in eigener Person!«

»Willst du mich übersetzen? ... Sonst muß ich einen großen Umweg machen.«

»Wo gehst du hin, Piet?« rief Pallieter.

»In den Beginenwald, Holz kaufen! Gehst du mit? Es sind gute Geschäfte zu machen!«

»Ich gehe mit!« rief Pallieter zurück, »wart!«

Er ging hinein und holte seinen Mantel.

»Gelt, du kommst früh nach Haus, Pallieter?« bat Mariechen. »Ich will dir dann auch was sehr Hübsches erzählen!«

»Darf Charlot es nich hören?«

»Ja doch, aber ... Mach, geh nur, und komm bald wieder!«

Sie errötete ein bißchen und strich mit dem schönen Unterarm die braunen Löckchen aus der Stirn.

»Ich darf alles hören!« rief Charlot gereizt, »und ich werds noch eher hören als wie du, jawohl, du neugieriger Hampel!« und dann schmeichelnd zu Mariechen: »Nich wahr, mein Lämmchen?«

»Gewiß«, sagte Mariechen, aber sie wusch weiter.

»Los, sag mirs doch«, mahnte Charlot, »sag mir doch nur ein bißchen davon.« Da erzählte Mariechen, was es war.

»Is das wirklich wahr?« rief Charlot erfreut, und sofort verlangte sie, daß Mariechen aufhöre zu waschen, denn das wäre nicht gut und könnte schlechte Folgen haben. »Was

wird Pallieter sich freuen, wenn er das hört! Laß mich es ihm sagen, gelt, ich kann das gut«, sagte Charlot.
Pallieter fuhr mit Piet und dessen Hund übers Wasser, und dann gingen sie auf den Beginenwald zu.
Sie folgten dem sich schlängelnden Weg, denn sie konnten die Landschaft im Nebel nicht erkennen. Die Bäume wuchsen jedesmal plötzlich aus dem Nebel heraus, grau, und verschwanden dann sofort wieder.
Der Regen hing wie feine Perlchen auf Pallieters Mantel, und der Boden war in fettigen Schlamm verwandelt, der bis über die Knöchel ging.
Sie kamen an einer überschwemmten Wiese vorbei, in der drei schiefe Kopfweiden trauerten. Der Hund bellte einen krächzenden Raben an, der sich sofort wieder im Nebel verlor.
Pallieter und der Mann redeten über ländliche Angelegenheiten, und der schwarze Hund lief geduldig mit gesenktem Kopfe hinterdrein.
Überall war es totenstill, der Regen fiel unhörbar, und es ging kein Lüftchen.
Pallieter schwitzte und machte den Mantel auf.
Endlich kamen sie unter hohe Bäume und schritten über verrotteten Laubboden, und das Licht wurde gedämpft. Hier war der Beginenwald.
Überall fielen große Tropfen von den Bäumen, schwer und dumpf. Als sie weitergingen, sahen sie eine Gruppe von Leuten, die sich zu einem grauen Häufchen um einen Mann zusammengedrängt hatten, der mit lauter Stimme Zahlen ausrief. Alle standen mit nassen Nasen da und tropften von dem Regen. Pallieter und Piet schoben sich dazwischen.
Die piepsige Schreistimme ging jäh hoch und blieb in den hohen, nassen Bäumen hängen. Grau und grün standen sie

da, die mächtigen Riesen, noch einmal so groß, nun der Nebel sie umhüllte.
Der Ausrufer ging mit den Leuten auf eine Buche zu. Oh, eine Buche, die drei Männer nicht umfassen konnten. Sie breitete sich weit auseinander und verbarg ihre Krone im Nebel; ihr Fuß stand stämmig mit viel wildverschlungenen und weitauslaufenden Armen felsenfest im Boden. Ein Prachtbaum! Der König des Waldes. Plötzlich fiel es Pallieter ein, daß dieser Riese in einigen Tagen gefällt werden sollte. Nein, das konnte er nicht übers Herz bringen, und zu dem Baum sprach er: »Du sollst wachsen!« Und er rief dem Ausrufer eine solche große Summe zu, daß dieser beinah umfiel und nur mühsam den Zuschlag erteilen konnte.
Nun hatte Pallieter einen Baum, aber einen Baum, wie man wohl kaum noch einen zweiten finden würde. Es war nur ein einziger Baum, aber er war so froh darüber, als ob er die ganze Welt bekommen hätte. »Mein Baum!« sagte er. »Wenn die andern gefallen sind, stehst du noch hier, das gelob ich dir! Wachse, treibe Blätter und Bucheckern, wachse, wie du willst, und verbirg die Kaninchen unter deinem großen Fuß. Wachse!«
Er kam, um Winterholz zu kaufen, und kaufte einen Baum. Und mit seinem Taschenmesser schrieb er in die Rinde das einzige, was er jemals geschrieben hat: »Melke den Tag!«
Allein machte er sich auf, quer durch den stillen Wald, wo laute Tropfen durch den Nebel fielen.
Er dachte an die Bäume und an die Menschen. Und während er hier so allein durch den verlassenen Wald schlenderte und überglücklich war über einen Baum, saß die Welt da draußen voll Elend und Unglück, waren die Menschen krank vor Sorgen und lebten, um zu sterben.
Es stürzte auf ihn ein wie ein Block. Aber ach, was konnte er dafür? War er nicht auch ein Wurm?

Die Welt dreht sich, er dreht sich mit, und es ist nur ein Unterschied dabei: daß er das Drehen genießt. Und dies gibt und teilt man andern mit dem besten Willen von der Welt nicht mit...

Als er aus dem Walde kam, hörte er auf der Landstraße viel müdes Pferdegetrappel und das Klirren von losen Hufeisen. Aus dem Nebel tauchten aneinandergedrückt ungefähr zwanzig abgetriebene Pferde auf.

Sie gingen schwer auf hinkenden, geschwollenen Beinen, und ihre guten, schweren Köpfe hingen mutlos herunter an dem langen, sehnigen Hals.

Faustgroß guckten die Knochen heraus, und die Rippen waren wie Faßreifen. Blinde und wunde Tiere waren darunter, und alle drängten sich aneinander, wie um sich gegenseitig zu stützen. Ein Haufen Elend. So wurden sie zur Schlachtbank getrieben von zwei schmutzigen Kerlen, ohne ein wohltätiges letztes Ausruhen auf einer fetten Weide gekannt zu haben. Sie waren wie Menschen. Und nach ihrem schrecklichen Tod aßen die Menschen sie auf.

»Wo kommen die her?« fragte Pallieter den ersten Kerl.

»Aus Löwen«, sagte der barsch.

Es riß etwas in Pallieter. Hinten ging der zweite Kerl, der das letzte Pferd, das sehr hinkte, mit dem Peitschenstiel gegen die steifen Beine schlug und immer weiterschlug, bloß so aus Gewohnheit.

Da lief Pallieter das Herz über. Und ohne Besinnen ging er auf den Kerl zu und schlug ihn mitten ins Gesicht, daß er niedertaumelte. Aber dieser, auch nicht faul, schnellte sich fluchend in die Höhe und schlug Pallieter ein blaues Auge; doch der Vetter packte ihn an der Kehle, und sie rollten beide in den Schlamm. Nun kam der andere herbeigelaufen, um seinem Spießgesellen zu helfen, aber Pallieter riß ihn mit auf den Boden und rief:

»Holleke bolleke
nieve solleke
holleke bolleke
knoll!«

Und er stupste die zwei nach Schnaps riechenden Köpfe tüchtig aneinander.

»Und wenn ihr die Pferde noch einmal schlagt, freß ich euch auf, ihr Biester!« Pallieter ging davon, die Männer riefen noch etwas nach, rührten sich aber nicht...

Als er nach Hause kam, roch es nach frischem Kaffee.

Franzoo saß hinter dem warmen Ofen und plauderte mit Mariechen. Charlot deckte den Tisch.

»Ei, was hast du denn am Auge?« riefen alle drei.

»An einen Baum gestoßen«, sagte Pallieter. »Aber wir wollen doch Kaffee trinken, ich hab Hunger.«

Charlot konnte die frohe Nachricht nicht bei sich behalten; sie erzählte sie ihm ins Ohr.

»Was?« rief Pallieter voller Freude. »Is es wahr, Mariechen?« Mariechen nickte bestätigend und wurde rot bis in die Stirn. Er sprang auf sie zu, hob sie empor und küßte sie auf den feuchten Mund, daß sie nach Luft schnappen mußte.

»Korinthenbrot«, rief Pallieter, »Spekulatius und Wein! Es lebe der Ankömmling! Ruf den Pastor, Charlot!« Schnell wie der Blitz hatte Charlot einen andern Rock angezogen und lief lachend davon, den Pastor zu holen.

Der gute Mann gratulierte Pallieter und klopfte Mariechen väterlich die Wangen.

Und erfreut sagte er: »Pallieter, Freund, nun kannst du nicht in die Welt hinausziehen, wo nun ein Kindchen kommt, und mußt in unserem seligen Netheland wohnen bleiben!«

Aber Pallieter meinte: »Das is nur aufgeschoben. Wenn das Kleine geboren is, ziehen wir doch, und ich will mein Bestes tun, um Euch mitzunehmen!«

Sie tranken den frisch gekochten Kaffee, aßen Milch- und Korinthenbrot, holländischen Käse, gekochten Schinken und viele andere schmackhafte Dinge. Dann brachte Charlot ganz alten Wein, »noch aus Christi Zeiten«, sagte sie. Sie steckten sich eine Zigarre an und setzten sich um den gemütlichen Mechelner Ofen herum. Sie erzählten sich dies und das, aber meistens hing eine gute Stille um sie. Charlot kam nach dem Aufwaschen und setzte sich dazu, in der Hoffnung, viel lachen zu können. Mariechen hatte den schnurrenden Tybaert auf dem Schoß.

Eine Rauchwolke hüllte sie ein, und die Dämmerung zog sammetweich ins Haus. Kaum hörbar tickte der Regen an die Scheiben, und die Fensteröffnung, in der man nichts sehen konnte durch den Nebel, wurde grauer und grauer. Die Köpfe verschwammen im Dunkel, nur der Ofen und die drei Zigarren glühten in der weichgrauen Dämmerung. Ihre wenigen Reden wurden von ihr umhüllt, zart und gedämpft.

Die Wärme tat gut und wirkte wohltätig auf sie. Manchmal trat eine ganz lange Stille ein, in der nichts hörbar war als das Rieseln des Regens an den Fensterscheiben.

Und in einer solchen Stille trug der Pastor wie mit einer Sammetkehle ein Gedicht von Gezelle vor. Niemand hatte über Gezelle gesprochen oder an Kunst gerührt, und ... doch war es in diesem Augenblick wie etwas, das zu diesem Abend gehörte. Es wuchs natürlich wie eine Blume. Langsam, rein und still, doch mit all der Frömmigkeit eines großen Menschenherzens klang es:

»Alleine, in mich gezogen
Sitz ich unterm Bogen,
Der sich wölbet sternenklar.
Dunkel alles hüllet,

Nur von Licht erfüllet
Ist die hohe Sternenschar.

Wie klein, o Gott, wie kleine,
Dunkel und alleine,
Unterm Himmel sternenvoll,
Lieg ich ganz verloren
Wie ein ungeboren
Kind, das nie erwachen soll.
– – – – – – – – – – – – – –
Redend sind die Dinge,
Daß ein Lob erklinge
Dir in allem, was geschieht.
Stumm sind deiner Sterne
Strahlen nicht, und gerne
Singen sie ihr ewiges Lied.«

Als es zu Ende war, sprach niemand ein Wort noch einen Seufzer, es blieb eine gespannte Stille, ein Warten, und dann fing der Pastor wieder an:

»O Lied, o Lied,[1]
Du hilfst dem Schmerz,
Will Jammer mich verschmachten:
Du kannst, o Lied, das wunde Herz,
Das wunde Herz mir sachten.

O Lied, o Lied,
Du labst den Durst,
Du stillst die fahlen Gluten;
Du kannst, o Lied, die dürre Brust
Und all ihr Weh ermuten.

1. Übertragen von Rudolf Alexander Schröder

O Lied, o Lied,
Das bittre Naß
Der stumm geweinten Zähren,
Du kannsts – und deine Kunst ist das –
Du kannsts in Honig kehren,
O Lied, o Lied.«

Die zwei letzten Rufe ›O Lied, o Lied‹ waren im wachsenden Gefühl so leise gesprochen, daß niemand sie mit den Ohren gehört hatte, wohl aber mit dem Herzen. Dann folgte nach einer Pause das tiefmystische Gedicht ›Freude‹: ›Frohe Tage gibt es noch im Leben‹, und dann erhob sich aus der Stille dieses innigste Bekenntnis:

»Ich höre Hörner blasen; und [1]
Der Abend nähert sich
Für mich;

Kinder, blank und blonde, kommt;
Es dunkelt immer mehr,
Kommt her.

Segne euch der Höchste; denn
Es dunkelt immer mehr,
Kommt her.

Ich höre Hörner blasen; und
Der Abend nähert sich
Für mich.«

1. Übertragen von Rudolf Alexander Schröder

Es endete mit einem leisen Schluchzen, und dann blieb es still. Der Regen klopfte spitz auf die Scheiben. Pallieter stieß einen Seufzer aus, Mariechen seufzte ihm nach. Franzoo steckte seine Zigarre wieder an, und das Licht zeigte ihnen allen, daß jedes Tränen in den Augen hatte, außer Charlot, die auf der Ofenlehne eingeschlafen war.

Ein schöner Wintertag

Pallieter kam aus dem Haus, und da war das Wetter so klar und so jung, als obs auf einmal wieder Frühling werden wollte. Er holte seine Mütze, steckte sich eine Pfeife an und ging spazieren, um sich die Beine ein bißchen zu vertreten. Der Himmel war wie antikblaues Porzellan, und ein frischer Wind ging durch die Luft und ließ die bleichende Wäsche in den Gärtchen an der Leine flattern und knattern. Pallieter hatte seinen Spaß daran, zu sehen, wie der Wind eine weiße Frauenhose aufspannte, als ob wirklich Beine darin steckten. Auf dem Felde war hier und da ein Bauer bei der Arbeit, ein Spaten blitzte, und das nasse Grün hob sich reizvoll gegen die braune Erde ab. Die Fernen waren blaß vom Sonnenlicht, aber deutlich zu erkennen. Zwischen den kahlen Bäumen lagen die roten Gehöfte, und über dem waldigen Rand gegen Süden hin erhob sich wie ein blauer Block der festgefügte Turm von Mecheln.

Pallieter rieb sich die Hände und genoß den Geruch der Erde, auf die es seit Tagen und Tagen geregnet hatte und die nun in dem gesunden Wind wieder fest und fettig wurde.

Und die Wege wurden trocken und hart, ein Hahn krähte, Tauben flogen, und Pallieter sagte: »Es is ein heiliges Wetter!« Und so von einem Weg auf den andern wandernd, hörte er plötzlich irgendwo Drehorgelmusik.

Es klang wie ein gläsernes Klavier, wie Schläge auf kristallne Flaschen. Das tat ihm so wohl und war so herrlich an diesem überraschenden Tag, daß Pallieters Herz aufsprang vor Freude. Und er lief darauf zu.
Es mußte hinter der Landstraße herkommen. Er lief schneller. Hinter der Landstraße und einer Gruppe von Pappelbäumen standen sich ganz allein zwei Reihen Arbeiterhäuschen gegenüber. Als Pallieter dahin kam, war kein Mensch zu sehen, nur zwei Kinder, die im Schlamm spielten.
Aber siehe! dahinter kamen eine magere, schwangere Frau und ein rothaariges Mädchen mit einer Drehorgel herangezogen. Als sie an den Häusern waren, blieben sie stehen. Die Frau faßte den Griff, und wahrhaftig, schnell und eilig, wie um die Wette, klopften helle Klänge das sonst so langsame Lied: »Kennst du das Land?« Und siehe da, die schmutzigen Gardinchen wurden beiseite geschoben, Türen gingen auf, und heraus kamen Frauen mit und ohne Kinder auf dem Arm. Sie knöpften die offenen Blusen hastig zu und strichen sich das Wuschelhaar zurück.

Die Gesichter verklärten sich, und die eine rief der andern ein Scherzwort zu. Sie schoben sich zur Tür hinaus und stellten sich in ein Trüppchen zusammen. Ein Haufen schmieriger Kinder stand neugierig um die Orgel herum, und ein kleines, mageres Kerlchen von Schneider, nach den weißen Heftfäden zu urteilen, die ihm an Hose und Jacke hingen, lief in Strümpfen mitten auf die Straße, schwenkte die Arme, schlug sich auf die

Schenkel und gab ein Tänzchen zum besten. Die Weiber lachten laut auf. Sofort faßten zwei Mädchen sich an und begannen sich zu drehen, daß die Röcke sich aufblähten zu runden Glocken. Das war der Anstoß, und auf einmal war alles, was Beine hatte, beim Tanzen. Die Mütter trugen rasch ihre Kinder in die Wiege zurück oder stopften sie irgendeinem Rotzjungen in den Arm und tanzten mit. Die schwangere Frau lachte, daß ihr dicker Bauch wackelte. Pallieter sah mit glücklichem Lachen zu. Das rothaarige Mädchen ging mit einem verrosteten Teller herum, und alle gaben einen Pfennig oder zwei. Und die Frau spielte ›Die lustige Witwe‹, ›Die Wacht am Rhein‹ und den Walzer aus ›Faust‹. Aber da trieb und stieß ein Polizist die Kinder beiseite und befahl der erschrockenen Frau in barschem Ton: »Hier wird nicht gespielt, erst auf dem Amt anfragen, vorwärts, marsch!«
»Aber man darf hier doch Orgel spielen, soviel man will«, sagte Pallieter.
»Ja, wenn sie kein Geld nimmt.«
»Nun gut, sie wird keins nehmen«, rief Pallieter dem Polizisten zu und sagte zur Frau, während er ihr zwei Franken zusteckte: »Leiht mir Eure Orgel ein Viertelstündchen, ich nehm kein Geld, ich kann also spielen! Los! Auf zum Tanz! Ich werde schon drehen, denn das gute Wetter muß man ausnützen. Hopp!« Und er packte den Griff fest und drehte ihn, daß das Orgelchen beinah davon zersprang!
Die Frauen walzten wieder und die Kinder mit.
Pallieter war glücklich, und mit lauter Stimme sang er die Weise von dem lustigen Lied.

Schnee

Pallieter blickte jeden Augenblick zum Himmel auf, um da Wolken zu entdecken, die Schnee streuen sollten. Schnee, weißen, reinen Schnee, der uns das kahle Antlitz des Winters freundlicher erscheinen läßt, der alles weiß macht und die ganze schwarze Erde verjüngt.

Nein, er kam nicht, der Schnee. Ganze Tage lang zogen dünne Wolken über den Himmel, vorwärts gepeitscht vom scharfen Nordwind, der die schnelle Nethe, die überschwemmten Wiesen und die Gräben hatte zufrieren lassen mit fünf Finger dickem Eis. Das war eine Lust! Ein Fest für Pallieter und Mariechen, dies glänzende, glatte Eis, auf dem sie sich stundenweit wiegten und streckten, sich frei fühlend wie die Vögel.

Jeden Morgen waren die Fenster mit seltsamen Eisblumen übersponnen, aber der Kern des Winters, der Schnee, der gute, friedliche Schnee, der saß irgendwo am Nordpol und regte sich nicht.

Pallieter lechzte danach, wie ein Kranker nach mildem Wetter. Er sagte: »Ein Winter ohne Schnee is wie ein Sommer ohne Sonne...«

Aber in der Nacht vor Weihnachten war Schnee gefallen, leise und ungesehen in dicken, fetten Flocken, anhaltend und in Massen, bis es Morgen wurde...

Pallieter, der noch nichts davon wußte, war zuerst wach geworden. Sein erster Gedanke war, Mariechen, die schön und ruhig in seinem Arm schlief, wachzuküssen, aber etwas Weißes traf plötzlich seine Augen; er sah nach dem offenen Fenster, und siehe da, der Nußbaumzweig, der sich immer so schwarz gegen den Himmel abzeichnete, war glitzernd weiß von Schnee. Pallieter stieß einen Schrei aus. Er hockte sich auf. Die ganze Welt war beschneit. Gott, o Gott! Voller Begeisterung sprang Pallieter über Mariechen hinweg aus dem Bett und lief ans Fenster. Eine angenehme Kälte schlug ihm ins Gesicht. Er konnte nichts sagen vor Rührung und Glück. Schnee, Schnee, überall dicker, weißer Schnee! Die Fernen, die Felder, die Hecken, die Wasserläufe, die Bäume, Gehöfte, Wege und Straßen, alles weiß und blank, eben vom Himmel gefallen, in all der Frische und Jugend eines Kindes! Und die Weiße brachte alle Geräusche zum Schweigen und legte eine Kirchenstille über die ganze Welt.

Pallieter hatte die Herrlichkeit mit einem Blick umfaßt, sein Herz sprang in die Höhe, jauchzend zog er die Hosen an, polterte die Treppe hinunter und rief: »Das Glück, das Glück!«

Er riß die Tür auf und wollte sich in den Schnee hineinwälzen, aber ach, der lag da so jungfräulich, als dürfe nicht einmal ein Spatzenfüßchen ihn berühren.

»Einer muß doch der erste sein«, sagte er, schlug ein Kreuz und purzelte dann in den Schnee. Er wälzte sich hin und her, lief durch den weichen, kalten Teppich, schlug und stampfte drin herum wie ein Schwimmer im Wasser.

Mariechen war ans Fenster gekommen und rief, lustig in die Hände klatschend:

»Ach, wie schön! Wie weiß, wie weiß!«

Ein Schneeball flog an ihrem Kopf vorbei ins Zimmer, und sie kicherte, weil Pallieter sie nicht getroffen hatte, und rief:

»Wart, ich spiel mit!«

Inzwischen hatte Pallieter schon angefangen, einen Schneemann zu machen. Sie half ihm; er stapelte den plumpen Leib aufeinander, und sie rollte einen Schneeball, der langsam immer größer und größer wurde. Das war der Kopf, und sie hatten zu zweit alle Mühe, ihn auf den Leib zu set-

zen. Pallieter stülpte einen alten Hut von einer Vogelscheuche drauf, steckte ihm einen Besen in die Hand und drückte mit dem Daumen Augen, Nase und Zähne hinein und dazu noch eine Tonpfeife.
Dort hinten kam Charlot aus der Messe.
»Versteck dich!« sagte Pallieter zu Mariechen.
Sie verbargen sich hinter einem Baum und machten einstweilen Schneebälle fertig.
Charlot war jetzt noch einmal so dick durch die vielen Winterkleider, Unterröcke, Wämser und Nachtjacken. Sie trug eine gestrickte Kapuze mit grünen Glasperlen, Wollsocken und schwere Holzschuhe an den Füßen, einen roten, wollenen Schal mit grünen Karos um den Leib und am Hals einen braunen Kaninchenpelz. Sie lächelte. Aber klatsch! da flog ihr ein Schneeball an den Kopf, der ihr ratsch! die Kapuze auf die Seite schlug. Und das Mensch war so erschrokken, daß sie anfing zu rennen, so schnell ihr Umfang es zuließ! Aber die Bälle waren ihr zu schnell, und klatsch! klatsch! einer von hinten auf den Kopf, zwei, drei gegen die dicken Beine und auf den Rücken; und als sie hineinlief, platzte noch einer weiß auf ihrem breiten Hinterteil auseinander.
Auf Pallieters und Mariechens lautes und herzliches Gelächter kam sie wieder zum Vorschein und rief voller Zorn:
»Ja, schämt ihr euch denn nich, mich so zu erschrecken! Ach je, ach je... Mein Herz klopft wie 'ne Uhr!...«
Heftig schlug sie die Tür zu.
Und dann fingen sie an, einander mit Schneebällen zu werfen. Die Bälle flogen hin und her, zischten durch die Luft, stießen aneinander, zersprangen an den Bäumen, bis zum Schluß einer in ein Fenster flog und das zerbrochene Glas durch das ganze Haus klirrte. Darauf kam Charlot wieder an die Tür, schimpfend auf den Schneemann, denn Pallieter

hatte sich hinterm Regenfaß versteckt, und Mariechen war durch die Hintertür ins Haus gelaufen.
Brummend zog sich Charlot in ihre Küche zurück.
Pallieter blieb allein und warf mit Schneebällen nach der Wetterfahne, einem Männchen, das dem Wind eine lange Nase machte, nach den eichenen Satyrköpfen, die den Vorsprung des weit überstehenden Daches trugen, nach den Urnen auf dem Dach und den geschnitzten Fruchtkörbchen am Giebel.
»Komm Kaffee trinken!« rief Charlot. Doch ehe Pallieter ins Haus ging, pißte er schnell noch seinen Namen in den Schnee.
Pallieter roch den angenehmen Kaffeeduft und eilte ins Haus. Gebackener Schinken mit Rühreiern wurde brutzelnd auf den Tisch gebracht. Sie tranken den Kaffee und aßen den Schinken, daß ihnen die Lippen und die Finger glänzten von Fett, und den Weißbrotturm mußte Charlot dreimal hintereinander aufbauen.
Da draußen lag die weiße Welt und machte die Fernen und die Stube hell. Langsam fing in dem reinen Weiß auch das tägliche Leben wieder an. Die weißbekleidete Mühle jenseits der Nethe begann sich vor dem grauen Himmel zu drehen, ein Bäuerlein schritt klein und schwarz über den glatten Bauch der Felder, und helle Klingeltöne liefen mit einem Schlitten über die Landstraße.
Ganze Schwärme von schwarzen Vögeln flogen vom Turm in die weißen Felder hinein.
»Wir wollen Schlitten fahren!« rief Pallieter, den Mund noch voll Essen, »heut ist ein Festtag! Der Himmel liegt auf der Erde! Schnell!...«
Sie mummelten sich beide ein, jedes hatte eine Bärenmütze auf dem Kopf und einen Pelzmantel an. Pallieter holte den zierlichen Schlitten aus dem Wagenverschlag und spannte

flugs die gute Beiaard daran. Das Pferd wurde mit großen Messingschellen behängt, die sangen und klangen bei dem leisesten Atem des Tieres.

Pallieter wartete auf Mariechen und ließ die Hühner heraus. Doch kaum hatten sie den Schnee gefühlt, zwei- oder dreimal gepickt, da liefen sie auch schon wieder in den Stall zurück und drängten sich zu einem Klumpen zusammen. Nur der stämmige, grüne Hahn mit seinem rotgoldenen Kopf flog auf die beschneite Dornhecke und krähte von dort seinen lauten Trompetenstoß über die stille, weiße Gegend hin; er schlug einmal mit den Flügeln und spazierte dann wieder hinein, und nun erst klang aus der fernen weißen Einsamkeit Hahnenkrähen aus einem andern Dorf zurück.

Aber da war Mariechen, die vergnügt in den Schlitten sprang. Charlot, die bereits dabei war, Möhren und Rosenkohl zu putzen für die Suppe, die schon überm Feuer hing, mit einem großen Stück Ochsenfleisch darin, kam mit heraus und fragte: »Ach, das muß schön sein, darf ich mal mitfahren bis zum Schmied?«

»Steig nur ein«, sagte Mariechen. Charlot setzte sich in den Schlitten und seufzte vor Wohlbehagen.

»Aber ihr müßt mich schnell wieder nach Haus bringen«, sagte sie noch, »denn ich habe meine Suppe aufgesetzt! Sie hängt überm Feuer!«

Lubas bellte. Pallieter steckte sich die Pfeife an und setzte sich vorne hin. Die Peitsche knallte, die Schellen klingelten, und schon fuhren sie durch das volle, weiße Land. Die Bäume zogen vorüber, die weißen Felder drehten sich vorbei, und Charlot hielt sich ängstlich an Mariechen fest.

Schnell glitten sie über den Schnee, es gab kein Geräusch, es war dem Herzen süß und wie ein Wandeln, Treiben und Wehen auf der Luft.

Alles weiß, alles weiß, Bäume, Wege und Felder, und darüber fest und geschlossen der graue Himmel. Die Gehöfte lagen ganz verloren im Schnee, kein Mensch war zu sehen, nur hier und da eine kohlschwarze Krähe, die irgendwo im Felde niederstrich.

Von weitem sahen sie, wie die rote Glut den ganzen Raum der klingenden Schmiede erhellte. Dahin lenkte Pallieter den Schlitten, um Beiaards Hufeisen schärfen zu lassen.

Die zwei Frauen wärmten sich sogleich an dem sprühenden, fauchenden Feuer, und Pallieter half dem Schmied und seinen Gesellen den Blasebalg ziehen, um schnell wegzukommen. Während sie das glühende Eisen hämmerten und das Feuer hoch aufsprühte in der dunklen Schmiede, lag die Landschaft da draußen weiß und weit. Pallieter konnte die Augen nicht abwenden, und es juckte ihn am ganzen Körper, wegzukommen in den Schnee, in den seltenen, schönen, weißen Überfluß. Er zog mit solcher Gewalt weiter am Blasebalg, daß die Funken einen Meter hoch sprangen.

Charlot jammerte und fing an zu klagen, daß ihre Suppe einkochen könnte.

»Wenns nich geschneit hätt, ging ich zu Fuß zurück«, sagte sie knurrig. Sie konnte nicht mehr still stehen vor Ungeduld.

Glücklicherweise war Beiaard schnell fertig. Charlot kroch zuerst in den Schlitten, und sie fuhren ab.

»Schnell«, sagte sie, »meine Suppe!«

Doch auf einmal sah sie, daß der Schlitten in einen andern Weg einbog.

»Vetter«, rief sie erschrocken, »du fährst ja falsch!...«

»Immer gradaus!« sagte Pallieter.

»Ich muß nach Haus wegen meiner Suppe!« schrie sie verzweifelt.

»Wir brauchen keine Suppe«, antwortete Pallieter ruhig.

Er gab Beiaard die Peitsche, und schneller fuhren sie durch die Felder.

Aber Charlot hielt den Mund nicht mehr und wollte zu Fuß nach Haus.

»Je mehr du jammerst«, rief Pallieter, »desto schneller fahren wir. Du mußt mit!«

»Gut, ich werde schweigen von der Suppe«, sagte Charlot gelassen, aber sie fügte bissig hinzu:

»Aber dran denken tu ich doch ...«

Nach einer Weile kamen sie an den Fichtenwald und an die Heide, die am Nordufer der Nethe so plötzlich beginnt, während sich nach Süden hin Brabants fette Felder erstrecken.

Hei, der Fichtenwald im Winter! Wie schön und heilig feierlich war es hier! Die Fichtenbäume, die sozusagen ihre breiten Arme gebeugt ausbreiteten, um den Schnee aufzunehmen. Und wo sie zusammenstanden und Wälder, unendliche Wälder bildeten, wo nichts anderes zu sehen war wie beschneite Erde und beschneite Fichtenbäume, da fühlte man sich wie in einer Kirche. In dieser regungslosen, ungeahnten Stille war es wie zum Beten! Manchmal hielten sie an, und alle drei, lauschend auf die Stille, die den Wald umfing, waren dann so klein im Herzen, und so voller Ehrfurcht, daß sie unwillkürlich nicht weiterzufahren wagten, bis ein Vogel aus der weißen, stillen Tiefe des Waldes auflachte oder Beiaard ihre Schellen klingen ließ.

Diese singenden Schellen, wenn Beiaard lief! Das war ein großes Tönefest über die stille, beschneite Heide. Es war, als ob überall Schellen klingelten; der klirrende Silberklang lief über die weiße weite Ebene, blieb im Walde hängen und taumelte und regnete aus den Bäumen. Die Kronen waren erfüllt davon. Das weiße Land sang.

Sie erblickten auf dem ganzen Weg nur ein altes Frauchen im schwarzen Kapuzenmantel, das mit einem Bündel Reisig auf eine ferne, kleine Hütte zuhumpelte. Überall, wo sie gegangen war, klafften ihre Fußspuren im Schnee. Es war wie eine punktierte Linie, die in großem Bogen vom Walde her hinter dem Weiblein herlief.

Wie genossen sie das Schlittenfahren, das Gleiten über den weichen, molligen Schnee, umringt von weißem Weiß, Schellengeklingel und heiliger Stille! Es war ein Fest! Es rührte an die Seele!

Und Pallieter stand auf, stand aufrecht vor übermäßigem Glück, und manchmal ließ er hundertfaches Peitschenknallen bis an den fernen Horizont rollen oder sang eine Strophe von einem mächtigen Lied.

Lubas lief voraus und bellte die großen Krähen an.

Schließlich kamen sie in ein Dorf und hielten vor dem Gasthaus ›Zum Schwan‹. Sie gingen hinein und tranken einen Schnaps.

Beiaard, die mit dem Schlitten am Tor stehen blieb, ließ etwas fallen, und sofort waren die zwitschernden Spatzen mit wühlenden Schnäbeln in den frischen Pferdeäpfeln.

Es war still im Dorf, das einen Kreis um das kleine, aber hochtürmige Kirchlein bildete. Das Kirchlein aus roten Steinen mit weißen Balken stand lieblich anzusehen mittendrin, mit seiner weißen Kapuze und den beschneiten Schallöchern.

Überall war es ganz still, die Lebenden waren so gut vergessen wie die Toten, deren schwarze, schiefe Kreuzlein neben der Kirchhofsmauer nur gerade noch aus dem Schnee herausguckten.

Die Uhr summte zehn Schläge durch die Luft, und die Töne klangen weit weg über die Dächer und die Felder.
Pallieter wollte von dort oben die Felder sehen. Während die Frauen um den glühenden Ofen saßen und mit der Wirtin über den strengen Winter plauderten, suchte Pallieter den Küster, einen Schuster mit einem Holzbein. Es kostete viele Mühe, bis der Mann einwilligte, aber das Geld siegte. Sie kletterten beide die kalte, steinerne Wendeltreppe hinauf, krochen durch dumpfiges Gebälk an den zwei Glocken vorbei, die durch die Schallöcher beleuchtet wurden. Durch die Latten sah Pallieter die weiße Welt tief unter sich, beschneite Gehöfte, Wälder, und weit in der Ferne andere Kirchtürme. Aber er wollte noch höher, und ganz oben in der steilen Spitze riß er ein hölzernes Türchen auf, und Gott! die Erde öffnete ihre Seele.
Gerade unter ihm lag wie eine kleine Schüssel das Dorf, mit seinen durch Buchsbaumhecken getrennten Gärtchen und der einen Straße, die ins freie Feld führte, das sich stundenweit weiß ausstreckte, mit Wäldern, kahlen Flächen, Wasserläufen, einsamen Häusern, langsam drehenden Mühlen, Schlössern, Alleen und anderen Dörfern, bis dort hinten, ganz, ganz weit, wo die beschneiten Hügel von Grobbendonck sich verschwommen auf dem bleigrauen Himmel abzeichneten, der sich schwer und regungslos über die weiße Welt spannte.
Das menschliche Leben war kaum zu spüren in all der Weiße und zählte nicht mehr. Nur selten war ein schwarzes Männchen auf dem Felde und ein Wagen auf der Chaussee.
Oh, die ganze weiße, weiße Welt! Sie hatte es nicht mehr nötig, zu wachsen, zu leben und Leben zu geben, sie brauchte nichts anderes zu tun, als schön und weiß zu sein. Und das ganze Land war still wie der Schnee selbst.
Entzückt rief Pallieter:
»Die Erde betet! Laßt alle Glocken los!«

»Nein, nein!« sagte der Küster, der das hörte, »heut ist nichts los, morgen.« Aber Pallieter lief hinunter zu den Glocken, setzte sich auf den hölzernen Balken, drückte und drückte; und die Glocke fing an zu schwingen, der Schwengel brummte gegen das Metall, noch ein Ton, und auf einmal war es in vollem Gang. Das Glockengeläute füllte die Turmstube und fiel in vollem Jubel durch die Schallöcher über die weite, weiße Welt. Pallieter war wie berauscht, die Töne summten und brummten durch ihn hin, und immer, wenn die Glocke hoch ging, sah er durch die Schallöcher die Welt im weißen Schnee.

Der Küster raufte sich die wenigen Haare vor Schreck, und unten trat der Pastor verwundert an sein Fenster und guckte in die Höh.

Als Pallieter es gut genossen hatte, ging er in den ›Schwan‹ eine Tasse Kaffee trinken, und dann fuhren sie auf einem andern Weg nach Haus.

Hier und da hörten sie friedliche Dreschflegel und Jagdschüsse, und hinter einem Wäldchen hervor kam das Schreien eines Schweines, das geschlachtet wurde.

Pallieter gab Beiaard die Peitsche, um schnell dabei zu sein. Als sie ankamen, röchelte das Schwein noch, und der Schlächter zapfte das Blut ab in eine irdene Schüssel; das Blut spritzte darüber hinweg, und der Schnee war davon rot gesprenkelt. Die Frau steckte ein Reisigfeuer an, um die Borsten abzusengen.

Es war ein fettes Schwein, ein Prachtstück, und Pallieter wollte die Hälfte kaufen. Es wurde geboten und gehandelt, und endlich bekam er das halbe Tier zu einem ordentlichen Preis. Als die Gedärme herausgeholt waren, trug er es in den Schlitten, und es bekam den Ehrenplatz zwischen Mariechen und Charlot, und so fuhren sie dann weiter durch das weiße Land nach Haus.

Alte Lieder

Am Nachmittag waren die grauen Wolken weg, und der Himmel wurde blaßblau mit einer fernen schwachen Sonne. Die Kälte war beißend, und vor dem flammenden Herdfeuer saß Pallieter und rauchte eine Pfeife. Mariechen saß nähend neben ihm, und Charlot war im anderen Zimmer beim Strümpfestopfen. Es war still und traulich. Tybaert lag schnurrend auf Mariechens Schoß, die Wanduhr tickte ruhig hin und her, und über dem Feuer sang der Messingkessel. Pallieter genoß die Flammen, die um die großen Holzblöcke herumzüngelten.

Voller Frieden war es hier, das Holz knisterte, und draußen auf dem Graben am Beginenhof liefen viele Beginchen Schlittschuh. Ihr Geplapper und ihr helles Lachen schallte frisch durch die Luft. Jenseits der Nethe hatten die Jungens die Mühlenwiese rein gefegt, und nun war ein ganzer Haufen Menschen beim Schlittschuhlaufen, Dorfleute und Stadtleute. Man verkaufte Apfelsinen und dampfende Pfannkuchen.

Pallieter blieb zu Haus, um die Sänger zu hören, die kamen, um fröhliche Weihnachten zu wünschen, und manchmal solch schöne, naive, rührende Lieder mitbrachten.

Verschiedene waren schon dagewesen, Kinder und große Leute.

Wieder wurde geschellt, und fünf Frauen, drei in Kapuzenmänteln, die anderen mit bunten Tüchern um den Kopf, kamen mit den Holzschuhen in der Hand herein.

»Dürfen wir was singen, Herr Nachbar?«
»Laßt hören!« sagte Pallieter.
Und mit schleppender Stimme sangen sie das zarte, wehmütige Liedchen:

»Es war ein Neujahrsmorgen,
Es war ein Neujahrstag,
Als Maria Magdalena
Den Herrn Jesus wandeln sah.

Steh nur auf, Maria Magdalena,
Steh nur auf aus deiner bittren Not,
All deine Sünden, die sind dir vergeben,
Und wären sie noch einmal so groß.«

Als sie fertig waren, bekamen sie Pfefferkuchen und Brot. Kaum waren sie weg, so kamen die drei blinden Männer herein. Einer trug einen papiernen Stern mit roten Blumen.
»Wir kommen hier als die Heiligen Drei Könige, wir haben diesen Stern geschenkt bekommen, wir kennen ein schönes neues Lied.«
»Ja, aber«, sagte Pallieter, »ihr habt euch ja nicht verkleidet.«
»Wir können uns nich sehen, Herr Nachbar.«
»Wartet ein bißchen«, sagte Pallieter, »ihr bekommt noch einmal soviel Geld, wenn ihr verkleidet seid. Charlot, hol ein paar alte Kleider vom Boden!«
Und Pallieter fing nun an, sie zu verkleiden.
Dem ersten, der klein und dick war und rote, entzündete Augenlider hatte, wurde ein Stück weißer Watte als Bart vors Gesicht geklebt und eine blaue Nachtmütze aufgesetzt. Der andere war ein kurzer Buckliger mit geschlossenen Lidern. Mariechen schnitt eine Papierkrone für ihn und be-

klebte sie mit Silberpapier von Schokolade. Diese wurde über seinen runden Hut geschoben, und er bekam eine blaue Schürze von Charlot als Mantel über die Schultern. Die Blinden ließen sich alles gefallen und lachten, als sie einander betasteten. Der dritte, der das Zigarrenkistchen trug, um das empfangene Geld hineinzulegen, war ein langer magerer Kerl mit einem Leo-XIII.-Gesicht, in dem das Weiße seiner toten Augäpfel immer nach dem Himmel blickte. Er wurde schwarz gemacht und setzte einen zerdrückten Zylinder auf. In wenigen Minuten wars geschehen, und nun stellten sie Kaspar, Melchior und Balthasar vor.

»Jetzt könnt ihr singen«, sagte Pallieter.

Die drei armen Kerle, die einander nicht sehen konnten, einander nie gesehen hatten, mußten doch lachen, weil sie wußten, daß sie verkleidet waren, und sie machten manchen lustigen Witz darüber.

Und sie sangen mit lachendem Munde, während der kurze Stern sich hin und her drehte. Und unregelmäßig, alt und gebrochen und ohne Melodie erklang es:

»Hirten, bringt Milch und Süßigkeit,
Der liebe Jesus liegt und schreit;
Hängt euern Langrock vor den Wind,
Der Pflegevater sorgt fürs Kind.

Maria gibt ihm Zuckerbrei,
Und Joseph bringt ein Tuch herbei;
Der liebe Jesus schreit vor Durst,
Die Mutter gibt ihm ihre Brust.

Der Himmel voller Vögel fliegt,
Ein Engel mit Maria wiegt,

Denn Joseph schafft die ganze Nacht
Und wäscht die Windeln in dem Bach.

Jetzt holt er Brennholz aus dem Wald,
Denn in dem Winter ist es kalt,
Doch dann ist Joseph sehr erfreut,
Weil nun das Kindchen nicht mehr schreit.

Schlaf, Jesus, schlaf, Emanuel,
Schlaf, großer Fürst von Israel,
Wohl Tausend freuen sich, o Christ,
Dieweil du nun geboren bist.

Der gute Gott am Himmelstor,
Der legt kein Schloß nicht mehr davor,
Denn Jesus bringt den Ölzweig mit:
Dies Kindchen bringt uns Freud und Fried.

Wenn Maria ihr heilig Kind
Vorm Feuer in seine Tücher wind't,
Seine Hände spielen hier und dar
Von ihrer Brust bis in ihr Haar.

Aus Jesu Wissen fließt ein Gut,
Dies Gut ist meiner Seele Blut;
In Bethlehem, da möcht ich sein,
Weil nun der Stall ein Himmel fein.«

Pallieter war gerührt, Tränen tropften über seine Wangen. Die drei Blinden warteten, lüstern auf Pfefferkuchen und Geld.

»Was soll ich ihnen geben?« fragte Charlot.

»Das is nich zu bezahlen«, beteuerte Pallieter.

»Gebt uns nur, was der Herr Nachbar meint«, sagten die Blinden.

»Gib ihnen das halbe Schwein«, gebot Pallieter.

Und wie erschraken die drei Männer, als ihre schmutzigen Hände das fette Schwein befühlten. Sie schrieen wild vor Freude durcheinander, und zu dritt trugen sie daran, ließen Stern und Zigarrenkistchen zurück und schleppten und zerrten das halbe Schwein singend auf den Beginenhof.

Viele kamen noch, ehe es Abend wurde. Immer noch liefen Beginchen auf dem Graben Schlittschuh und blieb Gewühl auf der Mühlenwiese.

»Jetzt will ich auch Schlittschuh laufen«, sagte Pallieter.

Er kleidete sich danach und ging durch den Garten hinaus. Er schnallte sich die Schlittschuhe an, auf seinem Kahn sitzend, der voll Eis und beschneit halb im Wasser steckte. Er tanzte einmal auf dem beschneiten Eis der Nethe herum und schoß dann davon, sich wie ein Vogel in der Luft wiegend, schlank und leicht wie eine Feder.

Er fuhr über die freie, feste Wasserbahn, und sein Haupt ragte gerade hoch genug über die Deiche hinaus, um die Landschaft überschauen zu können. Die Sonne versank rot in einem purpurnen Hauch, färbte leicht den Schnee und den wachsenden Mond, der am grünen Himmel zu glänzen anfing. Ein dicker Stern zitterte über der Mühle, die sich noch immer in der sinkenden Dämmerung drehte.

Pallieter fuhr immer weiter, sich leise wiegend, wie vom Winde getragen. So kam er bis nach Duffel. Es war schon dunkel, und in den einsamen Häusern brannte Licht. Der silberne Mond legte Schatten auf den Schnee. Ferne Geräusche verstummten. Bei einem festgefrorenen Schiff hielt Pallieter an, zog sich hinauf und blickte vom Deck aus lange in den Abend hinein. Durch die offene Luke kam rote Glut von Lampenlicht. Eine Frau sang ihr Kind in Schlaf.

Die Schlittschuhe über der Schulter, ging Pallieter über den gewundenen Deich nach Hause. Es war nun völlig Abend geworden, aber der Mond hatte das Land wieder hell gemacht, mit silberblauem Schein. Die Sterne zitterten hoch und klar am Himmel, und das weite Land war so hell, daß man sehen konnte wie am Tag. Es war still und einsam. Der Schnee knirschte unter Pallieters Füßen, und sein kurzer Schatten folgte ihm bläulich, wie ein anderes Wesen, und die Schatten der Bäume, dunkel über den weißen Schnee gestreckt, bogen sich immer wieder über seinen Leib. Der Mond wanderte mit ihm. Er war hell und klar, und hinter den schwarzen Bäumen zog er immer mit. Die Bäume am andern Ufer, die in die volle Herrlichkeit seines Scheins getaucht waren, ließen auf ihren beschneiten Zweigen Sterne blitzen und Funken glitzern. Sie waren wie Kristallbäume. Gefrorene Springbrunnen aus Licht.

Die Stille, die über diesem Märchenland hing, war so schön wie der Mond und der Schnee und rührte so innig wie die silberige Bläue.

Auf einmal ertönte hoch über ihm ein fernes Geräusch von sausendem Flügelrauschen. Er blickte auf, und hoch am Himmel gewahrte er einen mächtigen Flug von wilden

Schwänen in einer langen, langen Reihe, die den ganzen Himmel überspannte.

Es war etwas Furchtbares in dieser göttlichen, lichten, stillen Winternacht. Pallieter rührte sich nicht, und er sah und hörte sie weiter sausen und rauschen, am blühenden Mond vorbei, auf dem sie sich flüchtig abzeichneten, um dann, von hinten beleuchtet, in dem unendlichen Winterabend zu verschwinden.

Immer an diesen gewaltigen Flug der geheimnisvollen Schwäne denkend, ging er nach Haus.

Als er ankam, saßen in der dunklen Stube vier Beginen mit Mariechen und Charlot um einen heißen Grog herum, auf dem sich eine blaue Flamme wiegte, die ihre neugierigen Gesichter bläulich erleuchtete. Die Stube roch nach frischgebackenen Waffeln. »Hurra!« rief Pallieter, dessen Magen leer war wie ein Dudelsack, setzte sich dazu und aß ein Dutzend Waffeln, die er reichlich übergoß mit vollen Gläsern von dem heißen Branntwein.

Dann wurde die Lampe angezündet, und Pallieter spielte das ›wahrhaftige Gänsespiel‹ mit den Beginchen, bis es Zeit war, in die Mitternachtsmesse zu gehen.

Pallieter blickte ihnen nach; auf andern Wegen sah er noch mehr Menschen in derselben Richtung gehen. Still wurde es nun wieder über der Welt, weiß und silbern.

Christus ward heute geboren, nun standen die Schafe mit dem Kopf nach Osten, und die Bienen sangen in den Körben!

Es ist der Friede, der über die Welt kommen soll!

Da oben funkelten die Sterne, und hier unten beteten die Menschen um den Frieden, den göttlichen Frieden, der heute über die weiße Welt gekommen ist.

Pallieter fühlte das, es überlief ihn kalt, er holte sein Jagdhorn, und auf dem Beginenwall blies er in die weiße Mondnacht hinaus. Lang und langsam geblasen, zogen die schweren Töne über die weißbeschneiten Felder und klangen im Beginenwald und den silbernen Fernen aus. Als er im Haus war, klang aus einem fernen Dorf noch leis das Echo von dem Hörnerschall zurück.

Kindlich glücklich war Pallieter, als er mit seinem süßen Mariechen in den Armen im warmen Bett lag. Dieser Tag war schön gewesen! Ein Fest für Herz und Seele! Eine geistige Freude!

Und er schlief ein mit lachendem Munde, und draußen streckte sich die Welt kalt und weiß, und überall war der Friede König, der göttliche Friede!

Taulied

Ganz unerwartet, nach einem Tag, da der Reif die Stämme der Bäume, die Unterseite der Äste und alles, was noch nicht beschneit war, mit Silber beglitzert hatte, begann es zu tauen.

Eine plötzliche laue Wärme umengte und bedrückte alles, und die beschneiten Dächer und die Bäume und die Eiszapfen an den Dachziegeln merkten das sofort und fingen an zu tröpfeln, der Schnee sank zusammen, das Eis krachte und brach.

Drei Tage danach trieben die Eisschollen die Nethe hinunter.

»Nun zieht die schönste Musik durch das Land«, sagte Pallieter zu dem Pastor. Sie standen beide auf der kleinen Steinbrücke über dem ›Hemdsärmelchen‹, einem Seitenarm der Nethe, der seinen schmalen Lauf durch den Beginenhof schlängelte. Von der kleinen, mit Moos bewachsenen Brücke aus lauschten sie auf das Taulied, das durch den Beginenhof klang. Der Beginenhof war alt und traulich an diesem Februarmorgen: Lichtmeß! Die roten Giebel und Dächer, die weißen Mäuerchen am Wasser entlang, die knorrigen Birnen- und Apfelbäume in den kleinen Gärten, alles war naß und feucht ausgeschlagen von Wasser und zu gleicher Zeit feurig strahlend in dem hellen Sönnchen. Es war wirklich nur ein Sönnchen, aber es machte in all dem Wasser über der Erde so ein großes Lichterspiel wie eine erwachsene Sommersonne. Es hing am Himmel neu und frisch wie ein glitzernder, goldener Wassertümpel. Hier und da an den Ziegeln, auf den Bäumen, in einem Blumentopf oder einer umgekehrten Bütte glänzte noch der weiße Schnee, der einst das Land froh gemacht hatte, aber der Schnee mußte weg, seine Zeit war um. Unter dem Schnee waren frische Kräfte erstanden, denen er den Weg freigeben mußte; vom Himmel waren seine Feinde gekommen, voran die junge Sonne. Und sie beglänzte ihn, lachte stechend durch ihn hindurch, und er schmolz, der gute Schnee, und tropfte und tröpfelte sich in singendem, strahlendem Wasser tot.

Süße Musik von glänzenden Perlen überall! Im Sonnenschein waren sie wie Perlenschnüre, die von den Bäumen und den Dachziegeln herunterhingen. Schwer, klatschend und schnell tropfte es aus den Dachrinnen, es sang in den Zinkröhren, platschte auf die Pflastersteine und klopfte wie harte Knöchel und Marbel auf das eingesunkene gelbgewordene Eis, das in der Sonne schimmerte. Alle Wassergeräusche waren da: Tropfen und Tröpfeln, Klopfen in Eimer und Tonnen, Platschen und Klatschen, und je mehr das Ohr lauschte, desto reicher wurde das Lied an Tönen.

Es war das Lied der neuen Sonne, die erste Stimme des nahenden Lenzes! Und die sonnige Luft war voll Glockengeläute. »Jetzt werden wir bald gutes Wetter haben«, sagte der Pastor. Und nach einer Stille und einem Seufzer: »Es ist doch schade, Pallieter, daß du unsere Gegend verläßt und in die Welt hinausziehst. Ach, bleib und bau dir etwas weiter einen Hof. Und dann, wenn ein Jahr über die neue Nethe hingegangen, dann hast du dich dran gewöhnt und findest es schön. Bleib!«

»Das is alles wahr«, entgegnete Pallieter, »die Gegend mag nach der Veränderung noch tausendmal schöner sein! –

Aber der Gedanke und das Verlangen, überall und nirgends zu wohnen, is mir ins Blut übergegangen. Ich muß weg. Das is in mir aufgestiegen im September bei meiner Hochzeit, als ich Störche hoch oben am Himmel wegziehen sah.«

»Wo gehst du hin?« fragte der Pastor.

»Das weiß ich noch nich, das is ganz egal«, sagte Pallieter.

»Du wirst viel Genuß davon haben«, meinte der Pastor; »wenn ich nicht zu alt wär, ging ich mit!«

»Und Euer Rock?« fragte Pallieter.

»Das hatt ich vergessen«, sagte der Pastor lachend.

»Kommt, wir gehen zu Franzoo und trinken Märzbier auf das schöne Tauwasserlied.«

Sie gingen von dem Beginenhof weg, über den Beginenwall. Aus der dreifachen hohen Baumreihe, mächtig aufgebaut wie eine Kirche, mit der Landschaft als Fenster, fielen die großen sonnenbestrahlten Tropfen so zahlreich, daß es wie ein Regen war.

Ein froher, toller Perlentanz!

Die Tropfen klatschten auf die Bäume, sprangen von dem einen Zweig auf den andern, sie vermengten sich, und der eine fiel rascher als der andere. Manchmal kamen ganze Hände voll heruntergerollt, daß dem Pastor sein Dreispitz fast eingedrückt wurde, dann ging es wieder in langsamem Gang, um auf einmal wieder toll herunterzuplumpsen und Pallieters Rücken so naß zu machen wie einen Aufwaschlappen. »Laßt sie nur purzeln«, sagte Pallieter, »sie riechen nach Frühling!«

Sie ließen sich ruhig betropfen, daß das Wasser in Streifen über des Pastors schwarze Soutane hinunterströmte und um Pallieters Hütchen herum wie goldene Schellen hing. Sie glänzten alle beide.

»Horcht!« sagte Pallieter.

»Hört!« rief der Pastor.

Und sie belauschten die Musik des kühlen, blinkenden Perlentanzes.
Das Land war ein Reichtum von feinen Farben und zarten Tönen, Schnee lag noch in Haufen, und ganz feine Nebel hingen, die die Fernen verschleierten und das Rot der Dächer und das Schwarz der Bäume dämpften. Durch die Nebel wob die Wassersonne den Reichtum ihres jungen Glanzes. Und die Fernen waren dadurch wie alte Teppiche.
»Seht!« rief Pallieter und lief nach einem Schneeflecken im Gras, »ein Schneeglöckchen! ein Schneeglöckchen!« Durch den Schnee hatte sich, trotz Kälte und Wind und rauher Luft, das Blümchen emporgearbeitet und läutete nun mit seinen blanken Glöckchen unschuldig in der Luft.
»Gott hat seine Zehen schon auf die Erde gesetzt!« jauchzte Pallieter.
»Wir können Gott danken, der Winter ist vorbei!« sagte der Pastor.
»Und dort is das Lebengeben schon in vollem Gang«, rief Pallieter, und er zeigte nach einem Bauernhof jenseits der Nethe, wo zwei Bauern eine weiße Kuh von einem jungen, rotgefleckten Stier bespringen ließen. In einem Augenblick wars geschehen, und schon war neues Leben in der Kuh geweckt. Dann sprang der Stier hin und her und schlug mit den Hinterbeinen einen Eimer und Erdklumpen in die Luft.
»Eine schöne Lichtmeß haben wir«, sagte der Pastor.
»Ich hör das Licht krachen«, jauchzte Pallieter.
»Die Bäume weinen vor Freude«, sagte der andere.
»Kommt mit zu Franzoo, frisches Märzbier trinken, auf die Ankunft des Frühlings!« Und mit diesen Worten faßte Pallieter ihn unter, und sie gingen Arm in Arm nach der Nethe, um hinüberzulaufen. Doch das Eis war gebrochen und trieb in großen, gelben Schollen auf dem Fluß hinunter; das Boot lag noch immer unter Wasser, festgefroren im Eis.

»Aber Pallieter«, lachte der Pastor, »da können wir doch nicht hinüber! Komm, wir gehn durch die Stadt.«

»Das geht ganz leicht«, sprach Pallieter, »gebt mir nur die Hand!«

»Nein, nein«, sagte der Pastor, »ich bin noch zu jung, um mein Leben zu riskieren.«

»Ich kann springen«, sagte Pallieter. »Ihr werdet doch nich bang sein? Das könnt Ihr morgen immer noch!«

Der Pastor ließ sich überreden; er hatte viel Vertrauen in Pallieters Geschicklichkeit. Pallieter nahm den Pastor auf den Rücken, ging den Deich hinunter und sprang auf eine vorbeiziehende Scholle, aber die brach und kippte um; doch bevor Pallieters Füße das Wasser berührt hatten, war er auf drei, vier Schollen gesprungen, von der einen auf die andere, bis er endlich in der Mitte stehen blieb auf einer großen, starken Eisplatte.

»Spring weiter!« rief der Pastor.

»Nein«, sagte Pallieter und stellte den Pastor nieder, »fühlt nur, wie angenehm es is, so auf dem Wasser zu wandeln.«

Und so ließen sie sich auf der Nethe hintreiben.

Charlot hatte es gesehen, kam verzweifelt herausgelaufen, riß sich die Haare aus und schrie die ganze Gegend zusammen. »Sie ertrinken, der Herr Pastor ertrinkt! Ein Seil, ein Seil, zu Hilfe!«

Und so rasch sie konnte, lief sie nach der Nethe, hinter den zwei treibenden Männern her. Aber wie verwunderte sie sich, als der Pastor ihr zurief: »Na, Charlot, findest du nicht, daß ich ein guter Sankt Petrus bin?«

Sie zitterte auf ihren dicken Beinen, und vor Aufregung sagte sie: »Ach, neeee...«

So trieben sie bis zu Franzoo, um bei ihm den Abzug des Winters zu feiern, der nun ausging in süßer Musik und strahlenden Perlen.

Dudelsäcke

Als der Schnee und das Eis geschmolzen waren, verbarg sich die Sonne wieder, und zwei Wochen lang rieselte ein feiner, kalter Regen. Dann war aus dem bleichen Süden ein lauer Wind über das Land gekommen, von irgendwoher hinter dem Beginenwald. Und zwei Tage nach Aschermittwoch waren die schwarzen Bäume und das kleine Gebüsch schon mit schwellenden Knospen getüpfelt.

Pallieter, der es morgens von seinem Turmfenster aus sah, rief laut und immer wieder: »Ich seh den Lenz! ich seh den Lenz!«

Er vergaß seinen Kaffee und blieb draußen und betrachtete regungslos und ergriffen den ersten Sprung des Lebens.

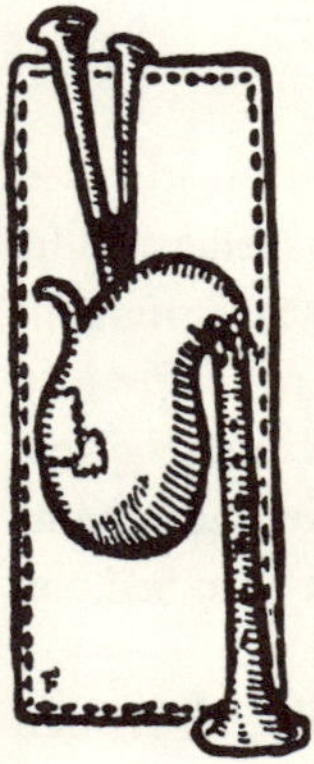

Die Sonne saß hinter hohen, dünnen Wolken versteckt, aber die Fernen waren noch nie so klar – weit und offen. In den fernsten Bäumen sah man deutlich die schwarzen Elsternester und durch die Zweige hindurch drehende Mühlen in fernen Dörfern; das ganze Land lag offen da, die ganze Welt war nackt und zeigte, wie etwas nie Gesehenes, bis an den klaren Horizont den großen Reichtum ihrer Bäume.

»Oh, die Bäume, die Hände der Erde!« rief Pallieter. »Die Hände, mit denen sie ihr Werk vollbringt, mit denen sie betet und jauchzt, mit denen sie all ihre schöne Kraft in wilder Leidenschaft jedes Jahr zum Himmel emporhebt und den Menschen ihre schönen, süßen Früchte darbringt. – Es leben die Bäume!«

Und siehe, dort unten auf dem jenseitigen Nethedeich hing ein Mann in einer Pappel und hackte Äste mit dem Beil ab, und dort hinten schoren ein Bauer und eine Bäuerin die Hecke um ihren Obstgarten.

Das brachte einen frischen, lustigen Klang ins Land, das still war und voller Frieden.

»Heut is Neumond!« rief Pallieter, »es wird wachsen, daß es kracht!« Und er rannte hinunter, um die Baumschere zu holen.

»Aber so komm doch erst Kaffee trinken, du bist noch nüchtern«, rief Mariechen.

»Wir sind schon fertig«, sagte Charlot.

»Gleich, Liebchen!« sprach er zu Mariechen. »Aber komm doch heraus und sieh den Frühling an. Er hängt zum Riechen in der Luft, es wird unserm Pallieterchen so gut tun!« und er zeigte auf ihren Schoß, »es wird nicht drin bleiben wollen.«

Er zog Mariechen mit hinaus in den Obstgarten.

»Ach, sieh die Bäume«, rief er, »sie springen in die Höh!« Er pflückte ein dünnes Zweiglein von einem Gewürznelkenbaum. »Sieh nur, was für eine Freude das Ästchen is, es riecht frisch wie Apfelsinen«, und er steckte es in Mariechens dickes Haar. So fremdartig standen sie da, all die Bäume, in ihrem nackten, schwarzen Gerippe, mit ihren verrückten, gerungenen und verdrehten Ästen, wie auf einmal aus dem Boden gespritzt, in die Höh gezappelt und so verhärtet und verholzt im ersten Sprung ihrer Lebensgewalt.

Aber sie waren empfänglich und willig wie das Fleisch einer jungen Frau. Alle hatten sie das Leben gespürt und hatten seinen süßen Kitzel gefühlt. Da waren unter anderen einige schiefliegende, hohle Apfelbäume dabei, die hart wie Felsen zu sein schienen, tot für die Welt, Brennholz. Aber kaum hatte der erste laue Wind geweht, so hatten sie sich gerührt, ihre Rinde aufgebrochen und stecknadelkopfkleine Knöspchen erzeugt, genau so schnell und viel wie das jüngste Aprikosenbäumchen.

Pallieter stellte die kleine Doppelleiter an einen Birnbaum, der erst zweimal getragen hatte und noch schwarz und trübselig von Regen und Kälte war.
Er stellte sich auf das Leiterchen, nahm einen Zweig zwischen die Schere, sah mit großen Augen neugierig zu, und knipp! da fiel der schwarze Zweig schwer herunter, und an der kleinen, runden Schnittfläche zeigte sich weiß und blinkend, wie bei einem angebissenen Apfel, das junge Speckfleisch des Baumes. Und Pallieter, der es sah, lachte laut, ein glückliches Kinderlachen.
»Ach, wie jung, komm her und guck!« Und er preßte die Nase gegen den Schnitt und roch, und dann streckte er die Zungenspitze dagegen und kostete schmatzend den bitteren Saft.
Mariechen kam auf sein Rufen, aber sie konnte nicht auf das wackelnde Leiterchen, wegen ihres dicken Bauches. »Es is schade! Es riecht und schmeckt so gut!« Und plaudernd schnitt er weiter. Das Bäumchen bekam langsam ein anderes Gesicht, es wurde jünger, und als es fertig war und verschnitten, voll weißer Flecken dastand, war es frisch und froh wie ein Kind, das samstags gewaschen ist und ein frisches Hemdchen anhat.
Pallieter rief dem Mann jenseits der Nethe einen frechen Witz zu, den dieser doppelsinnig beantwortete.
Pallieter nahm ein anderes Bäumchen vor. Charlot folgte, um die Äste zu sammeln. »Das is gutes Brennholz«, sagte sie.
Aber ratsch! eine Amsel kam in den Garten geschossen, fiel in die äußerste Spitze des knorrigen Birnbaums, pickte sich einmal in die Federn und schaute sich dann um. Pallieter sah sie gegen den Himmel sitzen, schwarz wie eine Kohle, mit einem reisbreigelben Schnabel.
»Schweig! Mund zu!« rief Pallieter Charlot vorsichtig zu. Und die Amsel spuckte eine Handvoll lustige Töne aus der

Kehle, wartete, wie um etwas Besseres auszudenken, und fing dann an, lange schleppende Töne zu flöten, die von ganz hoch oben langsam zu einer ernsten Baßflöte herunterklangen; und dann ließ sie alles, was sie konnte, auf einmal losbrechen, schnell und durcheinander, bis ihr der Atem ausging. Sie sah sich noch einmal um, ließ zwei vergessene Töne fallen und flog weg.

»Was für ein Närrchen!« sagte Pallieter.

Der Amselgesang hing noch in der Luft, da ging in der Dornhecke auf einmal ein wildes, kleines Flügelschlagen und Zwitschern von Spatzen los, die sich um ein Weibchen stritten. Es war ein Gebalge und ein Geschrei wie von kleinen Schuljungen. Aber das Weibchen machte sich los und warf sich, von den anderen verfolgt, in die Alleebäume, wo der Kampf von neuem begann.

Mariechen rief laut und überrascht: »Die Tulpen kommen heraus, sieh mal an!«

Pallieter sprang von der Leiter, hockte sich neben sie und suchte mit nach den hellgrünen Spitzchen, die den Boden aufgedrückt hatten und zögernd nach dem Frühling tasteten. Während sie da hockten, ging ein starkes Flügelrauschen tief über ihre Häupter dahin. Pallieter sah auf, und ein großer Flug Tauben strich über den Hof und ruderte in die Felder hinein.

Die Felder mit dem blassen Licht darüber! Pallieter sah sie da liegen, durch die schwarze Dornhecke hindurch, mit Bauern und Pferden auf dem Land und Segelschiffen auf der Nethe!

»Ich geh spazieren! Riech nur!« sagte Pallieter. Ein kurzer starker Wind säte eine Ladung frischen Erdgeruch, vermischt mit Jauche, über den Garten.

»Kocht mir Gemüsesuppe, ich trinke keinen Kaffee!« Er ging in die Küche. Mit einem Butterbrot in der Hand und

mit einem Anlauf und einem Sprung war er über der Hecke auf dem Weg. Lubas tats ihm nach, lief voraus und bellte ausgelassen. Als das Butterbrot verzehrt war, steckte Pallieter sich die Pfeife an und sah zufrieden, wie der blaue Rauch in rundrollenden Ringen zusammenblieb.
Gierig zog er die frische Luft in die Nase und blickte mit großen Augen über die weite Landschaft. Ferne Mühlen, die Kreuze schlugen, und Kirchen und Gehöfte sah er nun, wo er sie im Sommer durch das Übermaß von Laub nicht einmal vermutet hatte.
Er fühlte sich verjüngt. Sein Herz war erstickt vom Zuhausesitzen, und es klopfte und sehnte sich danach, von dem guten Atem der Felder bespült zu werden. Nur hier und da erklang das Echo von einem Beilschlag und das klare Krähen der Hähne. Sonst war es still. Es war still und doch voll von verhaltenem Leben, das wieder am Schaffen war und aus dem Schlaf erwachte.
Pallieter fühlte und schmeckte und roch und sah das Leben. Er fühlte es in sich wie einen schweren Pulsschlag, der durch die Welt ging und bei jedem Schlag sein Herz rührte.
Das machte ihn ganz glücklich. Er wurde stark und groß und fing an mitzusingen nach der Melodie des Glockenspieles, das langsam, von einem ruhigen Wind getragen, ein altes, schönes Liedchen über diese Seite der Felder streute. Es waren Töne wie von schwerem Gold und springendem Silber, und in der Ferne pfiff ein Bauer das Liedchen mit.
Er kam an eine überschwemmte Wiese. Eine Möwe flog schreiend darüber, mit ruhigen, offenen Flügeln, und Lubas, der das sah, streckte die Nase schnüffelnd in die Luft und lief dann in das Wasser, das um ihn aufspritzte in Strahlen und Tropfen. Pallieter blieb stehen und blickte nach dem fernen Nethedeich, wo Leute, klein wie Ameisen, eine Reihe Bäume fällten.

»O weh, die Bäume, und gerade als sie neues Blut bekommen sollten! Aber das Leben stirbt nich, dort kommt es schon zurück!«
Und auf dem hohen Feld ging hinter zwei Ochsen, die den Pflug zogen, eine hochschwangere Frau und streute Samen in die Erde. Pallieter zog die Schuhe aus und watete durch die überschwemmte Wiese. Am Himmel erschien ein blauer Raum, und auf einmal warf die Sonne durch einen Wolkenritz ihr goldenes Licht auf den fernen, schwarzen Beginenwald, und siehe! der schwarze Wald wurde purpurrot im Sonnenglanz und blieb so eine Weile leuchtend im Land. Auf einem Weg, der blond hineinlief und sich dunkel hinter die Baumstämme schlängelte, gingen zwei Menschen, ein Mann und eine Frau, jedes mit einem Sack auf dem Rücken. Dann rief dort hinten ein Kuckuck, und der Himmel schloß sich wieder.
»Oh!« jauchzte Pallieter tanzend. »Die Knospen schwellen wie Mütter!«
Es war der Lenz, der aufsprang, das erste Sichrühren des Lebens der Erde. Es zitterte durch die Welt, nichts hatte es aufhalten können. Die Gewalten des Himmels hatten Tag und Nacht darauflos gehauen wie Sankt Georg auf den Drachen.

Der Leib war geschunden bis aufs Blut, aber die Seele, die göttliche Seele war rein und unangetastet geblieben und richtete sich wieder auf, um aufzubrechen in allem, was von der Erde war. Das Leben kehrte wieder, stark und reich wie früher, um zu leben, nichts als zu leben!...

Dort schor ein Hirte die Wolle von seinen Schafen, und während die einen noch mit ihrer schmutzigen, dicken Last in der Hürde warteten, liefen die Geschorenen weiß wie Buttermilch lustig blökend herum, froh über die reine Luft, die ihnen nun den freien, bloßen Rücken und Bauch erfrischte.
Überall hing der Duft des erwachenden Holzes wie ein schwerer Balsam, und überall klang das Klopfen der Beile und Hacken. Ein ferner Schmiedehammer erhöhte die herrliche Stimmung. Pallieter kam in ein Wäldchen, da lagen die faulen Blätter zusammengedrückt, und ein großer Vogel flog kreischend vor ihm auf. Er roch das Leben, das unter dem Boden und in den Bäumen quoll. Er betastete die Bäume, um es zu fühlen. Er konnte die Augen nicht abwenden und stand mit offenem Mund bewundernd vor ihrem Leben. Wie sie dick waren vom Saft, wie er in ihrem Holz eingeschlossen saß, drückte und zappelte, um frei zu sein, vor Gewalt die Äste aufpreßte, sie schießen und klettern, drehen und beugen, ringen und sich schlängeln machte vor Leidenschaft; und da, wo er dann endlich die Rinde riß und Sonne sah, versteifte er sich zu einem Blatt, zu einer Blume, zu einer Frucht.
Die Bäume sind die Hände der Erde.
Pallieter stieß einen Seufzer aus; er hätte einmal ein Baum sein mögen, um das volle Brausen des erwachenden Erdenlebens in seinem Leib zu fühlen. Hei! und einer war dabei, eine riesige Ulme, tausend Jahre alt, in grauem Wasser watend, die ließ Pallieter ausrufen: »Noch nie hat Gott sich so deutlich gezeigt!«
Er war wie ein aus dem Boden gebrochener Nervenstrang der Erde. Er war in zwei Teile zerkracht, voller Löcher und Risse, grün wie ausgeschlagenes Kupfer, beklebt mit Moospflastern und dickem Schwamm, umkleidet von Efeu, und

oben auf einem der auseinander gespaltenen Stücke waren aus einem alten Büschel Gras ein paar Gänseblümchen herausgewachsen, eins noch in der Knospe und ein anderes milchweiß aufgeblüht, die Spitzen des Krönchens rot, wie in Wein getaucht.
Und Pallieter, ergriffen von all dem wilden, barbarischen, übermütigen Leben, das so reich zusammengepreßt saß in dem lebensvollen Baumklumpen, schlang die Arme um ihn und sagte gerührt:
»Bruder Baum, Bruder Baum!«

Als Pallieter auf einem Gehöft Mittag tuten hörte, war er so hungrig und so weit von zu Hause weg, daß er auf das Gehöft zuging, um dort zu essen. Doch die Nethe lag dazwischen, sie war ganz niedrig; ein Bächlein zwischen glatten Bäuchen von glänzendem Schlamm. Er streifte die Hose bis über die Kniee, steckte in jede Hosentasche einen Schuh und watete durch den niedrigen Fluß.
Hinter einem grünen Weihergraben, in dem gefällte alte Bäume lagen, erhob sich die altmodische Scheune, mit Türmchen an beiden Seiten. Ein Schaf steckte den Kopf durch einen Ritz in der Mauer und betrachtete Pallieter mit blödem Blick; wo das Wasser etwas klarer war, zog ein stolzer Schwan daher, treu gefolgt von einem grünen quakenden Entchen. Ein Knecht stand bis an die Kniee im Wasser, um Aale zu stechen, und hinter der Scheune und dem Weiher glänzte unter hohen schwarzen Bäumen das weiße Haus. Pallieter schritt über das Holzbrückchen und fragte die dicke Bäuerin, die an der Tür in einem blauen Faß Butter stampfte, ob er mitessen dürfe.
»Natürlich, Pallieter«, sagte Sophie, »komm nur herein!« Sie wischte sich die Hände an der Schürze ab und wies ihm einen Platz an dem langen eingesunkenen Tisch, der mit

etwa vierundzwanzig Tellern bedeckt war. Von allen Seiten, aus Scheune, Stall und Feld kamen die Leute, Männer und Frauen, und setzten sich um den Tisch herum. »Ich muß von jedem eine Kartoffel haben!« sagte Pallieter. »Sie is Euch von Herzen gegönnt!« riefen sie zurück. Sophie brachte die dampfenden Kartoffeln und wohl fünfzehn Meter Wurst, die in der Pfanne brutzelte.
Da klopfte der magere Bauer mit der Gabel an seinen Teller, und darauf entstand eine tiefe Stille, in der das scharfe Stimmchen eines aufrechtstehenden Mädchens das Vaterunser betete. All die rauhen Hände waren gefaltet und die Augen niedergeschlagen. Draußen gackerte ein Huhn, das ein Ei gelegt hatte. Als das Gebet zu Ende war, fingen alle an zu essen. Pallieter schielte vor Hunger, denn das eine Butterbrot von heute morgen war schon lange verdaut. Er füllte sich den Magen mit dreißig schönen, gelben Kartoffeln, die alle gut Platz fanden, und trotzdem blieb von der Elle Wurst nichts übrig als das Zipfelchen mit einem Faden dran; das bekam die Katze.
Während sie noch beim Essen waren, hörten sie im Hof das Brummen von Dudelsäcken und das Trillern einer grellen Hoboe. Jauchzend sprangen sie alle auf und liefen hinaus. Es waren vier Zigeuner, drei mit Dudelsäcken und der vierte mit einer Hoboe. Die Männer spielten, ohne etwas zu sagen, gleichgültig weiter. Sie waren schmutzig und ungewaschen, mit Lumpen und Lappen bedeckt, mit bunten Halstüchern und Federn auf den Hüten. Sie rochen nach Luft und Erde. Pallieter war ganz erschlagen von der Schönheit ihrer Musik. Die Dudelsäcke brummten dreistimmig schleppende Akkorde, und das freie und helle Piepen der Hoboe tanzte dazwischen, trillernd und hüpfend, wand sich drumherum und gab so dem unbestimmten Brummen der Dudelsäcke feste Gestalt.

An die Mauer gelehnt, mehr oder weniger scheu vor den schmutzigen Landstreichern, lauschten die Bauersleute verwundert auf die Musik aus fernen Landen.
Als das Lied zu Ende war, ging der Hoboist mit seiner Mütze herum und bekam von jedem etwas. Dann spielten sie noch ein kurzes Liedchen und zogen mit schleppenden Schritten ab. »Ich geh mit«, rief Pallieter, »es is zu schön, kommt, ich will euch die Gehöfte zeigen.« Und er ging mit ihnen von Gehöft zu Gehöft, und seine Bewunderung für die schmutzigen Landstreicher und ihre schöne Musik stieg mehr und mehr.
Pallieter fragte sie aus, aber sie antworteten kurz und gleichgültig, daß sie aus Spanien kämen über Frankreich, daß sie früher Südrußland besucht hätten, Italien und Tirol, die Schweiz, und daß sie nun über Holland nach Norwegen zögen und so fort.
Er hätte den Hut vor ihnen abnehmen können, vor diesen Männern, die umherschweifend überall ihr Leben mit Musik aus allen Ländern füllten. Etwas Riesiges war in ihnen. Es waren Dichter. Inzwischen war der Himmel aufgebrochen, und nun stand die Sonne wohltätig am Himmel, sie schickte ihren süßen Schein über die Welt, legte Purpur in die knospenden Bäume und tropfte Silber auf die überschwemmten Wiesen. Auf den Äckern standen die Menschen und schafften auf den Bäumen und in der Erde, und in den Gärten gruben die Gärtner die Gemüsebeete um. Das gab einen guten Duft. Das Land war still, und ferne Wagen, die selbst unsichtbar blieben, ließen ihr friedliches Gerumpel hören.
So von Gehöft zu Gehöft gehend, kam ihnen bei dem armen Krankenhäuschen ein Trüppchen Genesende entgegen, von vier weißen Nönnchen geführt. Sie nützten das Wetter aus und freuten sich über die gute, angenehme Sonne. Es

waren alles arme Schlucker und schlampige Frauen. Manche schleppten sich auf Krücken fort; eine Nonne zog ein Wägelchen, in dem ein ›Tod von Ypern‹ lächelte, und ein Mann ohne Beine stieß sich selber mit Bügeleisen vorwärts. Eine große, magere Frau stützte sich auf den Arm einer dicken Schwester; da waren welche mit Tüchern um den Kopf, Männer mit einem Bein oder mit schwarzen Binden vor den Augen, schwindsüchtige Frauen und kränkelnde Kinder. Während die einen weiterkrochen, überall den schweren Krankenhausgeruch mittragend, saßen andere auf gefällten Bäumen und plauderten oder guckten den Arbeitsleuten auf dem Acker zu.

Als Pallieter all die elendigen Menschen sah, die froh waren über ein bißchen Februarsonne, sagte er den Zigeunern, sie möchten hier ein Liedchen zum besten geben.

Die vier fingen an, auf den Instrumenten zu blasen, und siehe, die Kranken kamen alle so schnell wie möglich herangehumpelt und scharten sich im Kreis um die Musikanten. Ein dicker Kerl, dem ein Bein abgenommen war, hob auf einmal die Krücke in die Luft und fing an, auf einem Bein und auf der anderen Krücke zu tanzen, und rief: »Ich bin gesund, ich darf nach Haus gehn!«

Die Kranken lachten, und die Nonnen fanden es sehr vergnüglich.

Aber dort an der Tür eines Wirtshauses erschien Franzoo und rief, so laut er konnte, nach Pallieter. »Kommt«, sagte

dieser zu den Zigeunern, »dort wollen wir einmal Dudelsackbier trinken!«
Das war den vier Männern gerade recht. Und sie gingen. »Sieh«, sagte Pallieter zu Franzoo, »das sind vier singende Federn, die fliegen überallhin mit dem Wind.« – »Vetter«, rief er, »das sind Wagners, Palestrinas, Beethovens, die nur auf ihren Instrumenten sprechen können. Gebt ihnen Bier!«
Sie bekamen jeder einen Krug Doppelbier, und sie tranken gierig, daß es ihnen über das Kinn lief.
»Habt ihr Hunger?« fragte Pallieter, und er schlug sich dreimal mit dem Finger an den Mund.
»Dann kommt ihr zu mir zum Essen!« rief Franzoo.
»Und wollt ihr dann auch das Schönste spielen, was ihr könnt, daß die ganze Welt sich in Musik auflöst für uns?«
»Ja!« nickten die Männer.
»Dann erst noch getrunken!« Und sie bekamen frische Krüge Doppelbier, sie rauchten Zigarren, und zu sechs soffen sie wie echte Templer.
So saßen sie noch da, als die frühe Dämmerung einbrach, und dann gingen sie zu Franzoo.
Das Land badete in der Sonne, die hinter einem schwarzen Baumklumpen rot unterging. Das Nethewasser, wieder hoch gestiegen, nahm das Rot gierig in seinen Spiegel auf, und die schwarzen, kahlen Bäume wurden zart davon gestreichelt. Als die Sonne weg war, hing das goldene Rot noch lebendig auf dem Kreuz der hohen Mühle, die ruhig in der windstillen Abendluft stand.
Eine tiefe Stille und eine angenehme Kühle fiel über das Land, in den Häusern gingen die Lichter auf und an dem gleichmäßig blassen Himmel die Sterne.
Ein blauer, lichter Traum wand sich vor die Fernen...
Bei dem Lampenlicht wurde gierig Schweinebraten mit ›Pommes frites‹ gegessen, die Franzoos dicke Frau gekocht

hatte und kundig bereitet mit scharfen Saucen, Nelken, Lorbeerblatt und duftendem Thymian. Franzoos Kinder hatten Angst vor den wilden Kerlen, schrieen Mord und Brand und flogen in die Betten. Als die Zigeuner sich voll gegessen und noch einmal alten ›Diester‹ nachgegossen hatten, sagte Pallieter: »Jetzt macht euer Buch auf!« Sie gingen hinunter, Franzoos Frau folgte.

Die Nacht war über der Erde. Hoch und zahlreich wie Sand am Meer bleichten die hellen Sterne am dunkeln Himmel. Die Stille war eins mit der Erhabenheit der Nacht.

Franzoo machte auf dem Mühlenberg ein großes Feuer an, das die Mühle von unten hell erleuchtete, während der Rumpf sich in der Dunkelheit versteckte und einen schwarzen Block auf den hellen Sternenhimmel zeichnete.

Das Feuer krachte und knisterte, die Glut erleuchtete die vier Zigeuner, wild wie Teufel. Und immer schweigend, nur antwortend, wenn man sie ansprach, saßen sie da und starrten in das Feuer.

»Fangt nur an!« sagte Pallieter, der sich bäuchlings auf ein Strohbündel gelegt hatte. Und dann begannen die drei Dudelsäcke zu summen und zu brummen, und die wie aus Schilfrohr klingenden Hoboentöne zitterten hell darüber und darauf und darum, wie ein Regen von Tönen. Und vor Pallieters gespanntem Blick erhoben sich leidenschaftliche spanische Tänze, wehmütige russische Lieder, starke Gesänge aus den Bergen und schleppende Lieder aus den bretonischen Ebenen. Die ganze Welt zog in Tönen vorbei, rührend, lustig, wehmütig, klagend und sanft.

Er lauschte ergriffen; es war etwas Einzigartiges in seinem Leben! Seine Hände waren rot von dem flackernden Feuer, über ihm erhob sich ungeheuer wie ein Riese die schwarze Mühle, und vor ihm lag die hellbesternte Nacht und das düstere, dunkle Land.

Oh, wie war das herrlich! All die wunderlichen Lieder aus fernen Ländern, wo nun auch überall die große Nacht herrschte und ein jeder schlief, durch Zigeuner hier in der Dunkelheit aufblühen zu hören neben einem flammenden Feuer und sie hinsummen zu hören über das schwarze Land der Nethe, über dem Millionen von Sternen erglänzten, unter dem mächtig und selig der neue Frühling brütete!
Pallieter überlief es kalt vor Rührung, und Tränen tropften auf seine Hände. Er würde nun auch die Welt sehen!

Charlot schlief schon lange, und Mariechen stand noch im Garten. In der ruhigen Nethe spiegelten sich die Sterne. Mariechen lehnte über der Hecke und sah und lauschte in die dunkle Nacht hinaus, wo irgendwo ein Feuer brannte und Dudelsäcke brummten.
Da wußte sie ihren Mann Pallieter, denn so etwas gehörte zu ihm. Da wußte sie ihn, den sie so groß und stark lieb hatte. Sie hatte den ganzen Tag auf ihn gewartet, doch würde er noch nicht kommen, denn dort bei dem Feuer war er glücklich; sie wußte, daß so etwas ihn glücklich machte. Aber sie wußte, daß er sie auch lieb hatte und wohl an sie dachte, während er der nächtlichen Musik beiwohnte. Ja, das fühlte sie, das machte sie selig und trunken, und sie hätte nun an seiner Brust ruhen und einschlafen mögen, gewiegt von der frommen, rührenden Musik.
»O Tagemelker!« seufzte sie voll ungekannter Wollust, und sie blieb stehen und lauschte auf die Dudelsäcke, die weit weg in der dunkeln Frühlingsnacht brummten.

Die Glocken von Rom

Pallieter lag auf dem Rücken im Gras und schaute dem stolzen Wandern und Wachsen der Wolken zu; es war gewaltig!

Seine Augen umfaßten den ganzen durchwühlten Märzhimmel. Es waren tolle Wolken, die ihre Form immer wieder wechselten und veränderten, und jede Minute machte den Anblick des Himmels neu. Dort oben klemmte sich eine dunkle Masse Blockwolken zusammen, bleigrau und von Hagel und Regen schwanger. Sie steuerte an der Sonne vorbei, riß alles in ihrer stolzen Fahrt mit, aber sie stieß gegen einen riesigen weißen Wolkenberg, brach entzwei, wurde zerrissen und in blaßblaue Streifen gezogen, die höher und höher am Himmel hinaufkletterten und sich zu guter Letzt ganz oben als kleine weiße Wölkchen festgeklammert hatten. Inzwischen war hinter der Erde eine rosige Bergkette heraufgewachsen, die sich am südlichen Horizont aufrichtete. Es waren rosige Felsen, oben weißglitzernd wie frischer Schnee und klar abgezeichnet auf dem hellen Muttergottesblau des Himmels.

Ferne Dorftürmchen hoben sich davon ab. Es war eine Schweizer Landschaft, aber die Spitzen schwollen auf, und die fernen Berge wurden Türme, Türme, die sich der Sonne zureckten, oben Silber und Gold, unten aschgrau, purpur und braun. Wolkenkathedralen mit Fenstern und Nischen; Walhallas! Aber ehe man daran dachte, flockten sie in wattigen Brocken auseinander, brachen und falteten sich zusammen und regneten sich dort hinten über dem hellen sonnigen Lande aus.

Eine mächtige weiße Wolke, ganz zusammengepreßt wie ein riesiger Blumenkohl, kam nun in den Himmel. Die war Herr und König des Himmels. Die volle Sonne stieß darauf, und von dem gewaltigen Licht liefen Pallieter die Tränen aus den Augen. Sie thronte eine Zeitlang über der Erde, aber Flotten kamen von allen Seiten auf sie herangestürmt, Kriegsflotten, weiße und braune Schiffe mit dicken Bäuchen, und sie überwältigten sie und sogen all ihr Silber und ihre starken Formen auf. Andere bauten sich oben drauf, wieder andere zogen wild darüberhin, und so ging es immer weiter. Aufbauen und Abbrechen. Und das alles lebte, wirkte und wimmelte und stand keinen Augenblick still. Zart und innig stand tiefes Blau dazwischen, und die Sonne, die Ostersonne! Denn morgen war Ostern! Die verjüngte, weiße, gereinigte Sonne spielte toll und ausgelassen in dem Wolkenspiel, wie ein Kind morgens im weißen Bett. Sie schoß Mosesstrahlen, brachte Silber und Gold auf das Purpur und Gelb und Weiß und schlug Funken in die Luft. Und wer mittat in diesem Wolkenspiel, das waren die Tauben, die in ganzen Schwärmen oder einzeln hoch aufstiegen und sich vom Himmel herunterfallen ließen. Bald waren sie weiß wie Papier auf dem dunkeln Purpur und dann wieder wie goldene Flocken, wenn sie einen Mosesstrahl berührten.

Oh, dieses Wolkenspiel! Es ist schön genug, um den einsamen Hirten einen ganzen Tag lang zu beschäftigen.

Und darunter lag die junge Welt grün und frisch.

Der dünne Wind lief darüber hin, mit dem schnellen Schatten der Wolken und dem grellen Licht der Sonne.

Schwarz standen die Bäume, aber in der Sonne sah man sie mit gelbgrünen Schleiern umhüllt. Es waren aufbrechende Knospen!

Nur hier und da gab es schon ein Aprikosenbäumchen, das in dem zitternden Leben lichtrot und rosa leuchtete.
Die Nethe war voll silbernem Glanz, und die Schiffe fuhren mit weißen, geschwellten Segeln.
Aber unversehens war es dunkel und grau geworden, und klatsch! Regen und Hagel knatterten hart und wild auf den Boden und auf Pallieters Gesicht. Lachend sprang er auf und suchte Obdach unter einem Holzhaufen.
Von hier aus sah er die Mühle sich drehen und ganz weit weg noch mehr Mühlen mit roten Flügeln in dem wandernden Sonnenlicht. Doch auf einmal schoß die Sonne wieder durch, und der Hagel hing über dem Beginenwald, und über der schlanken Mühle spannte sich auf dem dunkeln Himmel ein helles Stück Regenbogen.
Hähne krähten klar und hell, und unter dem Holzhaufen roch es nach frischen Veilchen.
»Für Mariechen!« rief er. Er suchte, und da, zwischen kurzem neuem Gras standen sie, purpurblau und naß, die lieben Karfreitagsblümchen. Er wollte sie pflücken, aber er richtete sich wieder auf und sagte:
»Nein, es is zu schön, ich laß sie stehn!«
Er sprang über den Bach und ging an den Feldern hin nach Haus. Das Leben begann von neuem, die Luft hing voller Düfte und Versprechen, und Schauer erwachender Frische liefen über die Welt. Überall, wo nur ein Finger Gras wuchs, glänzten ein paar Gänseblümchen, und von allen Seiten tropfte das tolle Zwitschern der Spatzen.
Die guten, duftenden Felder waren nun von dem rauhen Winter befreit, der Boden war überall bearbeitet, das Unkraut entfernt; er war durchschnitten und durchpflügt, umgegraben, geknetet und geharkt, und da lagen die Felder nun herrlich in lauter braunen Vierecken. Hier und da standen Vogelscheuchen mit Hut, Hose und Rock und wehten

im Wind. Und die schöne Arbeit auf den Feldern begann wieder für ein ganzes Jahr. Hier und jenseits der Nethe zogen weiße und braune Pferde mit stolzem Schritt den Pflug übers Feld; der Boden fiel in fetten Schollen auseinander. Es war Fleisch zum Anbeißen. Die Säer gingen stolz wie Könige über die Äcker hin und her und streuten die Saat in die Erde. Überall sah man sie klein wie Finger jenseits der Nethe, zwischen den Bäumen, unter den Mühlen und neben dem Beginenwald. Sie streuten die edle Saat. Wind wehte, und Sonne war da. Das war der erste Segen, und die willige Erde empfing die Saat, war glücklich und berauscht davon, denn wieder konnte sie im Überfluß gebären, all die Millionen Saatkörner zu ihren Kindern zu machen. Mutter sein ... Viele Bauern waren beim Kartoffellegen, und dort fuhren die Jauchefässer und Wagen hin und her und verbreiteten weit ihren starken Geruch.
Die Schlüsselblumen legten ihr Gold neben die Gräben. Pallieter pflückte ein Sträußchen und steckte es an den Hut.
Die Kühe waren wieder in den Wiesen und die Schwalben am Himmel.
Ohne Aufenthalt kamen Wolkenschatten von dort hinten dunkel herangezogen, gefolgt von heller, nasser Sonne.
Pallieter betrachtete das alles voller Bewunderung. Ach, er war so glücklich über all die neue Herrlichkeit; über die Sonne und den Wind, über die Rückkehr des Frühjahrs, über das volle, freie Leben!
Ach, es war so schön, so heilig und so gut! Und gerade da sah er einen Jäger, der gebückt auf einen Goldfasan zuschlich.
»Verdammt!« sagte Pallieter, und er wollte gerade in die Hände klatschen, um den Vogel aufzujagen, als dem Jäger der Hut vom Kopfe fiel. Da bekam Pallieter einen hübschen Einfall. Er lief schnell auf den Hut zu, schob einen frischen Kuhfladen hinein und legte ihn fein säuberlich wieder hin.

Der Vogel flog auf, und der Jäger merkte, daß er den Hut verloren hatte. Er suchte und fand ihn und wollte ihn aufsetzen, aber als er sah, was drin war, schmiß er ihn auf den Boden, stampfte darauf herum wie ein rasender Narr und ballte die Fäuste nach den Kühen. Pallieter stand hinter einem Holzhaufen und lachte sich fast einen Bruch.

Als er nach Hause kam mit den verwelkten Blumen am Hut, wehte die weiße Fahne zu Ehren des guten Wetters, und Mariechen hatte im Garten den Springbrunnen aufgedreht, der nach dem ganzen langen Winter wieder silberig seine frische, kühle Wasserfeder in die Höhe spie.

Charlot war mit Mariechen dabei, Eier und Apfelsinen im Garten zu verstecken, die Franzoos Kinder gleich, wenn die Glocken wieder läuteten, suchen sollten.

Pallieter hatte gestern alle Eier angemalt. Alle Farben waren vertreten. Es gab blutrote, buttergelbe, blaue, grüne, andere getüpfelt, gestreift, mit Schnörkeln und Kreisen. Es waren welche dabei mit einem Hähnchen drauf, mit einem Männchen, einer lachenden Sonne, mit Blumen und Bäumen. Alles in sehr starken Farben. Und wie sie nun dalagen in den Sträuchern, auf dem Boden, erschienen sie wie fremdartige Früchte, die auf einmal durch eine Laune der Sonne gewachsen waren.

Charlot freute sich, daß alles fertig war, und sagte mit einem Seufzer: »Damit sind die Fasten herum, und die Glocken kommen wieder.«

»Du bist doch nich dünner davon geworden!« lachte Pallieter.

»Ich hab mir nix vorzuwerfen«, sagte Charlot stolz. »Ich hab nur einmal am Tag mich sattgegessen!«

»Dann warst du auch jedesmal zum Platzen dick!«

»Waas?« rief Charlot geärgert. »Wenns zuviel is, daß ich mal ein Butterbrot mehr ess' wie gewöhnlich, dann will ich lieber Begine werden, viel lieber als wie mit euch in die fremden Länder ziehn, wo Menschenfresser und wilde Tiere wohnen! Verstehst du das? Du Lump, du Geizkragen!«

»Ach komm«, sagte Mariechen, »reg dich nich auf, Pallieter sagt das nur zum Spaß!«

»Ich auch!« sagte Charlot kurz angebunden, und sie ging wieder in die Küche an ihre Arbeit. Sie hatte ihre Haube abgenommen, und ihr kleines Zöpfchen war nun wieder für den ganzen Sommer sichtbar. Sie trug ganz neue, glänzende schwarze Holzschuhe, bemalt mit einem gelben Vogel auf einem grünen Zweig.

Nach einem Viertelstündchen hatte sie den Streit schon vergessen und sang sich was:

»Ich hab als Spielgenossen
Ein Kätzchen noch so klein...«

Pallieter ging mit Mariechen in den Garten.

»Und durch diesen schönen Garten soll die Nethe gerade wie ein Lineal gezogen werden. Es is doch ein Jammer!«

»Wenn du gern einen Garten haben willst, dann kannst du auch in unser Dorf kommen, da is es auch schön, und wir sitzen frei in Heide und Wäldern!«

»Nein«, sagte Pallieter, »ich fühl mich wie ein Vogel: ich will überall wohnen! – Du gehst doch gern mit, mein Liebling?« fragte er zart nach einer Weile. Und sie schlug die großen Augen glücklich zu ihm auf, legte die Arme um seinen Hals und sagte:

»Wenn ich nur bei dir bleiben darf, kannst du mich mitnehmen bis ans Ende der Welt.«

Und sie drückten sich einen langen innigen Kuß auf den Mund.

Charlot rief sie, denn die Kinder kamen, und lachend hüpfte Mariechen ihnen entgegen. Pallieter blickte ihr nach und sagte: »Sie is meine Seele.«

Aber da flötete eine Amsel in dem knorrigen Kastanienbaum und flog dann nach dem Wall zu. Die Bäume auf dem Wall waren braun von den Knospen und hingen voller Spatzengezwitscher. Im Garten standen die Birnbäume mit hellen Knospen, die jeden Tag aufbrechen konnten; die Pflaumenbäume ließen schon ein wenig Rosa sehen, die Pfirsichbäume prunkten in lichtroter, üppiger Blüte.
Der Boden, der durch das Umgraben verjüngt war, hatte dort schon Milchsalat gegeben, und schon waren mancherlei Blumen aufgebrochen; auf dem Mühlenhügel gab es fettige, fleischige Hyazinthen und rund um den Springbrunnen hier und da sogar duftenden Goldlack. Die frischgeschnittene Hecke war blaßgrün.
Pallieter erschrak über die Schnelligkeit, mit der das Leben schaffte. Es stand nie still, es wuchs und brütete immerfort und überall. Es brach aus der Erde, aus den Bäumen und dem Wasser; das Moos klebte sich auf die Steine und der Schwamm auf die Bäume, das eine auf das andere, gierig nach Leben und alles überwältigend in einem Rausch von junger Liebe, voll brennendem Verlangen, sich zu paaren und zu befruchten. Es war das frische Blut, das aufbrauste.
Ein Entendreieck kehrte hoch am Himmel aus den warmen Ländern zurück, und auf einmal sprangen überall in Stadt und Dorf und Beginenhof die Osterglocken los und klangen und jubelten über die Welt die Auferstehung Gottes und des Lebens. Christus ist auferstanden!
Die Glocken kehrten aus Rom zurück, und sie schwangen einen Regen von Eiern über die Welt. Das Land roch nach einer neuen Seele, der junge Lenz stand bereits in den Bäumen! Alles hatte Knospen, das Leben jubelte über den Tod. Es war die Auferstehung, die lebengebende Auferstehung!
Und schmelzend vor Rührung küßte Pallieter die Erde.

Die Kreuze und die Segnung der Felder

Das Wetter war wieder schlecht geworden, ganze Tage Land- und Platzregen, grau und traurig und dicht. Trotzdem schafften die Bäume eifrig weiter, nur aus eigener Kraft. Sie blühten doch! Und ein Baum nach dem andern hüllte sich in Brautgewänder, und die Blumen öffneten ihre Lippen, um all den Reichtum ihres Duftes auszusprechen. Die salbende Sonne blieb weg, und anstatt daß die Blüte aus dem Boden heraussprang, toll und wild und übermütig, gierig nach Licht und Leben, kroch sie heraus, langsam und vorsichtig.

»Es wird sich bessern«, sagte Pallieter, »wenn sie die Kreuze übers Land tragen.« Denn sie sind es doch, die Kreuze, die die Pforten aufmachen für die schönen beständigen Tage und den großen Sommer. Alles schöne Wetter, das früher kommt, ist nur Schein und Betrug. Und ein jeder schaffte weiter, wußte, daß es nicht anders sein konnte, und wartete geduldig auf die Kreuze.

Und gerade heute, als die Kreuze gehen sollten, war mit dem neuen Tag ein froher, starker Wind aufgestanden, der tanzend über die Erde fuhr und all die Wasserwolken vom Himmel jagte.

Die Kreuze gingen. Pallieter und Charlot gingen mit. Pallieter ritt hinter der Prozession her und übersah so den Zug und das Land. Jetzt kamen sie in das offene Feld. Der Wind schlug die roten Fahnen nach vorn, spielte und drückte in die Röcke der Frauen und Priester und warf die lateinischen Gesänge wie Saat über die Felder auseinander.

Der Himmel war silberig von hohen, weißen, aufeinandergestapelten Wurstwolken, die nach allen Himmelsrichtungen um die Erde zogen. Das Licht kam von den Wolken.

Die Saat barst in der Erde.

Und es klang auf lateinisch, es wehte in Brocken über die braunen Felder, über die schimmernden gelben Rübenblüten, an rot und weiß blühenden Bäumen und duftenden Gärten entlang: »Aus der Tiefe rufe ich, Herr, zu Dir; Herr, höre meine Stimme, laß Deine Ohren merken auf die Stimme meines Flehens. So Du willst Sünde zurechnen, Herr, wer wird bestehen?«

Die roten Chorknaben klingelten mit der Schelle und schwangen den duftenden, blauen Weihrauch. Der Pastor in goldpurpurnem Chorhemd, über dem sein Glatzkopf glänzte, sprenkelte mit großen Gebärden das Weihwasser segnend über die ganze schöne, wachsende Gegend.

Die Bauern und Bäuerinnen hielten den Rosenkranz und beteten halblaut für die Frucht, das Vieh und die Erde.

Ihr ganzes Leben lag da offen und bloß unter Gottes großem Himmel, von dem Himmel hing alles ab. Der Himmel voll von Tod und Leben, Böse und Gut, Feuer und Eis, Hitze, Sonne und labendem Wasser.

Und sie beteten untertänig, als Mittler für die sprachlose Saat, die Bäume und die Frucht: »Herr, erhöre mein Bitten mit Deinen Ohren, nimm mein kläglich Bitten in Deine Wahrheit, erhöre mich in Deiner Gerechtigkeit ... denn der Feind hat meine Seele verfolgt, er hat meine Seele bis in die Erde erniedrigt.«

Es war das Flehen der Frucht und des Samens und der Bäume nach dem langen Winter, dem Feinde: »Er hat mich ins Dunkel gestellt, wie die Toten der Erde. Um Deines

Namens willen, Herr, willst Du mich lebendig machen. Du wirst meine Seele aus ihrer Qual erretten und meine Feinde vernichten. Du wirst alle vernichten, die meiner Seele schaden, denn ich bin Dein Knecht!«

Das Gebet der Gewächse des Feldes! Der Wind tanzte über die Erde und nahm die Worte auf. Die Mutter Gottes und der ganze leuchtende Reigen der Engel und der Heiligen, die den Himmel erhellen, die die Macht haben, den Donner aufzuhalten, Gewässer stehen zu lassen und den Wind zu drehen, all die heiligen Jungfrauen, Märtyrer, Päpste, Sünder, Apostel und Jünger bis zu den tausend unschuldigen Kindern, sie werden alle zu Wächtern bestellt über die Menschen, das Vieh und die Frucht und die Bäume.

Und immer wieder klang die Melodie von schweren »Ora pro nobis!« und »Ora – Orate pro nobis!« Pallieter betete innig mit. Er war voll Licht und Leben. Es krachte in ihm von geistiger Wollust. Er hätte Fahnen schwenken und im Winde rollen mögen.

Das Beten war ihm zu still, und er erhob seine Stimme und sang mit, so laut er konnte, mit den Priestern: »De profundis clamavi ad Te, Domine!«

Und als die Prozession durch die Felder gezogen war, ritt er weiter in die schöne Landschaft hinein.

Es war herrlich, all das blühende Weiß auf den Bäumen! »Es ist die Muttermilch der Erde, die heraufsteigt und überläuft«, sagte Pallieter. »Die Sonne wird Butter davon machen!« Der große, frohe Wind sauste durch die Luft und brummte in den Bäumen. Er schüttelte dem Pferd die Mähne und den Schwanz und riß Pallieter die Mütze vom Kopf, daß sie aufflog wie ein Vogel und in das glitzernde Nethewasser fiel.

Doch Pallieter drehte sich nicht um, er ritt immer weiter, wild und toll ohne Zügel, um die ganze Gewalt des jung machenden Windes über sich hinwehen zu lassen. Männlicher Genuß! Fern zogen die Kreuze, weiß und rot, über die blonden Wege, und die Mühlen schlugen überall Kreuze über das Feld, wie die Priester, und dort hinten wehte der Wind einem Bauernmädchen die Röcke in die Höhe, daß Pallieter ihre nackten, rosigen Schenkel sah. Die Sonne taumelte auf einmal aus den Wolken, und das gab den Farben des Feldes eine Sprache, daß alles redete und jauchzte!

»Die Kreuze machen sich schon fühlbar!« rief Pallieter...

Und noch am selben Abend hatte sich der Wind gelegt, und eine süße Schwüle kam über das Land, die Birnbäume begannen betäubend zu duften. Der Himmel war rein wie Kristall, die Sterne schienen klar in der jungfräulichen Bläue, und tief am Himmel hing die erste Sichel des wachsenden Mondes.

Pallieter lehnte mit Mariechen noch aus dem Fenster der Schlafstube, sie waren schon halb ausgezogen, um schlafen zu gehen, aber die Süßigkeit der Nacht hielt sie aus dem Bett zurück.

Mariechen legte ihren Kopf auf Pallieters Schulter, und er hatte den Arm um ihre Hüfte geschlungen.

Sie schwiegen und lauschten auf eine Nachtigall, die allein in der Verborgenheit eines blühenden Kirschbaums ihr goldenes Herz erzittern ließ. Aber da ertönten, gar nicht als ob es auf einmal begonnen hätte, vom Beginenhof die tiefen, weichen Klänge eines Cellos.

»Das is der Pastor«, sagte Pallieter.

»Schade, daß der Beginenhof schon zu is«, meinte Mariechen.

»Wart«, gab er erfreut zurück, »wir fahren mit dem Kahn hin, komm.«

Sie zogen sich hastig an und stiegen in den Kahn.

Durch den schmalen ›Hemdsärmelkanal‹ trieben sie nach dem Beginenhof zu.

Inzwischen erklang immerzu die süße, gefühlvolle Stimme des empfindsamen Cellos.

Still fuhren sie, und an des Pastors Garten, der mit einem bewachsenen Gitter an das Wasser grenzte, hielten sie an und lauschten, im Kahn stehend.

Der Pastor saß draußen unter einem blühenden Birnbaum. Im Dunkeln sah man nur seinen großen Kopf und seine bleichen Hände. Er spielte die tiefe ›Träumerei‹ von Schumann. Es war wie ein Gebet. Der Pastor betete mit seiner Musik.

Als es aus war, blieb eine lange Stille. Es schien Pallieter eine Sünde, in dieser duftenden Stille seine Stimme sprechen zu lassen; aber er stieß einen großen, tiefen Seufzer aus. Der Pastor sah auf und fragte: »Ist jemand da?...«

»Ich!« sagte Pallieter.

»Dann kommt schnell herein!«

Und er kam rasch herangelaufen und öffnete das Gittertürchen, das nur aufgemacht wurde, wenn die Magd Wasser schöpfen mußte. »Es war so ein feines Wetter heute«, sagte der Pastor, »und ich sitze nur so da und streiche mein Cello; kommt herein!«

»Ich habe einen anderen Gedanken«, erwiderte Pallieter, »nehmt Euer Cello mit in den Kahn, und wir wollen spielend eine Fahrt nach dem Park von Ringen machen!«

»Angenommen!« sagte der Pastor, und er kam mit dem Instrument in den Kahn. Sie fuhren wieder in die Nethe, und als die offenen Felder um sie herum lagen, begann er wieder zu spielen, während Pallieter ruderte und Mariechen steuerte.

Das Cello sprach; es war innig wie eine singende Menschenstimme, es klang wie aus der Wassertiefe in die Höhe. Es trug die Feinheit des Himmels und die Jugend des Lenzes in sich. Es war Beethoven, Benoit, Wagner, Palestrina und Grieg. So trieben sie schön wie im Traum über das Wasser, und über das nächtliche, stille Land zog der Klang der herrlichsten Musik der Erde. Es war, als ob Gott den Fuß auf die Welt gesetzt hätte.

Die Fruchtbarkeit

Der schöne, gute Mai hatte nun endgültig seinen Glorienschein in die Bäume gehängt und seinen Reichtum auf dem Boden ausgebreitet. Die majestätischen Kastanienbäume, die so mannigfach im Netheland wachsen, hatten schon weiße Blüten auf ihrem grünenden Berg angesteckt. Und Kerzen brannten in den Feldkapellchen zu Ehren Unserer Lieben Frau.

Mariechen hatte mit ihrer Mutter, die gekommen war, um als Hebamme zu dienen, und mit Charlot jeden Tag in einem dieser Kapellchen um einen günstigen Ausgang gebetet, und inzwischen wuchs die Frucht schnell und ungeheuer. Aber die Tage gingen vorbei, und gegen Ende Juni, zum Mondwechsel, konnte man es erwarten.

Eines Tages kam Pallieter aus Duffel zurück, wo er bei einem Wagenbauer einen Planwagen bestellt hatte, mit dem er in die Welt hinausziehen wollte, wenn der Kleine geboren war.

Die Junisonne triumphierte am blauen Himmel und schüttelte ihre goldenen Haare über die üppigen Lande.

Pallieter schlenderte an der Nethe entlang.

Ach! der schöne Fluß, der sich jetzt noch frei und launisch durch die fetten Felder und die kühereichen Wiesen buchtete, der auf seinen Deichen riesige Pappeln und breite Kiefern in die Höhe streckte: die herrliche, angenehme Nethe sollte nun in einen kalten, geradlinigen Kanal verwandelt werden.

»O Land! Sie nehmen dir deine Krone!« seufzte Pallieter, »das Herz schreit mir im Leibe.«

Doch aus der Ferne klang wiederholt Tuten auf einem Blechhorn.

»Das is Charlot, die bläst zum Kindbett!« jauchzte Pallieter, und er zog die Holzschuhe aus und fing an zu laufen, so schnell er konnte. Das Tuten klang immer weiter, drehte sich von Osten nach Westen und wollte gar nicht aufhören.

Pallieter beeilte sich desto mehr. Er fluchte, weil es nicht schneller ging; aber da grasten zwei Pferde auf der Weide, und im Umsehen war Pallieter auf ein erschrockenes Tier gesprungen, packte es an der Mähne und raste schnell über Feld und Wiesen nach dem ›Reinaert‹.

Als Charlot Pallieter ankommen sah, ließ sie das Horn fallen, lief ihm entgegen und schrie blaß vor Aufregung: »Vetter, Vetter, es sind Drillinge! Zwei Buben und ein Mädchen! Erst kam ...« Pallieter ließ sie weiterschwatzen und lief vor ihr her die Treppe hinauf. Er riß die Tür auf, und da auf dem Bett, aus dem Mariechen blaß, mit Tränen in den Augen, ihm zulachte, lagen nebeneinander drei Kinder, nackt und ferkelrosa, krähten und schrieen.

Die Sonne bündelte durchs offene Fenster darauf und zitterte leuchtend auf ihrem zarten Fleisch.

Pallieter stand erst wie angenagelt, er konnte seinen Augen nicht trauen, es überwältigte ihn. Mariechens Mutter und Charlot wußten keinen Rat, die eine platschte mit Wasser, die andere warf einen Eimer um und kratzte sich am Kopf.

»Bist du zufrieden?« fragte Mariechen.

Da strömte Pallieters Freude über, er lief auf sie zu, küßte sie tausendmal und sagte: »Abraham muß mich beneiden!« Und dann rief er Charlot ausgelassen zu: »Holt Paten, Wiegen und Zuckerbohnen! Die drei Haimonskinder sind geboren!«

»Ja, ja«, rief die verwirrte Charlot, und sie lief rasch hinunter. Aber sie kam gleich wieder herauf und rief hastig: »Schnell, schnell, der Herr Pastor is da! Zieht rasch jedem ein Hemdchen an.«

»Nee, nee«, sagte der Pastor, der heraufkam, »ich will sie sehen, wie Gott sie Pallieter gegeben hat.«
Und der Pastor schlug verwundert die Hände zusammen, und er wandte sich zu Pallieter um und sagte: »Glücklicher Traubenstock!« Und dann zu Mariechen: »Mädchen, Mädchen, Gott hat dich lieb.« Und er drückte ihnen die Hände, und als er den drei Kinderchen die Nottaufe gegeben hatte, schossen ihm die Tränen in die Augen.
»Mach so weiter«, sagte er.
»Das gelob ich Euch!« rief Pallieter.
»Herr Pastor«, sagte Mariechen verlegen und rot werdend, »die Kinder müssen trinken...«
»Ja, ja«, lachte der Pastor, »mach nur; wir haben das nicht mehr nötig, gelt, Pallieter, wir wollen euer Wohl trinken.«
Und während sie unten Schaumwein genossen, brachte Mariechen ihre zwei dicken, weichen Brüste zum Vorschein und gab den zwei Pallieterkens die kostbare Muttermilch, während Pallieterinneke weiterschrie...
Mit dem Dreispitz des Pastors auf seinem eigenen Kopf saß Pallieter mit dem Pastor bei der sechsten Flasche Schaumwein, zu Ehren der drei, die er gemacht hatte.

In die Welt hinaus

Da stand der weiße Planwagen zur Abfahrt bereit. Beinah alle Beginen, die drei Blinden, viele Nonnen und der Pastor standen dabei und warteten, um den Bewohnern des ›Reinaert‹ Lebewohl zu sagen. Während Mariechen mit ihren drei Kindern schon im Wagen saß und Charlot demütig auf die weisen Ratschläge des Pastors lauschte, holte Pallieter das Pferd, das auf der Wiese graste. Die gute, große Beiaard lief spielend nach dem Deich zu, als sie ihren Herrn sah, aber Pallieter holte sie ein und schwang sich auf den breiten Rücken.

»O Netheland, du willst mich verführen zu bleiben, wie schön!« rief er, als sein Blick über die Landschaft ging. Es war nach dem Mittag, und es regnete einen langsamen, milden, zögernden Regen mit walnußgroßen Tropfen. Nur hier und da fiel einer, aber sie holten die süßesten Düfte aus dem Boden und aus dem Garten; und das Heu, das überall in den Wiesen gemäht und eingefahren wurde, beseelte mit seinem würzigen Geruch die ganze Gegend. Amseln und Meisen, Grasmücken und Finken, Spatzen und Bachstelzen ließen die Bäume vor Wollust singen; und mitten in dem Klingen dieser verschiedenen lärmenden Vogelkehlen flötete ruhig und stolz die königliche Nachtigall.

Es war wie eine goldene Flöte, die in den Bäumen hing und jedesmal erklang, wenn ein Regentropfen darauf klopfte.

Ein seliges Wohlgefühl lag über dem Land, eine süße Betäubung, die aus allen Dingen aufstieg.

Der Himmel war tiefgrau; und blau lagen dort hinten die weiten Fernen, wie feiner Weihrauch.

»Dahinter liegt die Welt!« rief Pallieter; und so stark war sein Verlangen nach dieser Bläue, daß er sich beeilte, um wegzukommen. »Spring auf! Wir fahren!« rief Pallieter Charlot zu, die noch mit ihrem letzten Heiligen aus dem Haus gelaufen kam. Charlot blieb betroffen stehen, die Scheidungsstunde überraschte sie, sie blickte ihre Freundinnen, die Beginen, an, die Nonnen und den Herrn Pastor, und dann stieß sie einen lauten Schrei aus, und die Tränen liefen ihr über die Wangen.

»Ach«, sagte sie schluchzend, »ich wär so gern Begine geworden, aber wo kämen dann die drei Lämmchen von Kindern hin, mit so einem jungen Mütterchen wie Mariechen; es muß doch jemand für sie sorgen, nich wahr?«

»Ja!« nickten Beginen und Nonnen, von denen einige auch schon Tränen in den Augen hatten.

»Du kannst immer noch hier bleiben«, rief Pallieter, der die letzte Schnalle an Beiaards Zaumzeug schloß.

»Ach«, sagte der Pastor zu Mariechen, »es wird mir so schwerfallen, ohne den Vetter zu sein«; er schüttelte den Kopf und seufzte.

»Kommt«, tröstete Mariechen, »es wird schon nich so schlimm sein, und Franzoo is ja auch noch da.«

»Es is Zeit!« jauchzte Pallieter der jammernden Charlot zu. »Auf den Wagen!«

Und er schlug den mit Heu gefüllten Doppelsack über die Schulter.

»Wart!« sagte der Pastor gerührt, und er gab Pallieter und Charlot ein Kreuzchen, hob sich auf die Zehen, um auch den Kindern, die Mariechen ihm hinreichte, eins zu geben; und als Mariechen ihm auch die Stirn geboten hatte, sagte er: »Junges Mütterchen, wir wollen hoffen, daß du einen ganzen Bienenkorb voll Kinder gebären mögest. Lebt wohl! Gott behüte euch!« Und dann drehte er sich um und fing an, laut in sein rotes Taschentuch zu schluchzen und zu weinen.

Es gab eine ergreifende Stille, in der nur die vielfachen Schluchzer des Pastors und der Frauen sich hören ließen. Pallieter hätte auf die Dauer auch noch angefangen zu weinen, aber er rief lachend: »Wer geht mit?... Ihr könnt vielleicht noch einen Chinesen heiraten, na wer?...« Hier und da hörte man Lachen unter den Beginen, und der Pastor sagte für sich: »Immer derselbe.«

»Niemand?« fragte Pallieter noch einmal. »Dann Schluß! Charlot werd ich mit einem Neger verheiraten, und dann können ihre Kinder Beginen werden, schwarze Beginen!«

»Pallieter, Vetter, leb wohl!« sagte der Pastor, und sie küßten sich.

»Trinkt ein Gläschen drauf!« rief Pallieter.

»Ei: zwei!« sagte der Pastor.

Lubas bellte vor Ungeduld. Und dort hinten lagen die blauen Fernen und die Welt! Pallieter lechzte danach und rief: »Hü!« trotz Charlot, die noch allen Beginen und Nonnen die Hand drücken wollte.

Und da rollte der Wagen fort! Ein Kind fing an zu schreien, und Mariechen reichte ihm die volle, weiße Brust.

»Ich geh mit! ich geh mit!« rief Charlot, sie ließ die Beginen stehen und lief, so schnell sie konnte, dem weiterfahrenden Wagen nach. Pallieter, der nebenher ging, schob sie hinauf, gegen ihr dickes Hinterteil drückend, und dann steckte sie den roten Kopf hinten aus der Plane heraus und nickte den Beginen zu, die dastanden und riefen und mit den Taschentüchern winkten. Die drei Blinden streckten ihre Stöcke nach einer verkehrten Richtung hin in die Luft. Der Pastor wehte mit dem Dreispitz, und Pallieter schnalzte mit der laut knallenden Peitsche. »In die Welt hinaus!« rief er, »in die Welt hinaus!«

Und siehe, da kam Petrus der Storch aus der Luft heruntergesegelt und schritt hinter dem Wagen her.

Pallieter brach in lautes Gelächter aus und wollte den Vogel streichelnd preisen für seine Tat, aber Petrus flog auf und setzte sich oben auf den weißen Planwagen und steckte den Schnabel nachdenklich in die Federn. Lubas lief bellend voraus.

Und so fuhr der Wagen über den singenden Beginenwall, und es regnete lau und langsam.

Franzoo und seine Frau erwarteten sie schon auf dem Mühlenberg. Da ließ Pallieter halten und am Fuß des Wagens wurden erst noch zwei Flaschen alten Weins getrunken.

»Ihr habt schönes Wetter«, sagte Franzoo, »der Regen ist ein Balsam.«

Und Charlot ermahnte Pallieter: »Zieh doch deinen Rock an, dein Hemd is schon so naß wie Mist.«

»Jeder Tropfen, der drauf fällt, is wie ein Mädchenkuß so süß«, sagte Pallieter, und er ließ sein weißes Hemd ruhig naß werden, es war eine Wohltat.

»Aber wo geht ihr nun zuerst hin?« fragte Franzoo.

»Dahin, wo mein Mützenschild hinzeigt«, sagte Pallieter, und er warf die Mütze in die Luft, die wieder hinfiel mit dem Schild nach Südosten.

»In die Sonnengegend«, jauchzte Pallieter.

»Und dann?« fragte Franzoo.

Und Pallieter rief ihm singend zu: »Holland, Norwegen, Spanien, Eis- und Sonnenland, nach Java, drei Stunden über der Hölle, Schlaraffenland, Affen- und Hexenland, Täler und Berge, immer der Nase nach! Vorwärts!« Petrus kroch in den Wagen, es wurden Küsse gegeben.

»Komm her, Laubfrosch«, lachte Franzoo, und er überlud die dicke, sich sträubende Charlot mit hundert dicken, nassen Küssen.

Wütend flüchtete Charlot in den Wagen und war rot bis in die Stirn vor Zorn.

»Wir ziehen nach dem Osten!« rief Pallieter; und als Mariechen wieder im Wagen saß, rollte das Gespann auf der Landstraße, die sich durch Wiesen und Felder nach dem milden Süden schlängelte.
Sie riefen und jauchzten einander zu, und zwei Minuten später standen Franzoo und seine Frau an einem der höchsten Mühlenfenster und winkten den Reisenden mit den Taschentüchern nach.

Dort hinten lagen die blauen Fernen, dort hinten lag die Welt!
Pallieter, der neben dem Gespann herging, mit dem blauen Doppelsack über der Schulter, war froh ergriffen davon.
Nun hatte er die unendliche Welt vor sich, die da froh und offen lag, wie ein lockendes Paradies.
Wiesen voll Mäher, umringt von Sensengebrumm, und Weiden reich an Kühen – darüber der perlgraue Himmel, der sich ausregnete in dicken, trägen Tropfen, die die duftende Seele der Erde heraufholten. Hähne krähten.
Und hinter ihm lag das Netheland, wo er jahrelang gelebt hatte, das er in sich trug in all seinem überherrlichen Reichtum.
Er blieb stehen, um es zu betrachten, und ließ den Wagen weiterfahren. Die Mühle schlug ihre roten Flügel höher als die Bäume, der Beginenhof breitete hinter den hohen Wallbäumen seinen Frieden aus, und weiter lagen die Felder und die Gehöfte, grasten die Schafe und gingen die Gänseherden; da lag, höher als die Felder, der gewundene Lauf der Nethe, und Schiffe zogen darüber hin. Tauben flogen am Himmel.
»Hurra, o Land!« rief Pallieter, und er nahm eine Handvoll Erde auf, steckte sie in die Tasche und sagte:
»Das is ein Heiligtum!«

Und dann wandte er sich um, sah den ewigen Beginenwald, den blauen Horizont, die Welt! Er hob eine Hahnenfeder auf und steckte sie auf die Mütze, und ausgelassen wie ein Kind, lief er singend dem weißen Wagen nach, der dort auf der Straße weiterwackelte.

Weit und fern streckte sich das breite Nethetal bläulich aus unter dem feinen, grauen Himmel, der hier und da einen Tropfen fallen ließ. In dieser Weltunendlichkeit lagen winzig die Häuser, flach die Wälder und klein und zierlich die Dörfer und die Mühlenweiler. Noch kleiner waren die Menschen hineingetüpfelt, die das eifrige Werk des Sommers vollbrachten; volle Heuwagen rollten über die Wege, Wagen gingen und kamen, Menschen hin und her, und auf der Nethe, die in großen, trägen Buchten durch das üppige Land nach dem blauen Horizont schlingerte, schienen die Schiffe still zu stehen, und ein schwarzer Eisenbahnzug kroch, mit einer prächtigen, weißen Rauchfahne hinter sich, langsam vorwärts.

Das ganze Land hob seinen goldenen Duft wie Weihrauch in die Luft. Und auf einmal stieß die Sonne aus dem Westen riesige milchweiße Lichtbalken durch die Wolken und über die Erde, Dörfer glänzten, Mühlen drehten sich in der Helligkeit, und über die ganze festliche Welt spannte sich alsdann wie eine nie gesehene Schönheit ein klarer, breiter Regenbogen aus.

Die Welt jubelte!...

Und siehe! dort hinten, ganz, ganz weit, als ein weißer Punkt, in der Richtung hin, wo der Süden sich aufhellte, fuhr der weiße Planwagen unter dem Regenbogen hindurch.

Und so verließ Pallieter, der Tagemelker, das Netheland und zog in die schöne, weite Welt hinaus wie die Vögel und der Wind.

Zu dieser Ausgabe

insel taschenbuch 1430
Felix Timmermans
Pallieter

Titel der flämischen Originalausgabe: *Pallieter*. Erstveröffentlichung: 1921. Der Text der Übersetzung folgt der Ausgabe: *Pallieter*. Übersetzt von Anna Valeton-Hoos. Insel-Verlag Leipzig 1921.
Die Bilder, die der obengenannten Ausgabe entnommen wurden, zeichnete Felix Timmermans.

Hans Christian Andersen. Die Schneekönigin. Übersetzt von Eva-Maria Blühm. Mit farbigen Illustrationen von Birgit Ackermann. it 2578. 112 Seiten

Hans Christian Andersen. Die schönsten Märchen. Übersetzt von Mathilde Mann. Ausgewählt von Ulrich Sonnenberg. it 2561. 272 Seiten

Clemens Brentano. Rheinmärchen. In der von Guido Görres herausgegebenen Fassung von 1846. Mit Illustrationen von Edward Steinle. it 804. 388 Seiten

Gottfried August Bürger. Münchhausen. Neu illustriert von Uta Bettzieche. it 2115. 200 Seiten

Lewis Caroll. Alices Abenteuer. Alice im Wunderland. Alice hinter den Spiegeln. Übersetzt von Christian Enzensberger. Mit Illustrationen von John Tenniel. it 2161. 284 Seiten. Zwei Bände in Kassette

Daniel Defoe. Robinson Crusoe. Übersetzt von Hannelore Novak. Mit Illustrationen von Ludwig Richter. it 41. 404 Seiten

Charles Dickens

- David Copperfield. Mit Illustrationen von Phiz. it 468. 1245 Seiten

- Eine Geschichte aus zwei Städten. Mit Illustrationen von Phiz und einem Nachwort von Harald Keller. it 1033. 506 Seiten

- Harte Zeiten. Übersetzt von Paul Heichen. Mit Illustrationen von F. Walker und Maurice Greiffenhagen. it 955. 434 Seiten

NF 22/2/4.00

- Nikolaus Nickleby. Mit Illustrationen von Phiz. it 1304. 1022 Seiten

- Oliver Twist. Übersetzt von Reinhard Kilbel. Mit Illustrationen von George Cruikshank. it 242. 607 Seiten

- Die Pickwickier. Mit Illustrationen von Robert Seymour, Robert William Buss und Phiz. it 896. 1006 Seiten

- Weihnachtserzählungen. Mit Illustrationen von Leech, Stanfield, Stone u.a. it 358. 504 Seiten

Almut Gernhardt/Robert Gernhardt. Ein gutes Schwein bleibt nicht allein. 7 Geschichten von Robert Gernhardt und 66 Bilder von Almut Gernhardt. it 2012. 72 Seiten

Almut Gernhardt/Robert Gernhardt. Was für ein Tag. Eine Geschichte von Robert Gernhardt mit Bildern von Almut Gernhardt. it 544. 40 Seiten

Jacob Grimm/Wilhelm Grimm. Grimms Märchen und Sagen. Mit Illustrationen von Otto Ubbelohde. Fünf Bände in Kassette. it 2151. 1688 Seiten

Deutsche Sagen. Herausgegeben von den Brüdern Grimm. Mit Illustrationen von Otto Ubbelohde. Zwei Bände im Schuber. it 481. 704 Seiten

Kinder- und Hausmärchen, gesammelt durch die Brüder Grimm. In drei Bänden. Mit Zeichnungen von Otto Ubbelohde und einem Vorwort von Ingeborg Weber-Kellermann. it 829. 991 Seiten

NF 22/3/4.00

Hermann Hesse. Kindheit des Zauberers. Ein autobiographisches Märchen. Handgeschrieben und illustriert von Peter Weiss. it 67. 124 Seiten

Hermann Hesse. Vogel. Ein Märchen. Mit Illustrationen von Gunter Böhmer. it 2399. 60 Seiten

Hermann Hesse. Die Märchen. it 2349. 428 Seiten

Bohumil Hrabal. Die Katze Autitschko. Erzählung. Übersetzt von Karl-Heinz Jähn. Mit Illustrationen von Hans-Jörg Brehm. it 2656. 144 Seiten

NF 22/4/4.00